· 插图珍藏版 ·

劝导

Persuasion

〔英〕简·奥斯丁 著

Jane Austen

孙致礼 译

人民文学出版社
PEOPLE'S LITERATURE PUBLISHING HOUSE

目录

译　序

简·奥斯丁于1775年12月16日出生在英格兰汉普郡斯蒂文顿村。她的父亲乔治·奥斯丁是当地两个教区的主管牧师，靠着两份牧师俸禄，加上招收学生之所得，养活一家九口人。简·奥斯丁的母亲出身于一个有背景的家庭，因而即使当奥斯丁家陷入逆境时，家里仍然维持着中产阶级的生活水准和社会地位。

乔治·奥斯丁夫妇一共生有八个孩子，六男二女，简·奥斯丁排行第七。简·奥斯丁的大哥詹姆斯上过牛津大学，后来继承了父亲的教区长职位。二哥乔治因为有病，由专人护理，始终不得与家人团聚。三哥爱德华从小过继给一位无子女的亲戚，但对骨肉同胞一直情同手足。四哥亨利也上过牛津大学，后来成为简·奥斯丁与出版商的联系人。简·奥斯丁的姐姐卡桑德拉比简·奥斯丁大三岁，和简·奥斯丁一样终身未嫁，是简·奥斯丁的终身伴侣。简·奥斯丁的五哥弗朗西斯和弟弟查尔斯参加了英国海军，最后都被晋升为海军将领。

奥斯丁家从未给两位小姐请过家庭教师，也未让她们受过多少学校教育。简·奥斯丁6岁的时候，曾随姐姐上过牛津女子寄宿学校，不过那不是因为她想念书，而是因为她离不开姐姐。（乔治·奥斯丁太太曾说："要是有人下令砍掉卡桑德拉的脑袋，简·奥斯丁非得和她一起去死不可。"）上学后不久，简·奥斯丁害了一场大病，差一点送了命。病愈后，简·奥斯丁又陪姐姐去雷丁寺院学校念书，9岁时便永远离开了学堂。简·奥斯丁回到家里，在父母的指导下，充分利用家里那个五百卷藏书的书房，阅读了大量古典文学作品和当代流行小说，渐渐同文学结下了不解之缘。

简·奥斯丁早在16岁，就对写小说产生了浓厚的兴趣。可是在她那个时代，体面人一般都谴责小说，而女人写小说当然更是犯禁的，于是她只有瞒着外人，偷偷地进行写作。她坐在书房里，把构思好的内容写在一张张小纸条上，一听到外面有人进来，便赶忙把小纸条藏起来。她每写好一部作品，都要先读给家里人听，遵照他们的意见，反复进行修改。约在1796年至1797年，简·奥斯丁完成了她的第一部小说《傲慢与偏见》的初稿《第一次印象》，她父亲写信给伦敦的一个出版商，请求自费出版，结果遭到拒绝。简·奥斯丁并不因此灰心，在以后的两年里，她又接连完成了《理智与情感》和《诺桑觉寺》的初稿。

1805年，乔治·奥斯丁牧师去世。第二年，他的遗孀带着两个女儿移居南安普敦，同五儿子弗朗西斯住在一起。三年后，爱德华的妻子在生第十二个孩子时死去，爱德华十分悲痛，便请母亲和两个妹妹住到汉普郡的乔顿。简·奥斯丁在这个幽静的环境里生活了八年，再一次焕发了创作的激情。她一面修改前三部小说，交出版商出版，一面创作新的作品。1811年，简·奥斯丁匿名发表了《理智与情感》，获得好评，以后又接连出版了《傲慢与偏见》(1813)、《曼斯菲尔德庄园》(1814)、《爱玛》(1815)。但是，令人遗憾的是，简·奥斯丁恰在声誉鹊起的时候，她的健康突然恶化了。1817年，卡桑德拉陪她去温彻斯特疗养，结果医治无效，于7月18日离别了人世，终年才41岁。翌年，《诺桑觉寺》和《劝导》结集问世，并且第一次署上了作者的真名。

《劝导》是作者进入40岁后写出的最后一部小说，于1815年8月8日开始动笔，1816年7月18日完成初稿，8月6日定稿。该书描写了一个曲折多磨的爱情故事。贵族小姐安妮·埃利奥特同青年军官弗雷德里克·温特沃思倾心相爱，订下了婚约。可是，她的父亲沃尔特爵士和教母拉塞尔夫人嫌温特沃思出身卑贱，没有财产，极力反对这门婚事。安妮出于“谨慎”，接受了教母的劝导，忍痛与心上人解除了婚约。八年后，在战争中升了官、发了财的温特沃思舰长休役回乡，随姐姐、姐夫当上了沃尔特爵士的房客。他虽说对安妮怨怼未消，但两人不忘旧情，终于历尽曲折，排除干扰，结成良缘。

《劝导》的意义并不限于它那动人的爱情描写，也不限于它那关于爱情与谨慎的道义说教，更重要的是，它还具有比较深远的社会意义。这首先表现在：小说对腐朽没落的贵族阶级进行了无情的揭露和批判。沃尔特爵士是个“愚昧无知、挥霍无度的准男爵”，他“既没有准则，又缺乏理智，无法保持上帝赐予他的地位”，最后失去了在自己庄园上生息的“义务和尊严”，只能躲到一个小镇上去“沾沾自喜”。作者告诉我们，“爱慕虚荣构成了他的全部性格特征”；而在这爱慕虚荣的背后，又掩盖着他的势利与自私。为了提高自己的“社会地位”，他不惜低三下四地去巴结达尔林普尔子爵夫人母女；为了维护家庭的“声誉”，他又竭力阻止安妮嫁给“出身卑贱”的温特沃思舰长，阻止安妮同“低贱的伙伴”史密斯夫人交往。不过，具有讽刺意味的是，沃尔特爵士在阻挠女儿的同时，自己家里却豢养着一位出身卑贱的妖女人（克莱夫人），长期同她卿卿我我，差一点把她变成“沃尔特爵士夫人”。这是对那位贵族老爷的绝妙讽刺，充分暴露了他的伪善面孔。

如果说小说对沃尔特爵士的描写体现了作者对贵族等级观念的嘲讽，那么它对沃尔特爵士的侄子兼继承人埃利奥特先生的刻画，则显示了作者对贵族世袭制度的抨击。沃尔特爵士因为没有儿子，便选定他的侄儿威廉·埃利奥特做假定继承人，并指望他能娶他的长女伊丽莎白为妻。怎奈埃利奥特是个“诡计多端、冷酷无情”的负心人，他一心向往发财致富，竟“把家族的荣誉视若粪土”，根本不把爵士父女放在眼里，硬是娶了一个“出身低贱的阔女人”。后来，在贪婪和纵乐之余，他逐渐认识了准男爵的“价值”，赶忙跑到爵士府上修好。当他发现克莱夫人正在追求沃尔特爵士，因而有可能危及他的继承权时，便又不择手段地耍弄阴谋诡计，甚至要娶安妮为妻，以便利用做女婿之便，守在近前监视沃尔特爵士，不让他续娶克莱夫人。安妮同温特沃思订婚后，他的奢望破灭，最后使出杀手锏，诱使克莱夫人做了他的姘头。看，沃尔特爵士的未来继承人竟是这样一个心狠手辣的恶棍！

《劝导》不仅塑造了几位令人生厌的反面人物，而且塑造了一些令人喜爱的正面人物。安妮·埃利奥特是个异乎寻常的女主角，她聪慧，美丽，对爱情既忠贞，又谨慎，因而导致了八年的不幸遭遇。后来，她同温特沃思回顾这段不幸时，能用一种遁世的、和解的眼光看待是非，并不怨天尤人。所以有的评论家感叹说：所有小说的女主角中，很少有人像安妮·埃利奥特那样招人喜爱，令人同情[①]。另外，以温特沃思舰长为代表的一群海军军官，他们一个个是那样开朗，那样真挚，那样热情，与沃尔特爵士、埃利奥特一伙形成了鲜明的对照。难怪安妮能“为做一个水手的妻子而感到自豪”！

从艺术手法来看，《劝导》并不追求情节的离奇，而以结构严谨、笔法细腻著称。小说中有许多细节描写，乍看平淡无奇，可是细细体会，却感到余味无穷。二十多年前，看到英国人写的一篇文章，说美

① 见伊思·瓦特编辑《奥斯丁评论集》第 45 页。

国虽然在长篇小说创作上不及英国风光，但是美国人为有《了不起的盖茨比》这样的中篇杰作而自豪，英国人不甘示弱，立马回敬说：即使论中篇小说，他们的《劝导》也比谁都不逊色——那可是精雕细琢的“二寸牙雕”呀！

第一卷

第一章

萨默塞特郡[①]凯林奇大厦的沃尔特·埃利奥特爵士为了自得其乐，一向什么书都不沾手，单单爱看那《准爵录》[②]。一捧起这本书，他闲暇中找到了消遣，烦恼中得到了宽慰。读着这本书，想到最早加封的爵位如今所剩无几，他心头不由得激起一股艳羡崇敬之情。家中的事情使他感觉不快，但是一想到上个世纪[③]加封的爵位多如牛毛，这种不快的感觉便自然而然地化作了怜悯和鄙夷。这本书里，若是别的页上索然乏味，他可以带着经久不衰的兴趣，阅读他自己的家史。每次打开他顶宝贝的那一卷，他总要翻到这一页：

凯林奇大厦的埃利奥特

沃尔特·埃利奥特，一七六〇年三月一日生，一七八四年七月十五日娶格罗斯特郡南方庄园的詹姆斯·史蒂文森先生之女

---

① 英格兰西南部一郡名。

② 系指 1808 年初次出版的 J. 德布雷特编纂的《英国准爵录》，分上下两卷。"准男爵"是一个世袭称号，其地位在男爵之下，骑士之上。沃尔特·埃利奥特爵士尽管自命不凡，在英国贵族中却处于较低地位，没有资格进入英国贵族院。

③ 指 18 世纪。

伊丽莎白为妻。该妻卒于一八〇〇年，为他生有以下后嗣：伊丽莎白，生于一七八五年六月一日；安妮，生于一七八七年八月九日；一个死胎男婴，一七八九年十一月五日；玛丽，生于一七九一年十一月二十日。

爵士录上原先只有这样一段文字。可是沃尔特爵士为了给自己和家人提供资料，却来了个锦上添花，在玛丽的生辰后面加上这样一句话："一八一〇年十二月十六日嫁与萨默塞特郡厄泼克劳斯的查尔斯·默斯格罗夫先生之子兼继承人查尔斯为妻"，并且添上了他自己失去妻子的确凿日期。

接下来便用惯常的字眼，记录了他那贵门世家青云直上的历史：起先如何到柴郡[1]定居，后来如何载入达格代尔的史书[2]——如何出任郡长，如何接连当了三届国会议员，尽忠效力，加封爵位，以及在查尔斯二世登基后的第一年，先后娶了哪些玛丽小姐、伊丽莎白小姐，洋洋洒洒地构成了那四开本的两满页，末了是族徽和徽文，"主府邸：萨默塞特郡凯林奇大厦。"最后又是沃尔特爵士的笔迹：

假定继承人[3]：第二位沃尔特爵士的曾孙威廉·沃尔特·埃利奥特先生。

沃尔特·埃利奥特爵士自命不凡，觉得自己要仪表有仪表，要地位有地位，以至于爱慕虚荣构成了他的全部性格特征。他年轻的时候是个出类拔萃的美男子，如今到了五十四岁仍然一表人才。他是那样

---

① 英格兰西部郡名。

② 威廉·达格代尔（1608—1686）：英国考古学家，著有《英格兰准爵录》（1675—1676）等书。

③ 虽为继承人，但可因更近亲属之诞生而失去继承权。

注重自己的仪表，即便女人也很少有这样讲究的，就连新封爵爷的贴身男仆也不会像他那样满意自己的社会地位。他认为，美貌仅次于爵位。而书中两者兼得的沃尔特·埃利奥特爵士，一直是他无限崇拜、无限热爱的对象。

理所当然，他的美貌和爵位使他有权利获得爱情，也正是沾了这两方面的光，他才娶了一位人品比他优越得多的妻子。埃利奥特夫人是位杰出的女人，她明白事理，和蔼可亲，如果说我们可以原谅她年轻时凭着一时感情冲动而当上了埃利奥特夫人，那么，她以后的见解和举止再也无须承蒙别人开恩解脱了。十七年来，但凡丈夫有什么不足的地方，她总是能迁就的就迁就，能缓和的就缓和，能隐瞒的就隐瞒，使丈夫真的变得越来越体面。她自己虽说并不是世上最幸福的人，但是她在履行职责、结交朋友和照料孩子中找到了足够的乐趣，因而当上帝要她离开人间时，她不能不感到恋恋不舍。她撇下三个女儿，大的十六，二的十四，把她们托付给一个自负而愚蠢的父亲管教和引导，真是个可怕的包袱。好在她有个亲密朋友，那是个富有理智、值得器重的女人，因为对埃利奥特夫人怀有深厚的感情，便搬到凯林奇村来住，守在她身旁。埃利奥特夫人从她的朋友那里得到了最大的帮助，她之所以能坚持正确的原则，对女儿们进行谆谆教导，主要依赖于这位朋友的好心指点。

不管亲朋故旧如何期待，这位朋友与沃尔特爵士并未成亲。埃利奥特夫人去世十三年了，他们依然是近邻和挚友，一个还当鳏夫，一个仍做寡妇。

这位拉塞尔夫人已经到了老成持重的年纪，加上生活条件又极其优越，不会再兴起改嫁的念头，这一点用不着向公众赔不是，因为改嫁比守寡还要使这些人感到愤愤不满。不过，沃尔特爵士之所以还在打光棍，却必须解释一下。要知道，沃尔特爵士曾经很不理智地向人求过婚，私下碰了一两次钉子之后，便摆出一个慈父的样子，自豪地为他的宝贝女儿打光棍。为了一个女儿，就是他的那位大女儿，他倒真的会做出一切牺牲，不过迄今为止他还不是很愿意那样做罢了。伊丽莎白长到十六岁，她母亲的权利和作用但凡能继承的，她都继承了下来。她人长得很漂亮，很像她父亲，因此她的影响一直很大，父女俩相处得极其融洽。他的另外两个女儿可就远远没有那么高贵了。玛丽当上了查尔斯·默斯格罗夫夫人，多少还取得了一点徒有虚表的身价；而安妮倒好，凭着她那优雅的心灵、温柔的性格，若是碰到个真正有见识的人，她一定会大受抬举的，谁想在她父亲、姐姐眼里，她却是个微不足道的小妮子。她的意见无足轻重，她的个人安适总是被撇在一边——她只不过是安妮而已。

可是对于拉塞尔夫人来说，安妮简直是个顶可亲、顶宝贝的教女、宠儿和朋友。拉塞尔夫人对三个女儿都喜爱，但是只有在安妮身上，她才能见到那位母亲的影子。

安妮·埃利奥特几年前还是位十分漂亮的小姐，可是她早早地失去了青春的艳丽。不过，即使在她青春的鼎盛时期，她父亲也不觉得她有什么讨人爱的地方，因为她五官纤巧，一对黑眼睛流露出温柔的神情，压根儿就不像他。如今她香消色退，瘦弱不堪，当然就更没有什么能赢得他的器重。本来他就不怎么期望会在那本宝贝书里别的页上读到她的名字[①]，现在连一丝希望也不抱有了。要结成一起门当户对的姻缘，希望全寄托在伊丽莎白身上了，因为玛丽仅仅嫁给了一个体面有钱的乡下佬，因此尽把荣耀送给了别人，自己没沾上半点光。有朝一日，伊丽莎白准会嫁个门当户对的好人家。

有时会出现这样的情况：一位女子到了二十九岁倒比十年前出落

---

① 安妮若是嫁给一个有准男爵称号的男人，那家人将会（连带她）收录在《准爵录》的另一页上。

得还要漂亮。一般说来，人要是没灾没病，到这个年龄还不至于失去任何魅力。伊丽莎白便属于这类情况。十三年前，她开始成为漂亮的埃利奥特小姐，现在依然如故。所以，人们或许可以原谅沃尔特爵士忘记了女儿的年龄，或者至少会觉得他只是有点半傻不傻，眼见着别人都已失去美貌，却以为自己和伊丽莎白青春常驻；因为他可以清楚地看到，亲朋故旧都在变老。安妮形容憔悴，玛丽面皮粗糙，左邻右舍人人都在衰萎，拉塞尔夫人鬓角周围的皱纹在迅速增多，这早就引起了他的担忧。

就个人而论，伊丽莎白并不完全像她父亲那样遂心如意。她当了十三年凯林奇大厦的女主人，掌家管事，沉着果断，这绝不会使人觉得她比实际上年轻。十三年来，她一直当家做主，制定家规，带头去乘四轮马车，紧跟着拉塞尔夫人走出乡下的客厅、餐厅[①]。十三个周而复始的寒冬，在这个小地方所能举办的令人赞赏的舞会上，她总是率先跳头一场舞；十三个百花盛开的春天，她每年都要随父亲去伦敦过上几个星期，享受一番那大世界的乐趣。她还记得这一切，她意识到自己已经二十九岁，心里不禁泛起了几分懊恼和忧虑。她为自己仍然像过去一样漂亮而感到高兴，但是她觉得自己在步步逼近那危险的年头，倘若能在一两年内攀上一位体面的准男爵，她将为之大喜若狂。到那时候，她将像青春年少时那样，再次兴致勃勃地捧起那本宝书，不过眼下她并不喜欢这本书。书中总是写着她的出生日期，除了一个小妹妹之外，见不到别人成婚，这就使它令人厌恶。不止一次，她父亲把书放在她面前的桌上忘了合上，她躲开目光把书一合，然后推到一边。

另外，她还有过一桩伤心事，那本书特别是她的家史部分随时提醒她不能忘怀。就是那位假定继承人威廉·沃尔特·埃利奥特先生，尽管她父亲总是慷慨地维护他的继承权，但他却使她大失所望。

---

① 伊丽莎白在自家人中享有优先权，但却要屈居拉塞尔夫人之后，因为那位夫人已婚，是一位骑士的遗孀。

伊丽莎白还是做小姑娘的时候，一听说她若是没有弟弟，埃利奥特就是未来的准男爵，她便打定主意要嫁给他，她父亲也一向抱有这个打算。埃利奥特小时候，他们并不认识，然而埃利奥特夫人死后不久，沃尔特爵士主动结识了他，虽然他的主动表示没有遇到热烈的反响，但是考虑到年轻人有羞羞答答、畏畏缩缩的弱点，便坚持要结交他。于是，就在伊丽莎白刚刚进入青春妙龄的时候，他们趁着到伦敦春游的机会，硬是结识了埃利奥特先生。

那时，他是个年纪轻轻的小后生，正在埋头攻读法律。伊丽莎白觉得他极其和悦，便进一步确定了青睐他的各项计划。他们邀请他到凯林奇大厦做客。当年余下的时间里，他们一直在谈论他，期待他，可他始终没有来。第二年春天，他们又在城里见到了他，发现他还是那样和蔼可亲，于是再次鼓励他，邀请他，期待他，结果他还是没有来。接着便传来消息，说他结婚了。埃利奥特先生没有走爵士父女为他择定的做埃利奥特府第继承人的发迹之道，而是为了赢得自主权，娶了一位出身低贱的阔女人。

沃尔特爵士对此大为不满。他作为一家之长，总觉得这件事理应同他商量才是，特别是在他领着那位年轻人公开露面之后。“人家一定见到我们俩在一起了，”爵士说道，“一次在塔特萨尔拍卖行[①]，两次在下议院休息厅。”他表示不赞成埃利奥特的婚事，但是表面上又装作并不介意的样子。埃利奥特先生也没道歉，显示自己不想再受到爵士一家人的关照，不过沃尔特爵士却认为他不配受到关照，于是他们之间的交情完全中断了。

几年之后，伊丽莎白一想起埃利奥特先生的这段尴尬的历史，依然很生气。她本来就喜爱埃利奥特这个人，加之他是她父亲的继承

---

① 伦敦有名的赛马拍卖行。

人，她就更喜欢他了。她凭着一股强烈的家庭自豪感，认为只有他才配得上沃尔特·埃利奥特爵士的大小姐。天下的准男爵中，还没有一个人可以像他那样使她如此心甘情愿地承认与她正相匹配呢。然而，埃利奥特先生表现得着实下贱，伊丽莎白眼下（一八一四年夏天）虽然还在为他妻子戴黑纱[①]，她却不得不承认：他不值得别人再去想他。他的第一次婚姻纵使不光彩，人们却没有理由认为它会遗臭万代，因此，他若不是做出了更恶劣的事情，他那耻辱也早就完结了。谁料想，好心的朋友爱搬弄是非，告诉爵士父女说，埃利奥特曾经出言不逊地议论过他们全家人，并且用极其蔑视、极其鄙夷的口吻，诋毁他所隶属的家族和将来归他所有的爵位。这是无可饶恕的。

这就是伊丽莎白·埃利奥特的思想情感。她的生活天地既单调又高雅，既富足又贫乏，她心事重重，迫不及待地想加以调节，变换变换花样——她长久住在乡下的一个圈圈里，生活平平淡淡，除了到外面从事公益活动和在家里施展持家的才干技能以外，还有不少空闲时间，因而她想给生活增添些趣味，借以打发这些闲暇。

可是眼下，除了这一切之外，她又添加了另一桩心事和忧虑。她父亲越来越为钱财所苦恼。她知道，父亲现在再拿起《准爵录》，乃是为了忘掉他的商人的累累账单，忘掉他的代理人谢泼德先生的逆耳忠告。凯林奇庄园是一宗很大的资产，但是照沃尔特爵士看来，还是与主人应有的身份不相称。埃利奥特夫人在世的时候，家里管理得有条不紊，需求有度，节省开销，使得沃尔特爵士恰好收支平衡。但是随着夫人的去世，一切理智也便毁于一旦，从那时起，沃尔特爵士总是入不敷出。他不可能节省开支，他只是做了他身为爵士迫不得已要做的事情。然而，尽管他是无可责难的，可他却步步陷入可怕的债务

① 埃利奥特先生新近丧偶，正在戴孝。

之中，非但如此，因为经常听人说起，再向女儿进行隐瞒，哪怕是部分隐瞒，也是徒然的。去春进城时，他向伊丽莎白做了一些暗示，甚至把话说到这个地步：“我们可以节省些开支吗？你是否想到我们在哪个项目上可以节省的？”说句公道话，伊丽莎白在感到女性惯有的大惊小怪之余，却也认真思忖开了应该怎么办，最后提出了可以节省开支的两个方面：一是免掉一些不必要的施舍，二是不再为客厅添置新家具。这是两个应急的办法，后来她又想出了一个很妙的点子：他们要打破每年的惯例，以后不再给安妮送礼物。但是，这些措施虽说都很好，却不足以补救达到严重程度的窘迫。过不多久，沃尔特爵士便不得不向女儿供认了事情的真正严重性。伊丽莎白提不出卓有成效的办法。她同父亲一样，觉得自己时运不济，受尽了虐待。他们两人谁也想不出什么办法，一方面既能减少开支，另一方面又不会有损他们的尊严，不会抛弃他们的舒适条件，一致达到无法容忍的地步。

沃尔特爵士的田产，他只能处理掉很少一部分。不过，即使他可以卖掉每一亩土地，那也无关紧要。他可以在力所能及的范围内向外抵押土地，但是绝不肯纡尊降贵地出卖土地。不，他绝不会把自己的名声辱没到这般田地。凯林奇庄园是如何传给他的，他也要如何完完整整地传下去。

他们的两位知心朋友，一位是住在附近集镇上的谢泼德先生，一位是拉塞尔夫人，被请来替他们出谋划策。沃尔特爵士父女俩似乎觉得，他们两人中的某一位会想出个什么办法，既能帮他们摆脱困境，减少开支，又不至于使他们失去体面和自尊。

第二章

谢泼德先生是位斯文谨慎的律师，他对沃尔特爵士不管有多大的制约，有什么看法，碰到什么不愉快的事情，总是宁肯让别人提出，因而他推说自己拿不出半点主意，委婉地建议他们听听拉塞尔夫人的高见。拉塞尔夫人是个有名的聪明人，他最终想要沃尔特爵士采纳的果决措施，完全可以指望让她提出来。

拉塞尔夫人对这桩事可真是既焦急又热心，认认真真地作了一番考虑。她这个人与其说思维敏捷，不如说办事稳健，在眼下这个问题上，她遇到了两个互相对立的主要原则，一时很难打定主意。她本人倒十分诚挚，也很讲体面，但她又像其他通情达理的诚实人一样，一心想要顾全沃尔特爵士的情感，维护他们家族的声誉，从贵族的角度设身处地地为他们的应得利益着想。她是个宽厚慈善的好女人，感情强烈，品行端正，拘泥礼仪，言谈举止被视为教养有素的楷模。她心性娴雅，一般说来也很明智，坚定——不过，她有些偏爱名门贵族，尊崇高官显位，因而对达官贵人的缺点便有点视而不见。她自己仅仅是个骑士的遗孀，对一位准男爵也就尊崇备至。沃尔特爵士不仅是她的老朋友、客气的邻居、热心的房东、密友的丈夫、安妮姐妹的父亲，而且是她心目中的沃尔特爵士，他如今陷入了困境，值得引起别人的深切同情和关心。

他们必须节省开支，这是毋庸置疑的。但是她很想把事情办得妥帖些，以便尽量不给沃尔特爵士和伊丽莎白带来痛苦。她拟定了节约计划，进行了精确的计算，并且做出了别人意想不到的事情：她征求了安妮的意见，而在别人看来，这位安妮好像对此事毫无干系似的。而且在制订最后递交给沃尔特爵士的那份节约计划的过程中，还多多少少受到了安妮的影响。安妮的每一点修改意见，都主张实事求是，不讲排场。她要求采取更加有力的措施，来一个更加彻底的改革，更快地从债务中解脱出来，而且更加强调要入情入理，别的因素概不考虑。

“如果我们能说服你父亲接受这些意见，”拉塞尔夫人一面看着她的改革方案，一面说道，“那就解决大问题啦。如果他肯采纳这些调整措施，他七年后便能还清欠债。我希望我们能让他和伊丽莎白认识到：凯林奇大厦本身是体面的，这种体面不会因为缩减开支而受到影响；沃尔特·埃利奥特爵士是有尊严的，而在明智人的心目中，这种真正的尊严绝不会因为他按照原则办事而受到损害。事实上，他要做的不正是许多名门世家做过或者应该做的事情吗？他的情况并没有什么特殊的地方，这种特殊论往往使我们的行动遭到非难，也使我们吃尽最大的苦头。我们大有希望说服他。我们一定要认真果断，因为负债的人归根到底总得偿还。虽然我们要充分照顾像你父亲这样一位绅士、家长的情绪，但是我们更要注意维护一个诚实人的人格。”

安妮要她父亲遵循的，要他的朋友们敦促他接受的，正是这条原则。她认为，采取全面的节俭措施，以最快的速度偿清一切债务，这是义不容辞的责任，舍此决没有什么尊严可谈。她要求把这一条规定下来，让大家视为一项义务。她高度估价拉塞尔夫人的影响；至于说她自己凭着良心提出的严于克己，她相信，要说服大家来一场彻底的改革，也许不会比动员一场半拉子改革更困难。她了解父亲和伊丽莎白，纵观拉塞尔夫人提出的那个过于温和的节俭清单，她觉得减掉一对马不见得比减掉两对马更好受些。

安妮那些更苛刻的要求会遇到何种反应，这已经无关紧要了。拉塞尔夫人的要求压根儿没有获得成功：对方无法接受，无法容忍。“什么！砍掉生活中的一切舒适条件！旅行，进城，仆人，马匹，用餐——样样都要缩减，样样都要限制。以后的生活连个无名绅士的体面都没有了！不，我宁可马上搬出凯林奇大厦，也不愿意按这样的屈辱条件继续住在里面。”

“搬出凯林奇大厦！”谢泼德先生立即接过话茬。他一心想要促使沃尔特爵士真正节省开支，但是他又十分清楚地认识到：倘若不让他换个住所，则将一事无成。“既然有权发号施令的人提出了这个念头，”他说，“那我也就毫无顾忌地承认：我完全同意这个意见。据我看来，沃尔特爵士在大厦里既然要保持名门世家、殷勤好客的声誉，就不可能从根本上改变现在的生活派头。换个别的地方，沃尔特爵士就能自己做主，随心所欲地选择自己的生活方式，安排自己的家务，并且受到人们的敬仰。”

沃尔特爵士准备搬出凯林奇大厦。犹豫了几天之后，去向的大问题解决了，这次重大变革的初步方案也拟定好了。

有三个可供选择的去处：伦敦，巴思[1]和乡下的另外一所住宅。安妮满心希望选择后者。那是一幢离他们庄园不远的小房子，住在那里可以同拉塞尔夫人继续交往，还可以与玛丽挨得很近，有时还可以欣赏一下凯林奇的草坪和树林，这真是安妮梦寐以求的目标。但是安妮命该如此，事情的结果往往同她的意愿背道而驰。她不喜欢巴思，觉得那地方不合她的胃口——可她偏偏得住到巴思。

沃尔特爵士起先想去伦敦，可是谢泼德先生觉得他在伦敦叫人放心不下，便巧言巧语地劝说他打消了这个念头，从而选中了巴思。对于一个身处逆境的人来说，这个地方保险得多：在那儿，他可以相对地少花钱，而又过得很显贵。不用说，巴思和伦敦比起来，是有两个优越条件起了作用：一是它距离凯林奇只有五十英里，来往更方便，二是拉塞尔夫人每年冬天可以去那里住些日子。本来，拉塞尔夫人在规划改革的过程中，最先考虑的就是巴思，现在也大为满意了。沃尔特爵士和伊丽莎白经过开导，觉得搬到巴思既不会丢掉身份，又不会失去乐趣。

拉塞尔夫人分明知道亲爱的安妮的心愿，却又不得不加以反对。要让沃尔特爵士纡尊降贵地住进他庄园附近的一座小房子里，这委实

---

① 英格兰西部著名的矿泉疗养胜地。

太过分了。就连安妮自己也会发现，这比她预先想象的更加有失体面，沃尔特爵士感情上一定通不过。至于说安妮不喜欢巴思，拉塞尔夫人认为那不过是一种偏见和误解，安妮之所以产生这种偏见和误解，首先是由于她在母亲死后，曾到那里读了三年书，其次是由于她同拉塞尔夫人在那里度过的唯一的那个冬天，却碰巧赶上精神不很愉快。

总而言之，拉塞尔夫人很喜欢巴思，便以为这地方一定会中大伙的意。至于说到她的年轻朋友的身体，只要她赶天热的时候来凯林奇村同教母住上几个月，一切有损健康的因素都可避免。其实，换换环境对她的身心都有好处。安妮很少出门，别人也很少见到她。她情绪不高，多跟人交往交往会使情绪有所好转。她希望有更多的人认识安妮。

对沃尔特爵士来说，他们的搬迁计划幸好从一开始便包括一项内容，而且是很重要的一项内容，这就使他更不喜欢在方圆左近找座房子。原来，他不但要离开自己的家，而且要看着它落到别人手里；这即使对毅力比沃尔特爵士更强的人，也是个难以承受的考验。凯林奇大厦要出租。不过这是绝密，不得泄露给外人知道。

沃尔特爵士不愿让人知道他想出租房子，他忍受不了这个屈辱。有一次，谢泼德先生提到了“登广告”，可是后来再也没敢说起这话。沃尔特爵士坚决反对主动提出出租，不管采取什么形式，丝毫不准向人透露他有这种打算。只有假定有位极其合适的申请人主动向他提出请求，他才会按照自己的条件，作为大恩大典而出租凯林奇大厦。

人要是喜欢什么，找起理由来还真够快当的！拉塞尔夫人之所以对沃尔特爵士一家搬出乡下感到无比高兴，还有一个极其过硬的理由。伊丽莎白最近结交了一位知心朋友，拉塞尔夫人巴不得让她们一刀两断。这位朋友是谢泼德先生的女儿，她婚后感到不幸福，便带着两个累赘孩子，回到了娘家。她是个机灵的年轻女人，懂得卖乖讨好的诀窍，至少懂得在凯林奇大厦卖乖讨好的诀窍。她赢得了埃利奥特小姐的欢心，尽管拉塞尔夫人认为结交这个朋友不合适，一再暗示小姐要当心，要克制，可是那位朋友来大厦盘桓已经不止一次了。

的确，拉塞尔夫人对伊丽莎白是没有什么左右力的，不过她看样子还喜欢她，这倒不是因为伊丽莎白讨人喜爱，而是因为拉塞尔夫人愿意这么做。这位夫人从伊丽莎白那里得到的，仅仅是表面上的客客气气，大不过是表示表示礼貌罢了。她从来没有说服伊丽莎白克服以往的成见，接受她要表明的观点。沃尔特爵士父女每次去伦敦都把安妮撇在家里，拉塞尔夫人深知这种安排自私不公，有失体面，曾几次三番地力争让安妮跟着一起去，并且多次试图拿自己的见解和经验开导伊丽莎白——但总是徒劳无益，伊丽莎白偏要一意孤行——而在选择克莱夫人作朋友的过程中，她同拉塞尔夫人作对的思想从来没有表现得那么坚决。她抛开一个如此可爱的妹妹，而去错爱一个按理只配受到淡然以礼相待的女人，把她当作了知心人。

从地位上判断，拉塞尔夫人觉得克莱夫人与伊丽莎白很不相称；从人品上看，拉塞尔夫人又认为克莱夫人是个十分危险的伙伴——因此，通过搬家甩掉克莱夫人，让埃利奥特小姐结交一些更为合适的知心朋友，便成为一个头等重要的目标。

第三章

“沃尔特爵士，请听我说，”一天早晨，谢泼德先生来到凯林奇大厦，放下手中的报纸说道，“眼前的局面对我们十分有利。这下天下太平了[①]，有钱的海军军官就要回到岸上。他们都要安个家。沃尔特

① 这里指欧洲联军对拿破仑战争（1793—1815）已经宣告结束。

爵士，时机再好不过了，你可以随意挑选房客，非常可靠的房客。战争期间，许多人发了大财。我们要是碰到一位有钱的海军将领，沃尔特爵士——”

“我只能这么说，”沃尔特爵士答道，“那他可就是个鸿运亨通的人。凯林奇大厦的的确确要成为他的战利品啦。就算他过去得了许许多多的战利品，凯林奇大厦可是最了不起的战利品——你说对吧，谢泼德？”

谢泼德先生听了这番俏皮话，不由得失声笑了起来，他也知道他肯定要笑，然后接着说道：

“沃尔特爵士，我敢断言，论起做交易来，海军的先生们是很好说话的。我多少了解一点他们做交易的方式。我可以坦率地告诉你，这些人非常宽怀大度，可以成为称心如意的房客，比你遇见的什么人都不逊色。因此，沃尔特爵士，请允许我提个这样的建议：如果你的打算给张扬出去——应该承认这种事情是可能的，因为我们都知道，在如今的世界上，一个地方的人们有什么行动和打算，很难保证不引起别处人们的注意和好奇。地位显赫有它的副作用——我约翰·谢泼德可以随心所欲地把家里的事情隐瞒起来，因为没有人会认为我还值得注意。不过你是沃尔特·埃利奥特爵士，别人的眼睛总是盯着你，你想躲也躲不开——因此，我敢冒昧地说，尽管我们小心翼翼，假若事情给传扬出去，我并不会感到大惊小怪——我刚才正要说，假定出现这种情况，无疑会有人提出申请，对于阔气的海军军官，我想应该给以特别关照——请允许我再补充一句：不管什么时候，一经召唤，我两小时之内就能赶到府上，代为复函。”

沃尔特爵士只是点了点头。过不一会儿工夫，他立起身来，一边在屋里踱步，一边讥诮地说道：

“我想，海军的先生们住进这样一座房子，几乎没有什么人不感到惊奇的。”

“毫无疑问，他们要环顾一下四周，庆幸自己有这般好运气。”在场的克莱夫人说道。她是跟着她父亲一起过来的，乘马车来凯林奇做客，对她的身体大有裨益。“不过我很赞同我父亲的观点：做水兵的可以成为称心如意的房客。我很了解做水手的，他们除了宽怀大度以外，做什么事情都有条不紊，仔仔细细！沃尔特爵士，您的这些宝贝画若是不打算带走，保证万无一失。屋里屋外的东西样样都会给你保管得妥妥帖帖的！花园也好，矮树丛也好，都会像现在这样收拾得井然有序。埃利奥特小姐，你不用担心你那漂亮的花圃会给荒废了。”

“说到这个嘛，”沃尔特爵士冷冷地回道，“假使我受你们的怂恿决定出租房子的话，我可万万没有打定主意要附加什么优惠条件。我并非很想厚待一位房客。当然，猎场还是要供他使用的，无论是海军军官还是别的什么人，谁能有这么大的猎场？不过，如何限制使用游乐场却是另外一码事儿。我不喜欢有人随时可以进出我的矮树丛。我要奉劝埃利奥特小姐留心她的花圃。实话对你们说吧，我根本不想给予凯林奇大厦的房客任何特殊的优待，不管他是海军还是陆军。”

停了不一会儿，谢泼德先生贸然说道：

“这类事情都有常规惯例，把房东与房客之间的关系搞得清清楚楚，双方都不用担心。沃尔特爵士，你的事情把握在牢靠人手里。请放心，我保证你的房客不会超越他应有的权利。我敢这样说，沃尔特·埃利奥特爵士保护自己的权利，远远不像替他保驾的约翰·谢泼德那样谨慎戒备。”

这时，安妮说道：

“我想，海军为我们出了这么大的力，他们至少应该像其他人一样，有权享受任何家庭所能提供的一切舒适条件，一切优惠待遇。我们应该承认，水兵们艰苦奋斗，应该享受这些舒适条件。”

“千真万确，千真万确。安妮小姐说的话千真万确。”谢泼德先生答道。他女儿也跟着说了声：“哦！当然如此。”可是歇了片刻，沃尔特爵士却这样说道：

“海军这个职业是有用处的，但是一见到我的哪位朋友当上了水兵，我就感到惋惜。”

“真的吗？”对方带着惊讶的神气说道。

“是的。它在两点上使我感到厌烦，因此我也就有两个充足的理由对它表示反感。首先，它给出身微贱的人带来过高的荣誉，使他们得到他们的先辈从来不曾梦想过的高官厚禄。其次，它触目惊心地毁灭了年轻人的青春与活力，因为水兵比其他人都老得快。我观察了一辈子。一个人进了海军，比参加其他任何行业都更容易受到一个他父亲不屑搭理的庸人的儿子的凌辱，更容易使自己过早地受人嫌弃。去年春上，我有一天在城里遇见两个人，他们可以为我的话提供有力的证据。我们都知道，圣艾夫斯勋爵的父亲是个乡下的副牧师，穷得连面包都吃不上。可我偏偏要给圣艾夫斯勋爵和一位鲍德温将军让道。这位将军真是要多难看有多难看。他的脸膛是红褐色的，粗糙到了极点。满脸都是皱纹，一边脑帮上挂着九根灰毛，上面是个粉扑扑的大秃顶。‘天哪，那位老兄是谁呀？’我对站在跟前的一位朋友（巴兹尔·莫利爵士）说道。‘老兄！’巴兹尔爵士嚷道，‘这是鲍德温将军。你看他有多大年纪？’‘六十，’我说，‘也许是六十二。’‘四十，’巴兹尔爵士答道，‘刚刚四十。’你想象一下我当时有多惊奇。我不会轻易忘掉鲍德温将军。我从没见过海上生活能把人糟蹋成这副惨相，不过还是多少有所了解，知道他们都是如此：东飘西泊，风吹雨打，直至折磨得不成样子。他们干脆一下子给劈死了倒好，何苦要挨到鲍德温将军的年纪。”

“别这么说，沃尔特爵士，”克莱夫人大声说道，“你这话实在有

点尖刻。对那些可怜的人儿发点慈悲吧。我们大家并非生下来都很漂亮。大海当然也并非是美容师，水兵的确老得快。我也经常注意到这一点：他们很快便失去了青春的美貌。可是话又说回来，许多职业（也许是绝大多数职业）的情况不也统统如此吗？在陆军服役的大兵境况一点也不比他们好。即使是那些安稳的职业，如果说不伤身体的话，却要多伤脑筋，这就很难使人的容貌只受时光的自然影响。律师忙忙碌碌，落得形容憔悴；医生随叫随到，风雨无阻；即使牧师——”她顿了顿，寻思对牧师说什么才是——“你们知道，即便牧师也要走进传染病房，使自己的健康和相貌受到有毒环境的损害。其实，我历来认为，虽然每个行业都是必要的，光荣的，但是有幸的只是这样的人，他们住在乡下，不用从事任何职业，过着有规律的生活，自己支配时间，自己搞些活动，靠自己的财产过日子，用不着苦苦钻营。我看只有这种人才能最大限度地享受到健康和美貌的福祉。据我所知，其他情况的人都是一过了青春妙龄，便要失去几分美貌。”

谢泼德先生如此急切地想要引起沃尔特爵士对海军军官做房客的好感，仿佛他有先见之明似的；因为头一个提出申请要租房子的，正是一位姓克罗夫特的海军将军，谢泼德先生不久前出席汤顿[①]市议会举行的季会，偶然结识了他。其实，他早就从伦敦的一位通信者那里打听到了有关这位将军的线索。他急匆匆地赶到凯林奇报告说，克罗夫特将军是萨默塞特人，如今发了大财，想回本郡定居。他这次来汤顿，本想在这附近看看广告中提到的几处房子，不料这些房子都不中他的意。后来意外地听说——（谢泼德先生说，正像他预言的那样，沃尔特爵士的事情是包藏不住的）——意外地听说凯林奇大厦可能要出租，而且又了解谢泼德先生同房主人的关系，便主动结识了他，以

① 萨默塞特郡郡府。

便问个仔细。在一次长谈中，他虽说只是听了听介绍，却表示非常喜欢这幢房子。他在明言直语地谈到自己时，千方百计地要向谢泼德先生证明：他是个最可靠、最合格的房客。

“克罗夫特将军是何许人？”沃尔特爵士有些疑心，便冷冷地问道。

谢泼德先生担保说，他出身于绅士家庭，而且还提到了地点。停了片刻，安妮补充说道：

“他是白色中队的海军少将①，参加过特拉法加战役②，此后一直待在东印度群岛。我想，他驻守在那里已经好多年了。”

“这么说来，”沃尔特爵士说道，“他的面色想必和我仆人号衣的袖口和披肩一样赤黄啦。”

谢泼德先生急忙对他说，克罗夫特将军是个非常健壮、非常英俊的男子汉，确实有点饱经风霜，但不是很严重，思想举止大有绅士风度。他丝毫不会在条件上留难于沃尔特爵士，他只想能有一个舒适的家，并能尽快地搬进去。他知道，要舒适就得付出代价，知道住这么一座陈设齐备的大厦要付多少房租。假使沃尔特爵士当初要价再高一些，他也不会大惊小怪。他了解过庄园的情况，当然希望得到在猎场上打猎的权利，不过并没有极力要求。说他有时拿出枪来，但是从来不杀生。真是个有教养的人。

谢泼德先生滔滔不绝地絮叨着，把海军少将的家庭底细统统兜了出来，显得他是个再理想不过的房客。他成了婚而又没有孩子，这真是个求之不得的情况。谢泼德先生说，屋里缺了女主人，无论如何也照料不好。他不知道家里没有太太与子女满堂相比，究竟哪种情况使

---

① 英国三支海军中队按级别从大到小排列：红色中队、白色中队、蓝色中队；三支中队的长官分别是海军上将、海军中将、海军少将。

② 1805 年，拿破仑策划从布伦入侵英国，结果在特拉法加海战中，纳尔逊率领的英国舰队大败法国-西班牙联合舰队。

家具破损得更快。一位没有儿女的太太是世上最好的家具保管员。他也见过克罗夫特夫人。她同海军少将一起来到汤顿，他们两个进行洽谈的时候，她几乎一直在场。

“看样子，她是个伶牙俐齿、文雅精明的女人，”谢泼德先生继续说道，“对于房子、出租条件和赋税，她提的问题比海军少将自己提的还多，仿佛比他更懂得生意经。另外，沃尔特爵士，我发现她不像她丈夫那样，在本地完全无亲无故。这就是说，她同曾经住在我们这一带的一位绅士是亲姊弟。这是她亲口对我说的。她还是几年前住在蒙克福德的一位绅士的亲姐姐。天哪！他叫什么来着？他的名字我虽然最近还听人说过，可眼下却记不起来了。亲爱的佩内洛普，你能不能帮我想起以前住在蒙克福德的那位绅士——也就是克罗夫特夫人的弟弟叫什么名字？”

谁想克莱夫人同埃利奥特小姐谈得正热火，并没听到他的求告。

“谢泼德，我不晓得你指的是谁。自打特伦特老先生去世以来，我不记得有哪位绅士在蒙克福德居住过。”

“天哪！好奇怪呀！我看不用多久，我连自己的名字都要忘掉了。我那么熟悉的一个名字。我同那位先生那么面熟，见过他足有一百次。我记得他有一次来请教我，说是有一位邻居非法侵犯了他的财产。一位农场主的用人闯进他的果园——扒倒围墙——偷盗苹果——被当场抓住。后来，出乎我的意料，他居然同对方达成了和解。真够奇怪的！”

又顿了片刻，安妮说道：

“我想你是指温特沃思先生吧？”

谢泼德先生一听大为感激。

“正是温特沃思这个名字！那人就是温特沃思先生。你知道，沃尔特爵士，温特沃思先生以前做过蒙克福德的副牧师，做了两三年。我想他是一八〇五年来到那里的。你肯定记得他。”

“温特沃思？啊，对了！温特沃思先生，蒙克福德的副牧师。你用绅士这个字眼可把我给蒙住了。我还以为你在谈论哪一位有产者呢。我记得温特沃思先生是个无名之辈，完全无亲无故，同斯特拉福德家族毫无关系[①]。不知道为什么，我们许多贵族的名字怎么变得如此平凡。”

谢泼德先生发觉，克罗夫特夫妇有了这位亲戚并不能增进沃尔特爵士对他们的好感，便只好不再提他，而将话锋一转，又满腔热忱地谈起了他们那些毋庸置疑的有利条件：他们的年龄、人数和财富；他们如何对凯林奇大厦推崇备至，唯恐自己租不到手。听起来，他们似乎把做沃尔特·埃利奥特爵士的房客视为最大的荣幸。当然，他们假如能够得悉沃尔特爵士对房客的权利所抱的看法，这种渴求就太异乎寻常了。

无论如何，这笔交易还是做成了。虽然沃尔特爵士总是要用恶狠狠的目光注视着打算住进凯林奇大厦的任何人，认为他们能以最高的价钱把它租下来真是太幸运了；但是经过劝说，他还是同意让谢泼德先生继续洽谈，委任他接待克罗夫特将军。将军眼下还住在汤顿，要定个日期让他来看房子。

沃尔特爵士并不是个精明人，不过他凭着自己的阅历可以感到：一个本质上比克罗夫特将军更加无可非议的房客，不大可能向他提出申请。他的见识就能达到这一步。他的虚荣心还给他带来了一点额外的安慰，觉得克罗夫特将军的社会地位恰好够高的，而且也不偏高。“我把房子租给了克罗夫特将军。”这话听起来有多体面，比租给某某先生体面多了。凡是称为先生的，也许全国除了五六个以外，总是需要做点说明。海军将军这个头衔本身就说明了他的举足轻重，同时又绝不会使一位准男爵相形见绌。他们在相互交往中，沃尔特·埃利奥

---

① 斯特拉福德家族属于贵族家庭，系查理一世的大臣托马斯·温特沃思的后裔。

特爵士总是要高对方一筹。

凡事都要同伊丽莎白商量才能办成，不过她一心就想搬家，现在能就近找到位房客，迅速了结这桩事，她自然感到很高兴，压根儿没有提出异议。

谢泼德先生被授以全权处理这件事。本来，安妮一直在聚精会神地听他们议论，不觉涨得满脸通红，现在一见有了这样的结果，便连忙走出屋子，想到外面透透气。她一边沿着心爱的矮树丛走去，一边轻轻叹了口气，然后说道："也许再过几个月，他就会在这儿散步了。"

第四章

此人不管外表看来如何令人可疑，他却不是蒙克福德以前的副牧师温特沃思先生，而是副牧师的弟弟弗雷德里克·温特沃思海军上校。这位温特沃思当年由于参加了圣多明戈附近的海战[①]，而被晋升为海军中校，再加之一时没有任务，便于一八〇六年夏天来到萨默塞特郡。可怜他父母双亡，只好在蒙克福德住了半年。当时，他是个出类拔萃的好后生，聪明过人，朝气勃勃，才华横溢。而安妮是个极其美丽的少女，性情温柔，举止娴静，兴致高雅，感情丰富。本来，双方只要具备一半的魅力也就足够了，因为小伙子无所事事，姑娘却又简直无人可爱。然而，双方都有这么多的优点长处，相逢之后岂有不成功的道理。他们逐渐结识了，结识后便迅速陷入了热恋。很难说谁觉得对方更完美，也很难说谁感到更幸福：是受到小伙子倾心求爱的姑娘，还是得到姑娘应允的小伙子。

接踵而来的是一段无比幸福的美好光阴，可惜好景不长，不久便

---

① 欧洲联军对拿破仑战争中的一次海战，发生于 1806 年 2 月 6 日。

出现了麻烦。当小伙子向沃尔特爵士提出请求时，沃尔特爵士既不实说不同意，也不明示这绝不可能，而是用异常惊讶、异常冷淡、异常沉默的方式表示否决，并且明确表示：绝不给女儿任何好处。他觉得，这是一起极不体面的姻缘。拉塞尔夫人虽然不像爵士那样傲气十足，不可一世，但还是认为这门亲事极不恰当。

安妮·埃利奥特出身高贵，才貌超群，十九岁就要把自己葬送掉，去跟这样一个年轻人订婚。他除了自己的人品之外别无其他长处，没有希望发家致富，一切指望着一项极不可靠的职业，而且即使从事这项职业，也没有亲朋故旧可以确保他步步高升，安妮嫁给他可真是自我葬送，拉塞尔夫人一想起来就痛心！安妮·埃利奥特这么年轻，见识的人这么少，现在要让一个无亲无故、没有财产的陌生人抢走；或者说使她堕落到困苦忧愁、扼杀青春的从属地位！这可不行，她对安妮几乎怀有母亲般的爱，享有母亲般的权利，她若是采取正当的方式，朋友式地出面干预，向她陈述利害，事情还是可以挽救的。

温特沃思没有家产。他在海军混得不错，但是钱来得随便花得也随便，他一直没有积下财产。不过他确信，他很快就会有钱的。他生气勃勃，热情洋溢，知道自己不久便会当上舰长，不久便会达到要啥有啥的地步。他始终是幸运的，他知道以后还会如此。他这种信心本身就很强烈，再加上又往往表示得那样逗趣，安妮岂能不为之心悦诚服。可是拉塞尔夫人却大不以为然。温特沃思的乐天性格和大无畏精神使她产生了迥然不同的反响。她认为，这只不过是罪孽的恶性发展，仅仅为温特沃思增添了危险性。他才华横溢而又刚愎自用。拉塞尔夫人不喜欢听人逗趣，极端厌恶一切轻率的举动。她从各方面表示不赞成这门亲事。

拉塞尔夫人怀着这样的心情表示反对，这是安妮无法抗拒的。她虽然年轻温柔，又得不到姐姐好言好语的安慰，可是父亲的不怀好意她或许还是可以顶得住的。然而，拉塞尔夫人是她一向热爱信赖的人，她一直在矢志不移、满怀深情地劝导她，岂能徒劳无益。她被说服了，认为他们的订婚是错误的——既不慎重又不得体，很难获得成功，也有所不值。不过，她之所以能谨慎从事，解除了婚约，并不仅仅是出于自私的考虑。假若她认为她是在为自己着想，而不是更多地在为温特沃思着想，她根本不可能舍弃他。她相信自己这样谨慎从事，自我克制，主要是为了他好，这是她忍痛与他分离（也是最终分离）的主要安慰。而每一点安慰又是必要的，因为使安妮感到格外痛苦的是，温特沃思固执己见，无法说服，总觉得自己受到虐待，被人强行抛弃。因此，他离开了那地方。

他们前前后后只交往了几个月。但是安妮由此而引起的痛苦却没有在几个月中消释。长年以来，痴情和懊恼的阴云一直笼罩着她的心头，使她丝毫尝不到青年人的欢乐。结果，她过早地失去了青春的艳丽和兴致。

这段令人心酸的短暂历史结束七年多了。随着时光的流逝，她对温特沃思的特殊感情已经大大淡薄了，也许可以说，几乎整个地淡薄了，然而她过于完全依赖时光的作用了。她没有采取其他的辅助手段，比如换换地方（她只在他们关系破裂后不久，去过一趟巴思），或者多结交些新朋友。在她的心目中，凡是来过凯林奇一带的人，没有一个比得上弗雷德里克·温特沃思的。在她这个年纪，要治愈她心头创伤的最自然、最恰当、最有效的办法就是再找个对象。可是她心比天高，挑三拣四，要在周围有限的小天地里再找个对象，谈何容易。当她大约二十二岁的时候，有位年轻人向她求婚，她不同意，小伙子过不多久便娶了她那位心甘情愿嫁给他的妹妹。拉塞尔夫人对她的拒绝表示惋惜，因为查尔斯·默斯格罗夫是个长子，他父亲的地产和地位在本郡仅次于沃尔特爵士，而且查尔斯本人名声很好，仪表堂堂。安妮十九岁的时候，拉塞尔夫人尽管对她要求可能更高些，可是等她到了二十二岁，她又很想看见她体面地搬出凯林奇大厦，摆脱她父亲的偏见不公，在她近旁找个终身的归宿。可是在这件事情中，安妮根本不给人留有忠告的余地。虽然拉塞尔夫人对自己的谨慎态度一如既往地感到很满意，并不希望挽回过去的局面，但是她现在开始担忧了，而且这担忧有些近似绝望。她认为安妮感情热烈，善于持家，特别适宜过小家庭生活，可现在她恐怕再也不会被哪位富有才干、独立自主的男子所打动，而与他结成美满姻缘。

对于安妮的行为，她们在一个主要问题上并不了解相互间的观点，不知道对方的观点改变了没有，因为这个问题从来不曾谈起过。不过安妮到了二十七岁，心里的想法和十九岁时的想法大不相同。她曾经接受过拉塞尔夫人的指引，为此她既不责怪拉塞尔夫人，也不责怪她自己。可她觉得，假使有哪位处于同样情况的年轻人向她求教，她绝不会给人家出那样的主意，以至眼前的痛苦毋庸置疑，而长远的好处又不可捉摸。她相信，在遭到家人反对的不利情况下，尽管他们会对温特沃思的职业感到焦灼不安，尽管这可能引起忧虑、推延和失望，但是她假如保持婚约的话，还是会比解除婚约来得更幸福些。而且，她完全相信，即使他们感到通常分量，甚至超过通常分量的焦虑不安，她也会感到更幸福些。何况，他们的实际情况还并非如此。事实上，他们发财走运的时间将比人们合理推测的要早。温特沃思的乐观期待和满怀信心，统统被证明是有道理的。天赋与热情似乎给他带来了先见之明，指引他走上了成功之路。他们解约之后不久，他就得到了任用。他原先告诉她要出现的情况，全部应验了。他表现突出，很快又被晋升了一级。由于接连缴获战利品，他现在一定攒下了一笔可观的财产。安妮只有海军花名册和报纸作为依据，但是她无法怀疑他发了财。而且，她相信他是忠贞不渝的，没有理由认为他已经结婚。

若叫安妮·埃利奥特说起来，那该具有何等的说服力啊！至少，她对早年炽热恋情的渴望，对未来的满怀喜悦和信心，是有充分理由的，而过去的谨小慎微似乎成了对奋争的侮慢和对上帝的亵渎！她年轻的时候被迫采取了谨慎小心的态度，随着年龄的增长，她逐渐染上了浪漫色彩——这是一个不自然开端的自然结果。

她怀着这样的心情，回想起这一切情景，一听说温特沃思舰长的姐姐可能住进凯林奇，心里怎能不勾起过去的隐痛。她需要多次的散步，多次的叹息，方能消除内心的忐忑不安。她经常告诫自己这样做是愚蠢的，后来才鼓足勇气，觉得大家接连讨论克罗夫特夫妇要租房子的事情并没有什么不好。不过，使她感到宽慰的是，她的朋友中了解过去这段隐情的总共不过三个人，而这三个人看上去又似不知不觉、不闻不问的，仿佛压根儿记不起这件事儿了。她可以公平地断定，拉塞尔夫人这样做的动机要比她父亲和伊丽莎白来得光明磊落。她钦佩她那镇静自若的体谅态度。然而他们之间存在着的那种若无其事的气氛，不管起因何在，对她却是至为紧要的。倘若克罗夫特将军果真住进凯林奇大厦，她可以一如既往地高高兴兴地相信：她的亲戚朋友中只有三个人了解她的过去，这三个人想来绝不会走漏一点风声。而在温特沃思的亲戚朋友中，只有同他住在一起的哥哥知道他们之间有过一次短命的订婚。这位哥哥已经早就离开了乡下，鉴于他是个通情达理的人，而且当时又是个单身汉，安妮可以心安理得地相信，不会有人从他那里听到这段隐情的。

温特沃思的姐姐克罗夫特夫人当时不在英国，随着丈夫到海外驻防去了，而安妮自己的妹妹玛丽呢，当发生这一切情况的时候，她正在上学，别人有的出于自尊，有的出于体贴，后来一丝半点也没告诉她。

有了这些安慰，她觉得即使拉塞尔夫人仍然住在凯林奇，玛丽就在三英里之外，她也必须结识一下克罗夫特夫妇，而不必感到有什么特别尴尬的地方。

第五章

安妮几乎每天早晨都有散步的习惯。就在约定克罗夫特夫妇来看凯林奇大厦的那天早上，她便自然而然地跑到拉塞尔夫人府上，一直躲到事情完结。不过，后来她却为错过一次拜见客人的机会，又自然而然地感到遗憾。

双方这次会见，结果十分令人满意，当下就把事情谈妥了。两位夫人小姐事先就满心希望能达成协议，因此都发现对方举止颇为得体。至于说到两位男主人，将军是那样和颜悦色，那样诚挚大方，这不可能不使沃尔特爵士受到感染。此外，谢泼德先生还告诉他，将军听说沃尔特爵士堪称卓有教养的楷模，更使他受宠若惊，言谈举止变得极其得体，极其优雅。

房屋、庭园和家具都得到了认可，克罗夫特夫妇也得到了认可，时间、条件、事事、人人，都不成问题。谢泼德先生的书记员奉命着手工作，整个契约的初稿中，没有一处需要修改。

沃尔特爵士毫不迟疑地当众宣布：克罗夫特将军是他见到的最英俊的海员，而且竟然把话说到这个地步：假如他自己的贴身男仆当初帮将军把头发修理一下，他陪他走到哪里也不会感到羞愧。再看将军，他乘车穿过庄园往回走时，带着真挚热情的口吻对他夫人说："亲爱的，尽管我们在汤顿听到些风言风语，可我还是认为我们很快就能达成协议。准男爵是个无所作为的人，不过他似乎也不坏。"俗话说礼尚往来，这大致可以被视为旗鼓相当的恭维话了吧。

克罗夫特夫妇定于米迦勒节①那天住进凯林奇大厦。由于沃尔

① 9 月 29 日，英国四大结账日之一，租约多于此日履行。

特爵士提议在前一个月搬到巴思，大家只好抓紧时间做好一切准备工作。

拉塞尔夫人心里有数，沃尔特爵士父女选择住房时，安妮是不会获许有任何发言权的，因此她不愿意这么匆匆地把她打发走，而想暂且让她留下，等圣诞节过后亲自把她送到巴思。可是，鉴于她有自己的事情，必须离开凯林奇几个星期，她又不能尽心如愿地提出邀请。再说安妮，她虽然惧怕巴思九月份的炎炎烈日，不愿抛弃乡下那清凉而宜人的秋天气候，但是通盘考虑一下，她还是不想留下。最恰当、最明智的办法还是同大伙儿一起走，这样做给她带来的苦楚最小。

不料发生了一个情况，使她另有了一项任务。原来，玛丽身上经常有点小毛病，而且她总是把自己的病情看得很重，一有点毛病就要来喊安妮。眼下她又感觉不舒服了。她预感自己整个秋天都不会有一天的好日子，便请安妮去，或者更确切地说，是要求她去，因为让她放着巴思不去，却来厄泼克劳斯乡舍同她做伴，而且要她待多久就得待多久，这就很难说是请求了。

“我不能没有安妮。”玛丽申述了情由。伊丽莎白回答说：“那么，安妮当然最好留下啦，反正到了巴思也不会有人需要她。”

被人认为还有些用处，虽说方式不够妥当，至少比让人当作无用之才而遗弃要好。安妮很乐意被人看作还有点用处，很乐意让人给她分派点任务，当然她也很高兴地点就在乡下，而且是她自己可爱的家乡。于是，她爽爽快快地答应留下。

玛丽的这一邀请倒省得拉塞尔夫人作难了，因此事情马上说定：安妮先不去巴思，等以后拉塞尔夫人带她一起去。在此期间，安妮就轮流住在厄泼克劳斯乡舍和凯林奇小屋。

迄今为止，一切都很顺利。谁想到拉塞尔夫人突然发现，凯林奇大厦的计划里有个问题几乎把她吓了一跳。问题就出在克莱夫人身上，她正准备同沃尔特爵士和伊丽莎白一道去巴思，作为伊丽莎白最重要、最得力的助手，协助她料理眼前的事情。拉塞尔夫人觉得万分遗憾，沃尔特爵士父女居然采取了这样的措施——真叫她感到惊讶、悲伤和担忧。克莱夫人如此被重用，而安妮却一点也不受器重，这是对安妮的公然蔑视，怎能不叫人大为恼怒。

安妮本人对这种蔑视已经习以为常了，但她还是像拉塞尔夫人一样敏锐地感到，这样的安排有些轻率。她凭着自己大量的暗中观察，凭着她对父亲性格的了解（她经常希望自己了解得少一点），可以感觉到：她父亲同克莱夫人的密切关系完全可能给他的家庭带来极其严重的后果。她并不认为她父亲现在已经产生了那种念头。克莱夫人一脸雀斑，长着一颗大龅牙，有只手腕不灵活，为此她父亲一直在背后挖苦她。然而她毕竟年轻，总体说来也挺漂亮，再加上头脑机灵，举止一味讨人喜欢，使她更加富有魅力，这种魅力比起纯粹容貌上的魅力来，不知道要危险多少倍。安妮深深感到这种魅力的危险性，义不容辞地也要让姐姐对此有所察觉。她不大可能成功，不过一旦发生这种不幸，伊丽莎白要比她更加令人可怜，她想必决没有理由指责她事先没有告诫过她。

安妮启口了，可似乎只招来了不是。伊丽莎白无法设想她怎么会产生如此荒谬的猜疑，并且愤然担保说：他们双方绝对是安分守己的。

“克莱夫人，”她激动地说，“从来没有忘记自己的身份。我比你更了解她的思想。我可以告诉你，在婚姻这个问题上，她的思想是特别正统的。她比大多数人都更强烈地指责门不当户不对。至于说到父亲，他为了我们一直鳏居，我的确想象不到现在居然要去怀疑他。假若克莱夫人是个美貌不凡的女人，我承认我也许不该老是拉着她。我敢说，无论在什么情况下，父亲一旦受到诱惑，娶了位有辱门庭的女人，他便要陷入不幸。不过，可怜的克莱夫人尽管有不少优点，却绝不能算是长得漂亮！我的确认为，可怜的克莱夫人待在这里是万无一失的。人们可能会设想你从未听见父亲说起她相貌上的缺陷，不过我敢肯定你都听过五十次了。她的那颗牙齿！那脸雀斑！我不像父亲那样讨厌雀斑。我认识一个人，脸上有几个雀斑，并不有伤大雅，可他却讨厌得不得了。你一定听见他议论过克莱夫人的雀斑。"

"人不管相貌上有什么缺陷，"安妮回道，"只要举止可爱，总会叫你渐渐产生好感的。"

"我却大不以为然，"伊丽莎白简慢地答道，"可爱的举止可以衬托出漂亮的脸蛋，但是绝不能改变难看的面孔。不过，无论如何，在这个问题上最担风险的是我，而不是别的什么人，我看你大可不必来开导我。"

安妮完成了任务——她很高兴事情结束了，而且并不认为自己完全徒劳无益。伊丽莎白虽然对她的猜疑愤愤不满，但也许会因此而留心些。

那辆驷马马车的最后一趟差事，是把沃尔特爵士、埃利奥特小姐和克莱夫人拉到巴思。这帮人兴高采烈地出发了。沃尔特爵士做好了思想准备，要纡尊降贵地向那些可能听到风声出来送行的寒酸佃户和村民鞠躬致意。而与此同时，安妮却带着几分凄楚而平静的心情，悄悄向凯林奇小屋走去，她要在那里度过第一个星期。

她朋友的情绪并不比她的好。拉塞尔夫人眼见着一家人就要分离，心里感到极为难过。她就像珍惜自己的体面那样珍惜他们的体面，珍惜同他们已经形成惯例的一天一次交往。一看见那空空荡荡的庭园，她就感到痛心，而更糟糕的是，这庭园即将落到生人手里。为了逃避村子变迁后引起的寂寞感和忧郁感，为了能在克罗夫特夫妇刚到达时躲得远远的，她决定等安妮要离开她时自己也离家而去。因此，她们一道出发了，到了拉塞尔夫人旅程的头一站，安妮便在厄泼克劳斯乡舍下了车。

厄泼克劳斯是个不大不小的村子，就在几年前，还完全保持着英格兰的古老风格，村上只有两座房子看上去胜过自耕农和雇农的住宅。那座地主庄园高墙大门，古树参天，气派豪华，古色古香——有条不紊的花园里，坐落着紧凑整洁的牧师住宅，窗外一棵梨树修得整整齐齐，窗户周围爬满了藤蔓。但是年轻的绅士一成家，便以农场住宅的格式做了修缮，改建成乡舍供他自己居住。于是，这幢设有游廊、落地长窗和其他漂亮装饰的厄泼克劳斯乡舍，便和大约四分之一英里以外的更加协调、更加雄伟的大宅一样能够引起行人的注目。

安妮以前经常在这里盘桓。她熟悉厄泼克劳斯这个地方，就像熟悉凯林奇一样。他们两家人本来一直不停地见面，养成了随时随刻你来我往的习惯；现在见到玛丽孤单单的一个人，安妮不禁大吃一惊。不过，在孤零零一个人的情况下，她身上不爽、精神不振乃是理所当然的事情。虽然她比她姐姐富有，但她却不具备安妮的见识和脾气。她在身体健康、心情愉快、有人妥当照顾的时候，倒能兴致勃勃，眉开眼笑的。可是一有点小病小疼，便顿时垂头丧气。她没有忍受孤单生活的本领。她在很大程度上继承了埃利奥特家族的妄自尊大，很喜欢在一切烦恼之外，再加上自以为受冷落、受虐待的烦恼。从容貌上看，她比不上两个姐姐，即使在青春妙龄时期，充其量也不过是被人们誉为“好看”而已。眼下，她待在漂亮的小客厅里，正躺在那褪了色的长沙发上。经过四个春秋和两个孩子的折腾，屋里一度十分精致的家具逐渐变得破败起来。玛丽一见安妮走进屋，便向她表示欢迎：

“哦，你终于来了！我还以为永远见不到你呢。我病得几乎连话都不能说了。整个上午没见到一个人！”

“见你身体不好我很难过，”安妮回答说，“你星期四寄来的信里还把自己说得好好的！”

“是的，我尽量往好里说。我总是如此。可我当时身体一点也不好。我想我生平从来没有像今天早晨病得这么厉害——当然不宜于让我一个人待着啦。假使我突然病得不行了，铃也不能拉，那可怎么办呀！拉塞尔夫人连车都不肯下。我想她今年夏天来我们家还不到三次呢。”

安妮说了些合乎时宜的话，并且问起她丈夫的情况。“唉！查尔斯出去打猎了。我从七点钟起一直没见过他的面。我告诉他我病得很厉害，可他一定要走。他说他不会在外面待得很久，可他始终没有回来，现在都快一点钟了。实话对你说吧，整整一个上午我就没见过一个人。”

“小家伙一直和你在一起吧？”

“是的，假使我能忍受他们吵吵闹闹的话。可惜他们已经管束不住了，对我只有坏处没有好处。小查尔斯一句话也不听我的，沃尔特变得同他一样坏。”

“唔，你马上就会好起来的，”安妮高兴地答道，“你知道，我每次来都能治好你的病。你们大宅里的邻居怎么样啦？”

“我无法向你介绍他们的情况。我今天没见过他们一个人，当然，除了默斯格罗夫先生，他也只是停在窗外跟我说了几句话，没有下马。虽然我对他说我病得很厉害，他们一个也不肯接近我。我想，两位默斯格罗夫小姐又恰恰没有这个心思，她们是绝不会给自己增添麻烦的。”

“也许不等上午结束，你还会见到她们的。时间还早。”

“实话对你说吧，我绝不想见到她们。她们总是说说笑笑的，叫我无法忍受。唉！安妮，我身体这么坏！你星期四没来，真不体谅人。”

“我亲爱的玛丽，你回想一下，你在寄给我的信里把自己写得多么舒适惬意啊！你用极端轻快的笔调，告诉我你安然无恙，不急于让我来；既然情况如此，你一定明白我很想同拉塞尔夫人一起待到最后。除了为她着想之外，我还确实很忙，有许多事情要做，因此很不方便，不能早点离开凯林奇。”

“天哪！你还能有什么事情要做？”

“告诉你吧，事情可多啦，多得我一时都想不起来了。不过我可以告诉你一些。我在给父亲的书籍、图画复制一份目录。我陪麦肯齐去了几趟花园，想搞清楚并且让麦肯齐也搞清楚：伊丽莎白的哪些花草是准备送给拉塞尔夫人的。我还有自己的一些琐事需要安排——一些图书和琴谱需要分门别类地清理，再加上要收拾自己的箱子，因为我没有及时搞清楚马车准备什么时候出发。玛丽，我还有一件比较尴尬的事情要办：几乎跑遍教区的各家各户，算是告别吧。我听说他们有这个希望。这些事情花了我好多时间。”

“哦！是呀，”玛丽顿了片刻，然后说道，“我们昨天到普尔家吃的晚饭，对此你还只字没问过我呢。”

“这么说你去啦？我之所以没有问你，是因为我断定你一准因病放弃了。”

“哦！是呀，我去啦。我昨天身体挺好，直到今天早晨，我一直安然无恙。我要是不去，岂不成了咄咄怪事。”

“我很高兴你当时情况良好，希望你们举行了个愉快的晚宴。”

“没有什么异乎寻常的。你总是事先就知道宴席上吃什么，什么人参加。而且自己没有马车，那可太不舒服啦。默斯格罗夫夫妇带我去的，真挤死人啦！他们两个块头那么大，占去那么多地方！默斯格罗夫先生总是坐在前面，这样一来我就跟亨丽埃塔和路易莎挤在后座上。我想，我今天的病八成就是这么挤出来的。”

安妮继续耐着性子，强露着笑颜，几乎把玛丽的病给治好了。过了不久，她就可以挺直身子坐在沙发上，并且希望吃晚饭的时候能离开沙发。随即，她又把这话抛到了脑后，走到屋子对面，摆弄起了花束。接着，她吃起了冷肉，以后又没事儿似的建议出去散散步。

“我们到哪儿去呢?”两人准备好以后，她又说，“我想你不会愿意赶在大宅里的人来看望你之前，先去拜访他们吧?”

“这我丝毫没有什么不愿意的，”安妮答道，“对于默斯格罗夫太太和两位默斯格罗夫小姐这样的熟人，我绝不会拘泥于礼仪。”

“唔！他们应该尽早地来看望你。你是我的姐姐，他们应该懂得对你应有的礼貌。不过，我们还是去和他们坐一会儿吧，坐完之后再去尽兴地散我们的步。”

安妮一向认为这种交往方式过于冒失。不过她又不想加以阻止，因为她觉得，虽说两家总是话不投机，可是免不了要你来我往的。因此，她们走到大宅，在客厅里坐了足足半个小时。那是间老式的方形客厅，地上铺着一块小地毯，地板闪闪发亮，住在家里的两位小姐在四面八方摆设了大钢琴、竖琴、花架和小桌子，使整个客厅渐渐呈现出一派混乱景象。噢！但愿护壁板上的真迹画像能显显神通，让身着棕色天鹅绒的绅士和身穿蓝色绸缎的淑女能看到这些情形，觉察到有人竟然如此地不要秩序，不要整洁！画像本身似乎在惊讶地凝视着。

默斯格罗夫一家人和他们的房屋一样，正处于变化之中，也许是向好里变吧。两位做父母的保持着英格兰的旧风度，几位年轻人都染上了新派头。默斯格罗夫夫妇是一对大好人，殷勤好客，没受过多少教育，丝毫也不高雅。他们子女的思想举止倒还时髦一些。原来他们家里子女众多，可是除了查尔斯之外，只有两个长大成人，一位是二十岁的亨丽埃塔小姐，一位是十九岁的路易莎小姐，她们在埃克塞特念过书，学到了该学的东西，如今就像数以千计的年轻小姐一样，活着就是为了赶赶时髦，图个欢乐和痛快。她们穿戴华丽，面孔俊俏，兴致勃勃，举止大方，在家里深受器重，到外面受人宠爱。安妮总是把她们视为她所结识的朋友中最为幸福的两个尤物。然而，正像我们大家都有一种惬意的优越感，以至于谁都不愿与人对调，安妮也不想放弃自己那更优雅、更有教养的心灵，而去换取她们的所有乐趣。她只羡慕她们表面上能相互谅解，相互疼爱，和颜悦色，十分融洽，而她和自己的姐妹却很少能有这样的感情。

她们受到了非常热情的接待。大宅一家人礼节周到；安妮心里清楚，她们在这方面一般是无可指摘的。大伙愉快地交谈着，半个钟头一晃就过去了。最后，经玛丽特意邀请，两位默斯格罗夫小姐也加入了散步的行列，对此，安妮丝毫也不感到惊奇。

第六章

安妮并不需要通过这次来访厄泼克劳斯，便能体味到：从一伙人来到另一伙人中间，虽说只有三英里之隔，却往往包含着谈吐、见解和观念上的全面改变。她以前每次来到这里，对此都深有感触，真希望埃利奥特府上的其他成员能有她这样的缘分，亲眼看看在凯林奇大厦看来是沸沸扬扬、众所关注的事情，在这里如何无声无息，无人问津。然而，经过这次访问，她觉得自己应该老老实实地认识到，她必须吸取另外一个教训：人一走出自己的圈子，要对自己的无足轻重有个自知之明；因为她虽说人是来了，却在一门心思想着凯林奇两家人思考了几个星期的那桩事，当然也就期待会引起亲戚朋友的好奇与同情，谁想默斯格罗夫夫妇却先后说出了如此雷同的话："安妮小姐，这么说沃尔特爵士和你姐姐已经走了。你看他们会在巴思什么地方住下来？"说罢也并不期待安妮回答。两位小姐补充说："希望今冬咱们也去巴思。不过你要记住，爸爸，我们要是真去的话，必须待在个好地方——别让我们去你的皇后广场啦！”这时，玛丽焦灼不安地补充道：“听我说吧，等你们都去巴思寻欢作乐的时候，我肯定会大享清福的！”

安妮只能横下决心，将来不要这么自欺欺人，并且怀着更加深切的感激之情，庆幸自己能有一个像拉塞尔夫人那样真正富有同情心的朋友。

默斯格罗夫父子俩要护猎，狩猎，养马，喂狗，看报；女眷们则都在忙活别的家常事，什么管理家务呀，与邻居来往呀，添置服装呀，跳舞唱歌呀。她承认，每一个社会小团体都有权决定自己的谈话内容。她希望，她不久能成为她现在加入的这个小团体的一个合格的成员。她预期要在厄泼克劳斯至少待两个月，因此她理所当然地应该使自己的想象、记忆和种种念头，尽可能地不要脱离厄泼克劳斯。

她并不担心这两个月。玛丽不像伊丽莎白那样令人反感，那样没有姐妹情，也不像伊丽莎白那样全然不听她的话。乡舍里的其他成员也没有任何令人不快的地方。她同妹夫一向很要好。两个孩子对她几乎像对母亲一样喜爱，但却比对母亲尊敬得多，他们给她带来了兴趣和乐趣，使她有了用武之地。

查尔斯·默斯格罗夫为人谦和客气。他在理智与性情上无疑胜过他的妻子，但他缺乏才干，不善辞令，没有风度，回想起过去（因为他们过去有过联系），不会产生任何危险。不过，安妮和拉塞尔夫人都这样认为：他若是娶个更加匹配的妻子，兴许会有很大的长进；若是有个真正有见识的女人，他的为人兴许会变得高雅一些，他的行为和爱好也许会变得更有价值，更有理智，更加优雅。其实，他除了游乐活动之外，干什么都不热衷，时光都白白浪费掉了，也不看点书，或是干点别的有益的事情。他是个乐呵呵的人，从来不受妻子情绪时高时低的影响，玛丽再不讲道理，他都能忍耐，有时真让安妮感到钦佩。总的来说，虽然他们经常有点小的争执（由于受到双方的恳求，她自己有时也身不由己地给卷了进去），他们还是可以被看作幸福的一对。他们在要钱这一点上总是十分合拍，很想从他父亲那里捞到一份厚礼。不过像在大多数问题上一样，查尔斯在这个问题上占了上风。当玛丽把他父亲不肯送礼视为一大耻辱时，他总是替父亲分辩，说他的钱还有许多其他用场，他有权爱怎么花就怎么花。

至于说到管教孩子，他的理论比他妻子的高明得多，而且他的做法也不赖。安妮经常听他说："要不是玛丽从中干预，我会把孩子管得服服帖帖的。"安妮也十分相信他这话。反过来，她又听玛丽责怪说："查尔斯把孩子惯坏了，我都管教不住了。"她听了这话从来不想说声"的确如此"。

她住在这里最不愉快的一件事，就是他们各方对她太倾心诉胆，两方的牢骚话她听得太多。大家都知道她对她妹妹有些办法，便一再不切实际地请求她，至少是暗示她施加点影响。"我希望你能劝劝玛丽，不要总是想象自己身体不爽。"这是查尔斯的话。于是，玛丽便悻悻地说道："我相信，查尔斯即使眼看着我快死了，也会认为我没有什么大病。当然啦，安妮，你要是肯帮忙的话，就请你告诉他，我的确病得很厉害——比我说的厉害得多。"

玛丽宣称："虽然做奶奶的总想见见孙子，我可不愿意把孩子送到大宅，因为她对他们过于娇惯，过于迁就，给他们吃那么多杂食、甜食，以致孩子们回来后，这后半天准是又吐又闹。"等默斯格罗夫太太一得到机会单独和安妮待在一起，她便会趁机说道："哦！安妮小姐，要是查尔斯夫人对那些孩子多少有点你的办法，那就好啦。他们在你面前个个都判若两人！当然啦，总的来说，他们都给宠坏了！真遗憾，你不能帮你妹妹学会管教孩子。这些孩子既漂亮又健康，跟

谁比都不差，好可怜的小宝贝啊！这可不是我偏心眼。查尔斯夫人压根儿不晓得如何管教孩子！天哪！他们有时候真能烦人。实话对你说吧，安妮小姐，这就使我不大愿意在自己家里见到他们，不然的话，我会多见见他们的。我想，查尔斯夫人见我不常请他们来，一定不太高兴。不过你知道，跟那些你随时都得拦阻的孩子在一起，可真够令人讨厌的。什么'别做这个'啦，'别干那个'啦。你要是想让他们多少老实些，只能多给他们吃点糕点，尽管这对他们没有好处。"

另外，她还听见玛丽这样说："默斯格罗夫太太认为自己的用人都很踏实可靠，谁要是对此有所怀疑，便是大逆不道。但是我可以毫不夸张地说，她的上房女仆和洗衣女工压根儿不干活，成天在村里闲逛。我走到哪儿就在哪儿碰见她们。我敢说，我每去两次保育室就能见到她们一次。假如杰米玛不是世界上最踏实可靠的用人，那就准会让她们给带坏了；她告诉我说，她们总是诱惑她和她们一起散步。"而到了默斯格罗夫太太嘴里，话却是这样说的："我给自己定下了一条规矩，绝不干涉儿媳的任何事情，因为我知道这使不得。不过，安妮小姐，你或许能帮助解决些问题，所以我要告诉你：我对查尔斯夫人的保姆没有好感。我听到她的一些怪事，她总是游游荡荡的。就我所知，我敢说她是个讲究穿戴的女人，任何用人接近她都会被带坏。我知道，查尔斯夫人极其信赖她。我只是提醒你一下，好让你留心注意。你要是有什么看不惯的，要敢于提出来。"

还有呢，玛丽抱怨说，大宅里请人家吃饭的时候，默斯格罗夫太太连她应该享有的优先权都不给她。她不知道他们为什么待她如此随随便便，致使她有失自己的地位。一天，安妮正在和两位默斯格罗夫小姐散步，她们其中的一位谈起了地位、有地位的人和人们对地位的嫉妒，她说："我可以毫无顾忌地对你说，有的人真够荒唐的，死抱住自己的地位不放，因为大家都知道你对地位想得开，不计较。但是我希望有人能向玛丽进一言，假如她不是那么顽固不化，特别是不要总是盛气凌人地抢母亲的位置，那就好多了。谁也不怀疑她比母亲有优先权[①]，但是她倘若不是那么时刻坚持的话，倒会更得体一些。这并不是说母亲对此有所计较，可我知道有许多人注意到了这个问题。”

安妮如何帮助解决这些问题呢？她充其量只能耐心地听着，为种种苦衷打打圆场，替双方都开脱开脱。她暗示说大家都是近邻，相互间应该包涵着点才是，而且把送给她妹妹的暗示说得更加明白易懂。

从其他各方面来看，她的访问开始得很顺利，进行得也很顺利。由于改变了住所和话题，搬到离凯林奇三英里远的地方，她的情绪也随之好转。玛丽朝夕有人做伴，病情有所好转。她们同大宅一家人的日常交往，因为乡舍的人既没有什么崇高的感情要流露，又没有什么贴心的话儿要倾诉，也没有什么事情要干，反倒成了好事。当然，这种酬酢交往几乎到了竭尽所能的地步，因为她们每天早上都要聚到一起，晚上简直从不分离。不过安妮觉得，假若不能在往常的地方看到默斯格罗夫夫妇可敬的身影，假若听不见他们的女儿谈唱嬉笑的声音，她们姐妹俩也不会过得这么愉快。

她的钢琴比两位默斯格罗夫小姐弹的出色得多，但她嗓音不好，不会弹竖琴，也没有慈爱的父母坐在旁边自得其乐。她心里很清楚，她的演奏并不受欢迎，只不过出于礼貌，或是给别人提提神罢了。她知道，当她弹琴的时候，只有她自己从中得到快乐。不过，这已经不是什么新鲜感觉了。她自十四岁失去亲爱的母亲以来，生平除了一段很短的时间以外，既未感受过被人洗耳恭听的快乐，又未领受过被人真诚赞赏而受鼓舞的喜悦。在音乐这个天地里，她历来总是感到孤苦伶仃的。默斯格罗夫夫妇只偏爱自己两个女儿的演奏，对别人的演奏

---

① 玛丽是准男爵的女儿，所以地位在其婆婆之上，在社交场合应该享有优先权。

却完全似听非听，这与其说是她为自己感到羞辱，不如说是她为默斯格罗夫家小姐感到高兴。

有时，大宅里还要增加些别的客人。厄泼克劳斯地方不大，但是人人都来默斯格罗夫府上拜访，因此默斯格罗夫府上举行的宴会、接待的客人（应邀的和偶尔来访的）比谁家的都多。他们真是吃香极了。

默斯格罗夫家小姐对跳舞如醉如狂，因此晚会末了偶尔要安排一次计划外的小型舞会。离厄泼克劳斯不远有一家表亲，家境不那么富裕，全靠来默斯格罗夫家娱乐娱乐。他们随时随刻都能来，帮助弹弹琴，跳跳舞，真是无可不可。安妮宁肯担任伴奏的任务，也不愿意干那蹦蹦跳跳的事情，于是便整小时地为大家弹奏乡下圆舞曲。她的这种友好举动总要博得默斯格罗夫夫妇的欢心，使他们比任何时候都更赏识她的音乐才能，而且经常受到这样的恭维："弹得好啊，安妮小姐！真是好极啦！天哪！你的那些小指头动得多欢啊！"

就这样，前三个星期过去了，米迦勒节来临了。现在，安妮心里又该思恋凯林奇了。一个可爱的家让给了别人。那些可爱的房间和家具，迷人的树林和庭园景色，就要受到别人的观赏，为别人所利用！九月二十九日那天，安妮无法去想别的心思。到了晚上，她听见玛丽说了一句触动悲怀的话。当时，玛丽一有机会记起当天的日期，便惊讶地说道："哎呀，克罗夫特夫妇不就是今天要来凯林奇吗？好在我先前没想起这件事。这事真叫我伤心啊！"

克罗夫特夫妇以不折不扣的海军作风，雷厉风行地搬进了凯林奇大厦，而且等着客人光临。玛丽也有登门拜访之必要，为此她甚感懊恼。"谁也不晓得我心里会有多么难受。我要尽量往后推延。"可是她又心神不定，后来硬是劝说丈夫早早用车把她送了过去，回来时那副神气活现、怡然自得的激动神情，简直无法形容。安妮没有车不能去，为此她感到由衷的高兴。不过，她还是想见见克罗夫特夫妇，所以，当他们回访的时候，她很高兴自己就在屋里。他们光临了，可惜房主人不在家，只有这姐妹俩待在一起。说来也巧，克罗夫特夫人同安妮坐到了一块儿，而将军则坐在玛丽旁边，他乐呵呵地逗着她的小家伙玩，显得非常和蔼可亲，而安妮恰好可以在一旁观察，看看姐弟俩有什么相似之处，即使在容貌上发现不了，也能在声音、性情或谈吐中捕捉得到。

克罗夫特夫人虽说既不高也不胖，但她体态丰盈，亭亭玉立，富有活力，使她显得十分精神。她的眼睛乌黑透亮，牙齿洁白整齐，脸上和颜悦色。不过，她在海上的时间几乎和她丈夫一样多，面孔晒得又红又黑，这就使她看上去比她的实际年龄三十八岁要大好几岁。她举止坦然，大方，果断，不像是个缺乏自信的人，一举一动都不含糊。然而她既不失之粗俗，又不缺乏风趣。但凡牵涉到凯林奇的事情，她总是十分照顾安妮的情绪，这真使安妮为之赞叹，也使她感到高兴，特别是在头半分钟里，甚至就在介绍的当儿，她便满意地发现，克罗夫特夫人没有露出知情或是疑心的丝毫迹象，不可能产生任何形式的偏见。在这一点上，安妮非常放心，因此充满了力量和勇气，直到后来克罗夫特夫人突然冒出一句话，才使她像触电似的为之一惊：

“我发现，我弟弟待在这一带的时候，荣幸地结识了你，而不是你姐姐。”

安妮希望自己已经跨过了羞怯的年龄，但她肯定没有跨过容易冲动的年龄。

“你也许还没听说他结婚了吧。”克罗夫特夫人接着说道。

现在，安妮可以该怎么回答就怎么回答啦。原来，当克罗夫特夫人接下来的话说明她在谈论温特沃思先生时，安妮高兴地感到，她所

说的每一句话对她的两个弟弟都适用。她当即认识到，克罗夫特夫人心里想的、嘴里说的很可能是爱德华，而不是弗雷德里克。她为自己的健忘而感到羞愧，便带着恰如其分的兴趣，倾听克罗夫特夫人介绍她们那位过去的邻居的目前情况。

余下的时间平平静静地过去了。最后，正当客人起身告辞的时候，她听见将军对玛丽说：

"我们正在期待克罗夫特夫人的一位弟弟，他不久要来此地。你想必听说过他的名字吧。"

他的话头被两个孩子打断了，他们一拥而上，像老朋友似的缠住他，扬言不让他走。他的注意力完全被他们的种种建议吸引住了，什么要他把他们装进上衣口袋里带走呀，不一而足，闹得他无暇把话说完，甚至也记不起自己说到哪儿了。于是，安妮只能尽量劝慰自己：他说的一定还是那同一个弟弟。不过，她还没达到十拿九稳的地步，急切地想打听一下克罗夫特夫妇有没有在大宅里说起这件事，因为他们是先去那里走访的。

当天晚上，大宅一家人要来乡舍做客。因为眼下时令太晚，此类拜访不宜徒步进行，主人们便等着听马车的声音。恰在这时，默斯格罗夫家二小姐走了进来。众人见此情景，首先产生了一个绝望的念头，认为她是来表示歉意的，这一晚上他们只好自己消磨啦。玛丽已经做好了忍受屈辱的充分准备，不想路易莎令人释然地说道：只有她一个人是走来的，为的是给竖琴让地方，因为竖琴也装在车子里拉来了。

"我要告诉你们我们为什么要这样做，"她补充说道，"原原本本地告诉你们。我过来告诉你们一声，我爸爸妈妈今晚情绪不好，特别是我妈妈。她在苦苦思念可怜的理查德！我们大家一致认为，最好带上竖琴，因为竖琴似乎比钢琴更能使她开心。我要告诉你们她为什么情绪不好。克罗夫特夫妇上午来访的时候（他们后来拜访了这里，是吧？），他们偶然提到，克罗夫特夫人的兄弟温特沃思舰长刚刚回到英国，或者是被休役了什么的[1]，眼下就要来看望他们。极为不幸的是，他们走了之后，妈妈不由得想起，可怜的理查德一度有个舰长，就姓温特沃思，或者与此很相似的一个姓。我不知道那是在什么时候，什么地方，不过远在他去世之前，可怜的家伙！妈妈查了查他的书信遗物，发现确实如此，她百分之百地断定，这就是那个人。她满脑子都在想着这件事，想着可怜的理查德！所以，我们必须尽量高高兴兴的，以便不要老是想着如此伤心的事情。"

这段叫人心酸的家史的真实情况是这样的：默斯格罗夫夫妇不幸有个令人烦恼、无可救药的儿子，但是幸运的是，他还不到二十岁便离开了人世。原来，他因为禀性愚蠢，在岸上管束不住，便被送到海上。他始终得不到家人的关照，不过他也根本不配得到关照。他几乎杳无音讯，也没有人感到遗憾，谁想两年前，噩耗传到厄泼克劳斯，说他死在海外。

尽管他妹妹现在拼命地可怜他，把他称作"可怜的理查德"，可在事实上，他一向只不过是个愚笨、冷酷、无用的迪克·默斯格罗夫[2]，因为他没有积下什么德，可以使他有权享有比这简称更高的称呼，无论是生前还是死后。

他在海上服了几年役。在这期间，他像所有的海军候补生一样，特别是像那些每个舰长都不想要的海军候补生一样，总是被调来调去，其中包括在弗雷德里克·温特沃思舰长的护卫舰"拉科尼亚号"上待了六个月。经过舰长做工作，他从"拉科尼亚号"上给父母亲写

---

① 当时，英国海军军官在没有参战任务的情况下，常被"休役"回国，享受半薪待遇，直到再度应召参战为止。

② "迪克"是"理查德"的简称。

了两封信，这是他整个离家期间他们收到的仅有的两封信。也就是说，仅有的两封不图私利的信，其余的信全是来要钱的。

他在两封信中都称赞了他的舰长。然而，他的父母向来不大注意这种事，对人名舰名压根儿不留心，也不感兴趣，所以当时没有留下什么印象。有时人会产生灵感，默斯格罗夫太太那天突然想起温特沃思的名字，把它同她儿子挂上钩，似乎就是一种异乎寻常的灵感。

她去看信，发现同她想象的一模一样。虽然时间隔了很久，她儿子已经永远离开了人世，他的过失已被人们淡忘，但是如今重读这两封信，却使她极为动情，真比最初听到噩耗时还悲痛万分。默斯格罗夫先生同样大动感情，只是程度上比不上他太太。他们来到乡舍之后，起先显然想要大伙倾听他们重新絮叨这件事，后来又需要兴高采烈的众人对他们进行劝慰。

他们俩滔滔不绝地谈论着温特沃思舰长，一而再再而三地重复着他的名字，对过去的岁月感到困惑不解，最后断定他兴许、也可能就是他们从克利夫顿回来后，记得见过一两次的温特沃思舰长——一个很好的年轻人——但是他们说不上究竟是七年前还是八年前。听他们这么说着，对安妮的神经不啻是一种新的磨砺。不过她觉得，她必须使自己习惯于这种磨砺。既然温特沃思真的要来乡下，她必须告诫自己在这种问题上不要神经过敏。现在看来，问题不仅仅是温特沃思很快要来，而且默斯格罗夫夫妇由于十分感激他对可怜的迪克的好意关照，十分尊重他的人格（迪克受到他六个月的关照，曾用热烈而夹有错别字的言词称赞他是个"帅气的好小伙子，只是对教练太苛刻"，这些都足以显示出他的人格），便一门心思在想，当他们一听说他的到来，就向他自我介绍，与他交个朋友。

两人打定这样的主意，不觉给晚会带来了几分愉快的气息。

第七章

又过了不几天，人们都知道温特沃思舰长来到了凯林奇。默斯格罗夫先生去拜访过他，回来后对他赞不绝口。他同克罗夫特夫妇约定，下周末来厄泼克劳斯吃饭。使默斯格罗夫先生大为失望的是，他不能定个更早的日子。他实在有点迫不及待了，想尽早把温特沃思舰长请到自己府上，用酒窖里最浓烈、最上等的好酒款待他，借以表达自己的感激之情。但是他还得等待一个星期。可在安妮看来，却仅仅只有一个星期，一个星期过后，他们想必就要见面啦。她马上又兴起了这样的愿望：哪怕能有一个星期的保险期也好。

温特沃思舰长早早地回访了默斯格罗夫先生，而在那半个钟头里，安妮也险些同时迈进默斯格罗夫府上。实际上，她和玛丽正动身朝大宅走去，正如她后来所知，她们不可避免地要见到他啦！不料恰在这时，玛丽的长子由于严重摔伤被抱回了家，正好拖住了她俩。见到孩子处于这般情景，两人便完全打消了去大宅的念头。不过，安妮一听说自己逃避了这次会面，又不能不感到庆幸，即使后来为孩子担惊受怕的时候，也是如此。

姐妹俩发现，孩子的锁骨脱位了。孩子肩上受了这么重的伤，怎么能不引起一些万分惊恐的念头！那是个令人忧伤的下午，安妮当即忙碌起来——派这个去喊医生——吩咐那个赶去通知孩子的父亲——劝慰那做母亲的不要歇斯底里发作——管束所有的用人——打发走老二——关照抚慰那可怜的受难者。除了这些之外，她又想起大宅的人还不知道，便连忙派人去通知，不想引来一伙子人，帮不了忙不说，还大惊小怪地问个不停。

首先使安妮感到欣慰的是，她妹夫回来了。他可以好好地照料妻子。第二个福音则是医生的到来。他没来检查孩子之前，大家因为不明了孩子的病情，一个个都吓得要命。他们猜想伤势很重，可又不晓得伤在哪里。现在可好，锁骨这么快就给复位了，尽管罗宾逊先生摸了又摸，揉了又揉，看上去非常严肃，同孩子的父亲和姨妈说起话来声音很低，大家还是充满了希望，可以放心地散去吃晚饭。就在大家分手之前，两个小姑竟然抛开了侄子的病情，报告了温特沃思舰长来访的消息。她们等父母亲走后又逗留了五分钟，尽力说明她们如何喜爱他，他有多么漂亮，多么和蔼可亲，她们觉得自己的男朋友中没有一个比得上他的，即使过去最喜欢的男朋友也远远比不上他——她们听见爸爸请他留下来吃饭，心里大为高兴——不料温特沃思说他实在无能为力，她们又不胜遗憾——后来经不住爸爸妈妈恳切邀请，他答应第二天再来和他们共进晚餐——实际上就是明天，她们又感到多高兴啊！他答应的时候态度那么和悦，好像他感到了他们盛意邀请的全部动机，当然他照理也应该感到！总而言之，他的整个神态，他的一言一语是那样的温文尔雅，她们可以向大家保证：她们两人完全被他迷住了！她们说罢扭身就走，心里情意绵绵，喜气洋洋。显然，她们一味想着温特沃思舰长，并没把小查尔斯放在心上。

黄昏的时候，两位小姐伴随父亲过来探问，又把那个故事和她们大喜若狂的心情重新述说了一番。默斯格罗夫先生不再像先前那样为孙子担忧，他现在也跟着称赞起温特沃思舰长来。他认为现在没有理由推迟对温特沃思舰长的宴请，只是觉得很遗憾，乡舍一家人可能不愿丢下那小家伙来参加他们的宴会。孩子的父母亲刚才还惊恐万状，岂能忍心撇下孩子：“哦！不，绝不能丢下那小家伙！”安妮一想到自己可以逃脱赴宴，感到十分高兴，便情不自禁地在一旁跟着帮腔，强烈反对丢下小家伙不管。

后来，查尔斯·默斯格罗夫还真有点动心，只听他说：“孩子的情况良好——我还真想去结识一下温特沃思舰长，也许我晚上可以去参加一会儿。我不想在那儿吃饭，不过我可以进去坐上半个钟头。”但是，他在这点上遭到了妻子的激烈反对，她说：“哦，不！查尔斯，我的确不能放你走。你只要想一想，要是出了什么事儿可怎么办！”

孩子一夜安然无恙，第二天情况仍然良好。看来，要确定脊柱没受损伤，还必须经过一段时间的观察。不过，罗宾逊先生没有发现可以进一步引起惊恐的症候，因而，查尔斯·默斯格罗夫觉得没有必要再守在家里。孩子要躺在床上，有人陪着他逗趣，还要尽量保持安静，可是一个做父亲的能做些什么呢？这完全是女人家的事情，他在家里起不到任何作用，再把他关在屋里岂不是荒唐至极。他父亲很希望他见见温特沃思舰长，既然没有理由不去，那他就应该去一趟。结果，当他打猎回来的时候，他毅然公开宣称：他准备马上换装，去大宅赴宴。

“孩子的情况好得不能再好了，”他说，“所以我刚才告诉父亲说我要去，他认为我做得很对。亲爱的，有你姐姐和你在一起，我就毫无顾虑啦。你自己不愿意离开孩子，可你瞧我又帮不上忙。要是有什么情况，安妮会打发人去叫我的。”

做夫妻的一般都懂得什么时候提出反对意见是徒劳无益的。玛丽从查尔斯的说话态度看得出来，他是打定主意非去不可的，你跟他闹也没有用。所以她一声不吭，直到他走出屋去，不过，这时只剩下安妮听她絮叨：

“瞧！你我又给撇下来，轮换着看守这可怜的小病人了——整个晚上不会有一个人来接近我们！我早就知道会有这个结果。我总是命该如此！一遇到不愉快的事情，男人们总要溜之大吉，查尔斯就像别的男人一样坏。真是冷酷无情！我认为，他抛下他可怜的小家伙自己跑了，真是冷酷无情。他还说什么他的情况良好呢！他怎么晓得他的情况良好，他怎么晓得半个钟头以后不会出现突然变化？我原来以为他不至于会这么冷酷无情。现在可好，他要去啦，去自我享乐，而我可怜巴巴的就因为是做母亲的，便只好关在家里一动不准动。然而我敢说，我比任何人都不适于照料孩子。我是孩子的母亲，这就是我的感情经受不住打击的原因。我压根儿经受不了。你曾见到我昨天歇斯底里发作的情形。”

“可那仅仅是你突然受惊的结果——受到震惊的结果。你不会歇斯底里再发作了。我想我们不会再有令人烦恼的事情了。我完全懂得罗宾逊先生的诊断，一点儿也不担心。玛丽，我的确无法对你丈夫的行为感到惊奇。看孩子不是男人的事，不是男人的本分。生病的孩子总是母亲的财产：这种情况一般都是母亲自己的感情造成的。”

“我希望我像别的母亲一样喜欢自己的孩子——可是我知道我在病室里像查尔斯一样无能为力，因为孩子病得可怜，我总不能老是责骂他、逗弄他吧。你今天早晨看见了，我要是叫他安静些，他却非要踢来踢去不可。我的神经经受不了这样的事情。”

“不过，你整个晚上扔下这可怜的孩子，自己能安心吗？”

“当然能。你瞧他爸爸能，我干吗不能？杰米玛可尽心啦！她可以随时派人向我们报告孩子的情况。我真希望查尔斯当初告诉他父亲我们都去。对于小查尔斯，我现在并不比查尔斯更担惊受怕。昨天可把我吓坏了，不过今天的情况就大不一样了。”

“唔——你要是觉得还来得及通知，你索性和你丈夫一起去。把小查尔斯交给我照料。有我守着他，默斯格罗夫夫妇不会见怪的。”

“你这话当真吗？”玛丽眼睛一亮，大声嚷了起来，“哎呀！这可是个好主意啊，真是好极了。的确，我还是去的好，因为我在家里不起作用——对吧？那只会让我心烦意乱。你还没有做母亲的感受，留下来是再合适不过了。小查尔斯你叫他干啥他就干啥，你只要一发话，他没有不听的。这比把他交给杰米玛一个人好多了。哦！我当然要去啦。就像查尔斯一样，我要是能去的话，当然应该去，因为他们都极想让我结识一下温特沃思舰长，而我知道你又不介意一个人留在家里。安妮，你的想法真妙！我去告诉查尔斯，马上做好准备。你知道，要是出了什么事儿，你可以派人来喊我们，随喊随到。不过我敢担保，不会出现让你担惊受怕的事情。你尽管相信，我假使对我的小宝贝不很放心的话，我也不会去的。"

转瞬间，玛丽便跑去敲丈夫梳妆室的门。当安妮随后跟到楼上的时候，正好赶上听到他们的全部谈话内容，只听玛丽带着欣喜若狂的口气，开门见山地说：

"查尔斯，我想和你一起去，因为跟你一样，我在家里也帮不了忙。即使让我一直关在家里守着孩子，我也不能说服他去做他不愿做的事情。安妮要留下，她同意留在家里照料孩子。这是她自己提出来的，所以我要跟你一起去。这样就好多了，因为我自星期二以来，还没去婆婆家吃过饭呢。"

"安妮真好，"她丈夫答道，"我倒很乐意让你一起去。不过叫她一个人留在家里，照料我们那生病的孩子，似乎太无情了。"

这时安妮就在近前，可以亲自解释。她的态度那样诚恳，很快就把查尔斯说服了，因为这种说服本身至少是令人愉快的。他不再对她一个人留在家里吃晚饭感到良心不安了，不过他仍然希望安妮晚上能去，到那时孩子也许睡着了。他恳请安妮让他来接她，不想她是无论如何也说不通。情况既然如此，夫妻俩不久便兴高采烈地一起动身了，安妮见了也很高兴。她希望他们去了能感到快乐，不管这种快乐说来有多么不可思议。至于她自己，她被留在家里也许比任何时候都感到欣慰。她知道孩子最需要她。在这种情况下，即便弗雷德里克·温特沃思就在半英里地之外，正在尽力取悦他人，那与她又有什么关系呢！

她倒很想知道他想不想见她。他也许无所谓，如果在这种情况下可以做到无所谓的话。不是无所谓，就是不愿意，一定如此。假使他还想重新见到她，他大可不必拖到今天。他会采取行动，去做她认为自己若是处在他的位置早就该做的事情，因为他原先唯一缺乏的是维持独立生活的收入，后来时过境迁，他早就获得了足够的收入。

她妹夫妹妹回来以后，对他们新结识的朋友和整个聚会都很满意。晚会上乐曲悠扬，歌声嘹亮，大家有说有笑，一切都令人极其愉快。温特沃思舰长风度迷人，既不羞怯，也不拘谨。大家似乎一见如故。他准备第二天早晨来和查尔斯一道去打猎。他要来吃早饭，但不在乡舍里吃，虽然查尔斯夫妇最初提出过这样的建议。后来默斯格罗夫夫妇硬要他去大宅用餐，而他似乎考虑到乡舍里孩子有病，怕给查尔斯·默斯格罗夫夫人增添麻烦，于是，不知怎么的（大家简直不晓得是怎么回事），最后决定由查尔斯到父亲屋里同他共进早餐。

安妮明白这其中的奥妙。他想避而不见她。她发现，他曾经以过去泛泛之交的身份，打听过她的情况，似乎也承认她所承认的一些事实。他之所以要这样做，或许也是出于同样的动机，等到将来相遇时好回避介绍。

乡舍早晨的作息时间向来比大宅的要晚。第二天早晨，这种差别显得格外大：玛丽和安妮刚刚开始吃早饭，查尔斯便跑进来说，他们就要出发，他是来领猎犬的，他的两个妹妹要跟着温特沃思舰长一起来。他妹妹打算来看看玛丽和孩子，温特沃思舰长提出，若是没有不便的话，他也进来坐几分钟，拜会一下女主人。虽然查尔斯担保说孩子的情况并不那么严重，不会引起什么不便，可是温特沃思舰长非要让他先来打个招呼不可。

玛丽受到这样的礼遇，不由得十分得意，高高兴兴地准备迎接客人。不想安妮这时却思绪万千，其中最使她感到欣慰的是，事情很快就会结束。事情果真很快结束了。查尔斯准备了两分钟，其他人便出现了，一个个来到了客厅。安妮的目光和温特沃思舰长的目光勉强相遇了，两人一个鞠了个躬，一个行了个屈膝礼。安妮听到了他的声音——他正在同玛丽交谈，说的话句句都很得体。他还同两位默斯格罗夫小姐说了几句，足以显示出他们那无拘无束的关系。屋里似乎满满当当的——宾主济济一堂，一片欢声笑语——但是过了几分钟，这一切便都完结了。查尔斯在窗外打招呼，一切准备就绪，客人鞠了个躬就告辞而去。两位默斯格罗夫小姐也告辞了，她们突然打定主意，要跟着两位游猎家走到村头。屋里清静了，安妮可以吃完早饭啦。

“事情过去了！事情过去了！”她带着紧张而感激的心情，一再对自己重复说道，“最糟糕的事情过去了！”

玛丽跟她说话，可她却听不进去。她见到他了。他们见了面啦。他们又一次来到同一间屋里！

然而，她马上又开始开导自己，不要那么多情善感。自从他们断绝关系以来，八年，几乎八年过去了。时间隔了这么久，激动不安的心情已经变成了陈迹，变成了模糊不清的概念，现在居然要重新激动起来，那是何等的荒谬！八年中什么情况不会出现？各种各样的事情，变化，疏远，搬迁——这一切的一切都会发生，还要忘却过去——这是多么自然，多么确定无疑！这八年几乎构成了她生命的三分之一。

唉！她尽管这样开导自己，却还是发现：对于执着的感情来说，八年可能是无足轻重的。

再者，应该如何理解他的思想感情呢？像是想躲避她？转念间她又痛恨自己问出这样的傻问题。

还有一个问题，也许任凭她再怎么理智，她也无法避而不想，不过她在这上面的悬念很快便给统统打消了；因为，当两位默斯格罗夫小姐回来看过他们之后，玛丽主动向她提供了这样的情况：

“安妮，温特沃思舰长虽说对我礼数周全，对你却不怎么殷勤。亨丽埃塔和他们走出去以后问他对你有什么看法，他说你变得都让他认不出来了。”

玛丽缺乏感情，不可能像常人那样敬重她姐姐的感情，不过她丝毫也没想到，这会给安妮的感情带来任何特别的伤害。

“变得他都认不出来了！”安妮羞愧不语，心里完全认可了。情况无疑是这样的，而且她也无法报复，因为他没有变，或者说没有往差里变。她已经向自己承认了这一点，不能再有别的想法，让他对她爱怎么想就怎么想吧。不，岁月虽然毁掉了她的青春与美貌，却使他变得更加容光焕发，气度不凡，落落大方，无论从哪个方面看，他身上的优点长处都是有增无减。她看到了依然如故的弗雷德里克·温特沃思。

“变得都让他认不出来了！”这句话不可能不嵌在她的脑海里。然而，她马上又为自己听到这句话而感到高兴。这句话具有令人清醒的作用，可以消除激动不安的心情。它使安妮镇静下来，因而也准会使她感到更愉快。

弗雷德里克·温特沃思说了这话，或者诸如此类的话，可他没想到这话会传到安妮的耳朵里。他觉得她变得太厉害了，所以，当别人一问到他，他便把自己的感觉如实地说了出来。他并没有宽恕安妮·埃利奥特。她亏待了他，抛弃了他，使他陷入绝望。更糟糕的是，她这样做还显出了她性格的懦弱，这同他自己那果决、自信的性情是格格不入的。她是听了别人的话才抛弃他的。那是别人极力劝导的结果，也是她自己懦弱胆怯的表现。

他对她曾一度情意绵绵，后来见到的女子，他觉得没有一个及得上她的。不过，他除了某种天生的好奇心之外，并不想再见到她。她对他的那股魅力已经永远消失了。

他现在的目标是要娶位太太。他腰里有了钱，又给转到了岸上，满心打算一见到合适的女子，就立即成家。实际上，他已经在四处物色了，准备凭借他那清楚的头脑和灵敏的审美力，以最快的速度坠入情网。他对两位默斯格罗夫小姐都有情意，就看她们能不能得手啦。总而言之，他对于他所遇到的动人姑娘，除了安妮·埃利奥特以外，都有情意。安妮是他回答他姐姐的提名时，私下提出来的唯一例外。

“是的，索菲娅，我来这里就想缔结一门荒诞的亲事。从十五岁到三十岁之间的任何女人，只要愿意，都可以做我的妻子。但凡有点姿色，有几分笑容，对海军能说几句恭维话，那我就算是被俘虏了。我是个水手，在女人当中没有什么交往，本来就不能挑肥拣瘦的，有了这样的条件岂不足够了？”

做姐姐的知道，他说这话是希望受到批驳。他那双炯炯有神的眼睛表明，他深信自己是挑剔的，并为此而感到洋洋得意。而且，当他一本正经地描述他想找个什么样的女人时，安妮·埃利奥特并没有被他置诸脑后。“头脑机灵，举止温柔”，构成了他所描述的全部内容。

“这就是我要娶的女人，”他说，“稍差一点我当然可以容忍，但是不能差得太多。如果说我傻，我倒还真够傻的，因为我在这个问题上比多数人考虑得都多。”

第八章

从此以后，温特沃思舰长和安妮·埃利奥特便经常出入同一社交场合。他们马上就要一起到默斯格罗夫先生府上赴宴，因为孩子的病情已不能再为姨妈的缺席提供托词；而这仅仅是其他宴会、聚会的开端。

过去的感情能不能恢复，这必须经过检验。毫无疑问，双方总要想起过去的日子，那是必然要回想的。谈话需要谈些细枝末节，他势必会提到他们订婚的年份。他的职业使他有资格这么说，他的性情也导致他这么说："那是在一八〇六年""那事发生在我出海前的一八〇六年"。他们在一起度过的头一天晚上，他就说出了这样的话。虽然他的声音没有颤抖，虽然安妮没有理由认为他说话时眼睛在盯着她，但是安妮凭着自己对他心性的了解，觉得说他可以不像她自己那样回想过去，那是完全不可能的。虽然安妮绝不认为双方在忍受着同样的痛苦，但他们肯定会马上产生同样的联想。

他们在一起无话可说，只是出于最起码的礼貌寒暄两句。他们一度有那么多话好说！现在却无话可谈！曾经有过一度，在如今聚集在厄泼克劳斯客厅的这一大帮人中，就数他们俩最难以做到相互闭口不语。也许除了表面上看来恩爱弥笃的克罗夫特夫妇以外（安妮找不出别的例外，即使在新婚夫妇中也找不到），没有哪两个人能像他们那样推心置腹，那样趣味相通，那样情投意合，那样和颜悦色。现在，他们竟然成了陌生人；不，连陌生人还不如，因为他们永远也结交不了。这是永久的疏远。

他说话的时候，她听到了同样的声音，觉察出同样的心境。宾主中间，大多数人对海军的事情一无所知，因此大伙七嘴八舌地问了他许多问题，特别是两位默斯格罗夫小姐，眼睛似乎别无他顾，一个劲儿地瞧着他。她们问起了他在舰上的生活方式，日常的规章制度，饮食和作息时间等等。听着他的述说，得知人居然能把膳宿起居安排到这种地步，她们不禁大为惊讶，于是又逗得他惬意地讥笑了几句；这就使安妮想起了过去的日子，当时她也是一无所知，也受到过他的指摘，说她以为海员待在舰上没有东西吃，即使有东西吃，也没有厨师加工，没有仆人侍奉，没有刀叉可用。

她就这么听着想着，不料被默斯格罗夫太太打断了。原来，她实在悲痛难忍，情不自禁地悄声说道：

“唉！安妮小姐，要是当初上帝肯行行好饶我那可怜的孩子一命，他现在肯定也会是这么一个人。”

安妮忍住了笑，并且好心好意地又听她倾吐了几句心里话。因此，有一阵儿，她没听到众人说了些什么。等她的注意力又恢复正常以后，她发现两位默斯格罗夫小姐找来了海军名册（这是她们自己的海军花名册[①]，也是厄泼克劳斯有史以来的头一份），一道坐下来读了起来，公开表示要找到温特沃思舰长指挥过的舰只。

“我记得你的第一艘军舰是‘阿斯普号’。我们找找‘阿斯普号’吧。”

“你在那上面可找不到。它早就破败不堪，不能再用了。我是最后一个指挥它的，当时就几乎不能服役了。据报告它还可以在本国海域服一两年役，于是我便被派到了西印度群岛。”

两位小姐大为惊奇。

“英国海军部还真能寻开心，”他继续说道，“时不时地要派出几百个人，乘着一艘不堪使用的舰只出海。不过他们要供养的人太多了。在那数以千计的葬身海底也无妨的人们中，他们无法辨别究竟哪一伙人最不值得痛惜。”

“得了！得了！”将军大声嚷道，“这些年轻人在胡说些什么！当时没有比‘阿斯普号’更好的舰艇啦。作为旧舰，你还见不到一艘能比得上它的。能得到它算你运气！他知道，当初准有二十个比他强的人同时要求指挥它。就凭着他那点资格，能这么快就捞到一艘军舰，算他幸运。”

“将军，我当然感到自己很幸运，”温特沃思舰长带着严肃的口吻

---

① 英国海军年鉴性的现役军官和舰只花名册。

答道，“我对自己的任职就像你希望的那样心满意足。我当时的一个远大目标是出海——一个非常远大的目标。我就想有点事情干。”

“你当然想啦。像你那样的年轻小伙子干吗要在岸上待足半年呢？一个人要是没有妻室，他马上就想再回到海上。”

“可是，温特沃思舰长，”路易莎嚷道，“等你来到‘阿斯普号’上，一看他们给了你这么个旧家伙，你该有多恼火啊！”

“早在上舰那天之前，我就很了解它的底细，”舰长笑吟吟地答道，“我后来没有多少新发现，就像你对一件旧长外衣的款式和耐磨力不会有多少新发现一样，因为你记得曾看见这件长外衣在你半数的朋友中被租来租去，最后在一个大雨天又租给了你自己。唔！它是我可爱的老‘阿斯普号’。它实现了我的全部愿望。我知道它会成全我的。我知道，要么我们一起葬身海底，要么它使我飞黄腾达。我指挥它出海的所有时间里，连两天的坏天气都没碰上。第二年秋天，我俘获不少私掠船，觉得够意思了，便启程回国，真是福从天降，我遇到我梦寐以求的法国护卫舰。我把它带进了普利茅斯。在这里，我又碰到了一次运气。我们在海峡还没待到六个小时，突然刮起了一阵狂风，持续了四天四夜，要是可怜的老‘阿斯普号’还在海上的话，有这一半时间就会把它报销掉；因为我们同法国的联系并未使我们的情况得到很大的改善。再过二十四小时，我就会变成壮烈的温特沃思舰长，在报纸的一个角角上发一条消息；丧身在一条小小的舰艇上，谁也不会再想到我啦。”

安妮只是自己觉得在颤抖。不过两位默斯格罗夫小姐倒可以做到既诚挚又坦率，情不自禁地发出了怜悯和惊恐的喊叫。

“这么说来，”默斯格罗夫太太低声说道，仿佛自言自语似的，“这么说来，他被调到了‘拉科尼亚号’上，在那里遇见了我那可怜的孩子。查尔斯，我亲爱的，”她招手让查尔斯到她跟前，“快问问他，他最初是在哪儿遇见你那可怜的弟弟的，我总是记不住。”

“母亲，我知道，是在直布罗陀。迪克因病留在直布罗陀，他先前的舰长给温特沃思舰长写了封介绍信。”

“唔！查尔斯，告诉温特沃思舰长，叫他不用害怕在我面前提起可怜的迪克，因为听到这样一位好朋友谈起他，我反而会感到舒坦些。”

查尔斯考虑到事情的种种可能性，只是点了点头，便走开了。

两位小姐眼下正在查找“拉科尼亚号”。温特沃思舰长岂能错过机会，他为了给她们省麻烦，兴致勃勃地将那卷宝贵的海军手册拿到自己手里，把有关“拉科尼亚号”的名称、等级以及当前的非现役级别的一小段文字又朗读了一遍，说它也是人类有史以来的一个最好的朋友。

“啊！那是我指挥‘拉科尼亚号’的愉快日子！我靠它赚钱赚得多快啊！我和我的一位朋友曾在西部群岛附近做过一次愉快的巡航。就是可怜的哈维尔呀，姐姐！你知道他是多么想发财啊——比我想得还厉害。他有个妻子。多好的家伙啊！我永远忘不了他那个幸福劲儿。他完全意识到了这种幸福，一切都是为了她。第二年夏天，我在地中海同样走运的时候，便又想念起他来了。”

“我敢说，先生，”默斯格罗夫太太说道，“你到那条舰上当舰长的那天，对我们可是个吉庆日子。我们永远忘不了你的恩典。”

她因为感情压抑，话音很低。温特沃思舰长只听清了一部分，再加上他心里可能压根儿没有想到迪克·默斯格罗夫，因此显得有些茫然，似乎在等着她继续往下说。

“我哥哥，”一位小姐说道，“妈妈想起了可怜的理查德。”

“可怜的好孩子！”默斯格罗夫太太继续说道，“他受到你关照的时候，变得多踏实啊，信也写得那么好！唉！他要是始终不离开你，那该有多幸运呀！老实对你说吧，温特沃思舰长，他离开你真叫我们感到遗憾。”

听了这番话，温特沃思舰长的脸上掠过了一种神情，只见他那炯炯有神的眼睛一瞥，漂亮的嘴巴一抿，安妮当即意识到：他并不想跟着默斯格罗夫太太对她的儿子表示良好的祝愿，相反，倒可能是他想方设法把他搞走的。但是这种自得其乐的神情瞬息即逝，不像安妮那样了解他的人根本察觉不到。转眼间，他完全恢复了镇定，露出很严肃的样子，立即走到安妮和默斯格罗夫太太就座的长沙发跟前，在后者身旁坐了下来，同她低声谈起了她的儿子。他谈得既落落大方，又满怀同情，表明他对那位做母亲的那些真挚而并非荒诞的感情，还是极为关切的。

他同安妮实际上坐到了同一张沙发上，因为默斯格罗夫太太十分爽快地给他让了个地方，他们之间只隔着个默斯格罗夫太太。这的确是个不小的障碍。默斯格罗夫太太身材高大而匀称，她天生只会显示嘻嘻哈哈的兴致，而不善于表露温柔体贴的感情。安妮感到焦灼不安，只不过她那纤细的倩影和忧郁的面孔可以说是被完全遮住了。应该称赞的是温特沃思舰长，他尽量克制自己，倾听着默斯格罗夫太太为儿子的命运长吁短叹。其实，她这儿子活着的时候，谁也不把他放在心上。

当然，身材的高低和内心的哀伤不一定构成正比。一个高大肥胖的人和世界上最纤巧玲珑的人一样，也能陷入极度的悲痛之中。但是，无论公平与否，它们之间还存在着不恰当的关联，这是理智所无法赞助的——是情趣所无法容忍的——也是要取笑于他人的。

将军想提提神，背着手在屋里踱了两三转之后，他妻子提醒他要有规矩，他索性来到温特沃思舰长跟前，也不注意是否打扰别人，心里只管想着自己的心思，便开口说道：

“弗雷德里克，去年春天你若是在里斯本多待上一个星期，就会有人委托你让玛丽·格里尔森夫人和她的女儿们搭乘你的舰艇。”

“真的吗？那我倒要庆幸自己没有多待一个星期！”

将军责备他没有礼貌。他为自己申辩，但同时又说他绝不愿意让任何太太小姐来到他的舰上，除非是来参加舞会，或是来参观，有几个小时就够了。

“不过，据我所知，”他说，“这不是由于我对她们缺乏礼貌，而是觉得你作出再大的努力，付出再大的代价，也不可能为女人提供应有的膳宿条件。将军，把女人对个人舒适的要求看得高一些——我正是这样做的，这谈不上对她们缺乏礼貌。我不愿听说女人待在舰上，不愿看见她们待在舰上。如果不是万不得已，我指挥的舰艇绝不会把一家子太太小姐送到任何地方。”

这下子，他姐姐可就不饶他了。

“哦！弗雷德里克！我真不敢相信你会说出这种话。全是无聊的自作高雅！女人待在船上可以像待在英国最好的房子里一样舒适。我认为我在船上生活的时间不比大多数女人短，我知道军舰上的膳宿条件是再优越不过了。实话说吧，我现在享受的舒适安逸条件，甚至包括在凯林奇大厦的舒适安逸条件，”她向安妮友好地点点头，“还没超过我在大多数军舰上一直享有的条件。我总共在五艘军舰上生活过。”

“这不能说明问题，”她弟弟答道，“你是和你丈夫生活在一起，是舰上唯一的女人。”

“可是你自己却把哈维尔夫人、她妹妹、她表妹以及三个孩子从朴次茅斯带到了普利茅斯。你这种无微不至的、异乎寻常的殷勤劲儿，又该如何解释呢？”

“完全出自我的友情，索菲娅。如果我能办得到的话，我愿意帮助任何一位军官弟兄的妻子。如果哈维尔需要的话，我愿意把他的任何东西从天涯海角带给他。不过，你别以为我不觉得这样做不好。”

“放心吧，她们都感到十分舒适。”

“也许我不会因此而喜欢她们。这么一大帮女人孩子在舰上不可能感到舒适。”

“亲爱的弗雷德里克，你说得真轻巧。我们是可怜的水手的妻子，往往愿意一个港口一个港口地奔波下去，追随自己的丈夫。如果个个都抱着你这样的思想，请问我们可怎么办?”

“你瞧，我有这样的思想可并没有妨碍我把哈维尔夫人一家子带到普利茅斯。”

“我讨厌你说起话来像个高贵的绅士，仿佛女人都是高贵的淑女，一点也不通情达理似的。我们谁也不期待一生一世都万事如意。”

“唔！亲爱的，”将军说道，“等他有了妻子，他就要变调子啦。等他娶了妻子，如果我们有幸能赶上另外一场战争，那我们就将发现他会像你我以及其他许多人那样做的。谁要是给他带来了妻子，他也会感激不尽的。”

“啊，那还用说。”

“这下子我可完了，”温特沃思舰长嚷道，“一旦结过婚的人攻击我说：‘哦！等你结了婚你的想法就会大不相同了。’我只能说：‘不，我的想法不会变。’接着他们又说：‘会的，你会变的。’这样一来，事情就完了。”

他立起身，走开了。

“你一定是个了不起的旅行家啊，夫人！”默斯格罗夫太太对克罗夫特夫人说道。

“差不多吧，太太，我结婚十五年来跑了不少地方。不过有许多女人比我跑的地方还多。我四次横渡大西洋，去过一次东印度群岛，然后再返回来，不过只有一次，此外还到过英国周围的一些地方：科克，里斯本，以及直布罗陀。不过我从来没有去过直布罗陀海峡以远的地方——从来没有去过西印度群岛。你知道，我们不把百慕大和巴哈马称作西印度群岛。”

默斯格罗夫太太也提不出什么异议，她无法指责自己活了一辈子连这些地方都不知道。

“我实话对你说吧，太太，”克罗夫特夫人接着说，“什么地方也超不过军舰上的生活条件。你知道我说的是高等级的军舰。当然，你要是来到一艘护卫舰上，你就会觉得限制大一些——不过通情达理的女人在那上面还是会感到十分快活的。我可以万无一失地这样说：我生平最幸福的岁月是在军舰上度过的。你知道，我们在一起的时候什么也不怕。谢天谢地！我的身体一直很健康，什么气候我都能适应。出海的头二十四小时总会有点不舒服，可是后来就不知道什么叫不舒服啦。我只有一次真正感到身上不爽，心里难受，只有一次觉得自己不舒服，或者说觉得有点危险，那就是我单独在迪尔[1]度过的那个冬天，那时候，克罗夫特将军（当时是舰长）正在北海。那阵子，我无时无刻不在担惊受怕，由于不知道孤独一人该怎么办才好，不知道何时能收到他的信，各种各样的病症，凡是你能想象得到的，我都占全了。可是只要我们待在一起，我就从来不生病，从来没有遇到一丝半点的不舒服。”

“啊，那还用说。哦，是的，的确如此，克罗夫特夫人，我完全赞成你的观点，”默斯格罗夫太太热诚地答道，“没有比夫妻分离更糟糕的事情了。我完全赞成你的观点。我知道这个滋味，因为默斯格罗夫先生总要参加郡司法会议；会议结束以后，他平平安安地回来了，我不知道有多高兴。”

---

① 英格兰东南部肯特郡的港口城市。

晚会的末了是跳舞。这个建议一提出，安妮便像往常一样表示愿意伴奏。她坐到钢琴跟前虽说有时眼泪汪汪的，但她为自己有事可做而感到极为高兴，她不希望得到什么报偿，只要没有人注视她就行了。

这是一个欢快的晚会。看来，谁也不像温特沃思舰长那样兴致勃勃。她觉得，他完全有理由感到振奋，因为他受到了众人的赏识和尊敬，尤其是受到了几位年轻小姐的赏识。前面已经提到默斯格罗夫小姐有一家表亲，这家的两位海特小姐显然都荣幸地爱上了他。至于说到亨丽埃塔和路易莎，她们两人似乎都在一心一意地想着他，可以使人相信她们不是情敌的只有一个迹象，即她们之间表面上仍然保持着情同手足的关系。假如他因为受到如此广泛、如此热切的爱慕而变得有点翘尾巴，谁会感到奇怪呢？

这是安妮在思忖的一些念头。她的手指机械地弹奏着，整整弹了半个钟头，既准确无误，又浑然不觉。一次，她觉得他在盯视着她——也许是在观察她那变了样的容颜，试图从中找出一度使他着迷的那张面孔的痕迹。还有一次，她知道他准是说起了她，这是她听见别人的答话以后才意识到的。他肯定在问他的伙伴埃利奥特小姐是不是从不跳舞？回答是："哦！是的，从来不跳。她已经完全放弃了跳舞。她愿意弹琴，从来弹不腻。"另有一次，他还同她搭话。当时舞跳完了，她离开了钢琴，温特沃思舰长随即坐了下来，想弹支曲子，让两位默斯格罗夫小姐听听。不料安妮无意中又回到了那个地方；温特沃思看见了她，当即立起身，拘谨有礼地说道：

"请原谅，小姐，这是您的位置。"虽说安妮果断地拒绝了，连忙向后退了回去，可舰长却没有因此而再坐下来。

安妮不想再见到这样的神气，不想再听到这样的言语。他的冷漠斯文和故作优雅比什么都叫她难受。

第九章

温特沃思舰长来到凯林奇像回到了家里，真是愿住多久就住多久，受到了姐姐和将军充满手足之情的友好接待。他刚到的时候还打算马上就去希罗普郡，拜访一下住在那里的哥哥，谁想厄泼克劳斯对他的吸引力太大了，这事只好往后推一推。这里的人们待他那么友好，那么恭维，一切都使他感到心醉神迷。年长者是那样热情好客，年轻人是那样情投意合，他只好决定待在原地不走，稍晚一点再去领受爱德华夫人的妩媚多姿和多才多艺。

过了不久，他几乎天天跑到厄泼克劳斯。默斯格罗夫府上愿意邀请，他更愿意上门，特别是早上他在家里无人做伴的时候；因为克罗夫特夫妇通常要一道出门，去欣赏他们的新庄园、牧草和羊群，以一个第三者不堪忍受的方式游荡一番，或是乘着他们最新添置的轻便双轮马车兜兜风。

迄今为止，默斯格罗夫一家及其亲属对温特沃思舰长只有一个看法。这就是说，他随时随地都受到人们的交口称誉。但是这种亲密关系刚建立起不久，就又出现了个查尔斯·海特，他见到这个情况深感不安，觉得温特沃思舰长严重妨碍了他。

查尔斯·海特是默斯格罗夫小姐的大表兄，也是个和悦可爱的青年。温特沃思舰长没来之前，他似乎同亨丽埃塔有过深厚的情意。他身负圣职，在附近当副牧师，因为不需要住宿，便住到他父亲家里，离厄泼克劳斯不过两英里。在这关键时刻，他外出了一段不长的时间，致使女友受不到他的殷勤关照，等他回来以后，痛苦地发现她完全改变了态度，真感到伤心至极；同时，一见到温特沃思舰长，也感到十分痛苦。

默斯格罗夫太太和海特太太是姐妹俩。她们本来都很有钱，但是出嫁以后，她们的社会地位真有了天壤之别。海特先生有点家产，可是同默斯格罗夫先生的家产比起来实在微不足道。默斯格罗夫家属于乡下的头等人家，而海特家却好，做父母的地位低下，过着退隐粗俗的生活，几个兄妹本身又受教育不足，若不是幸亏同厄泼克劳斯沾了点亲，岂不成了等外人①？当然，那位长子应该除外，因为他喜欢做个学者、绅士，他的修养和举止比其他几个人强得多。

这两家人的关系素来很好，一方不傲慢，另一方不嫉妒，只是两位默斯格罗夫小姐有点优越感，因此她们很愿意帮助表兄妹提高提高。查尔斯向亨丽埃塔献殷勤一事早被她父母注意到了，不过他们没有表示异议。“这门亲事对她不十分匹配，不过只要亨丽埃塔喜欢他就行。”而亨丽埃塔看上去的确喜欢他。

温特沃思舰长没来之前，亨丽埃塔本人完全是这么想的。谁想打那之后，查尔斯表兄便被忘了个一干二净。

两位默斯格罗夫小姐中，温特沃思舰长究竟更喜欢哪一位？据安妮观察，这个问题尚难预料。也许亨丽埃塔长得更漂亮些，路易莎生性更活泼些。眼下，她不晓得哪种性情可能对他更有吸引力，是温柔，还是活泼。

默斯格罗夫夫妇或者因为见得太少，或者因为绝对相信他们的两个女儿以及接近她们的所有小伙子都能谨慎从事，似乎一切听其自然。大宅里见不到一丝半点担心的迹象，听不到一丝半点的闲言冷语。可是乡舍里情况就不同了。那对小夫妻就喜欢大惊小怪地猜来猜去。温特沃思舰长同两位默斯格罗夫小姐在一起还没待上四五次，查尔斯·海特不过刚刚再次出现，安妮便听到妹妹妹夫谈论起她们哪一

① 这是封建阶级的等级观念，所谓“等外人”系指还在自耕农之下。

位更受喜爱。查尔斯说是路易莎，玛丽说是亨丽埃塔，不过双方一致认为：不管让他娶哪一位，都会令人无比高兴。

查尔斯说："我生平从未见过比他更和悦的人。我有一次听温特沃思舰长亲口说过，确信他在战争中发的财不小于两万镑。一下子就发了这么一大笔财。除此之外，将来再打起仗来，他还会有机会发财。我深信，温特沃思舰长比海军里的哪个军官都更能出类拔萃。唔！这不论对我的哪个妹妹都将是一门极好的亲事。"

"我担保是这样的，"玛丽答道，"天哪！但愿他能得到最高的荣誉！但愿他能当上个准男爵！'温特沃思夫人，'听上去多悦耳。对亨丽埃塔来说，这的确将是一门极好的亲事！到时候她将取代我的位置[①]，亨丽埃塔对此不会不喜欢的。弗雷德里克爵士和温特沃思夫人！可是，这只不过是一个新加封的爵位，我对新加封的爵位从来就看不起。"

玛丽之所以偏要认为温特沃思舰长看中了亨丽埃塔，完全是冲着查尔斯·海特来的。那家伙想得倒美，她就是要看着他死了这条心。她绝对瞧不起海特这家人，觉得她们两家要是再结起亲来，将是极大的不幸——对她和她的孩子都很不幸。

"你知道，"她说，"我认为他压根儿配不上亨丽埃塔。考虑到默斯格罗夫家已有的姻缘，亨丽埃塔没有权利把自己葬送掉。我认为一个年轻女子没有权利做出这样的抉择，以至于给她家庭的主要成员带来不快和不便，给某些成员带来些他们不喜欢的低贱的社会关系。请问，查尔斯·海特是何许人？不过是个乡下副牧师。他根本配不上厄泼克劳斯的默斯格罗夫小姐。"

不过，她丈夫断然不能赞成她的这个看法，因为他除了对他的表弟比较器重之外，查尔斯·海特还是个长子，他自己正是以长子的目

---

① 如果亨丽埃塔嫁给温特沃思舰长，而舰长又当上准男爵，那亨丽埃塔将成为准男爵夫人，其地位在身为准男爵女儿的玛丽之上。

光来看待事物的。

因此他回答说："玛丽，你这是胡说八道。这门亲事对亨丽埃塔是不很体面，不过查尔斯很有希望通过斯派塞一家人的推举，在一两年内从主教那里捞到点好处[①]。我还请你不要忘记，他是个长子，等我姨父一死，他就会继承一大笔财产。温思罗普庄园足有二百五十英亩，再加上汤顿附近的那个农场，那可是乡下的上好宝地。我可以对你这么说，除了查尔斯以外，谁都配不上亨丽埃塔，的确不行。只有他可以。他是个十分忠厚的好小伙子，温思罗普一旦传到他的手里，他就会让它变个样，生活也会大大改观。有了这宗地产，他绝不会再是个卑贱的小人。那可真是一宗完全保有的地产[②]。不行，不行，亨丽埃塔要是不嫁给查尔斯·海特，也许更糟糕。她要是嫁给他，路易莎再嫁给温特沃思舰长，那我就心满意足了。"

"查尔斯爱怎么说就怎么说，"等查尔斯一走出屋，玛丽便对安妮说道，"可是要让亨丽埃塔嫁给查尔斯·海特，那可糟糕了：不仅对她是件非常糟糕的事情，对我来说更糟糕。所以我就盼着温特沃思舰长能赶快让她把查尔斯·海特忘掉，我不怀疑他已经做到了这一点。昨天，亨丽埃塔简直连理都不理查尔斯·海特。可惜你不在场，没有见到她的表现。至于说温特沃思舰长对亨丽埃塔和路易莎都喜欢，那简直是瞎说八道，因为他当然对亨丽埃塔更为喜欢。可是查尔斯太自信了！你昨天要是同我们在一起就好了，那样你就可以给我们做个仲裁。我想你一定会同意我的看法，除非你存心跟我过不去。"

安妮假若到默斯格罗夫府上赴一次晚宴，这一切情况都能见到。谁想她找了个借口，说她头痛，小查尔斯又旧病复发，硬是待在家里没有去。她本来考虑的只是想避开温特沃思舰长，可是现在看来，她

---

① 意指将查尔斯从副牧师提为牧师。

② 所谓"完全保有"，即完全为主人所拥有，不必交租纳税。

晚上安安静静地待在家里还多了一项好处，没有人会请她作仲裁了。

至于谈到温特沃思舰长的想法，安妮认为重要的不在于他喜欢亨丽埃塔还是喜欢路易莎，而在于他应该趁早打定主意，不要损害两位小姐中任何一位的幸福，也不要败坏自己的声誉。几乎可以肯定，她们哪个都能给他做个温柔多情的好妻子。可说到查尔斯·海特，她既对一个好心姑娘的轻佻行为感到痛心，又对这可能引起的痛苦感到同情。不过，如果亨丽埃塔发现自己的感情不对头的话，那她应该尽快让人知道这种变化。

查尔斯·海特受尽了表妹的冷落，搞得心神不定，屈辱不堪。亨丽埃塔对他的情意由来已久，不可能完全疏远下来，以至于经过最近两次见面，就使过去的希望统统化为乌有；查尔斯·海特也不至于无可奈何地要避开厄泼克劳斯。不过，如今出现这番变化，温特沃思舰长这样一个人被视为可能的根源所在，这不能不令人惊愕。海特只不过离开了两个星期日，他们分手的时候，亨丽埃塔还十分关心他的前途，而且使他十分称心的是，她希望他很快就能放弃现在的副牧师职位，而获得厄泼克劳斯的同一职位。看来，她当时一心巴望：教区长谢利博士四十多年来一直在满腔热情地履行自己的职责，可是如今越来越年迈体弱，很多事情力不从心了，应该下决心设个副牧师；他最好尽量把这副牧师的职位搞得体面些，而且应该许诺给查尔斯·海特。这样一来，他只要来厄泼克劳斯就行了，用不着跑六英里到别处去。无论从哪个方面来看，他都将得到一个更好的副牧师职位；他将充当她们亲爱的谢利博士的助手；亲爱、善良的谢利博士可以从那些最劳累、最伤身体的事务中解脱出来。这些优点即使在路易莎看来也是十分了不起的，而在亨丽埃塔看来简直是性命交关。等海特回来后，天哪！她们对这桩事的热忱已经化为泡影。当他介绍他刚同谢利博士进行的一次谈话内容时，路易莎压根儿听不进去：她立在窗口，眼望着外面寻找温特沃思舰长；就连亨丽埃塔充其量也不过是半听不听的，仿佛把过去商洽中的疑念忧虑早就忘了个一干二净。

“唔，我的确很高兴，不过我一向认为你能得到这个职位，我一向认为你肯定能得到。据我看来，似乎——总而言之，你知道，谢利博士一定要有个副牧师，而你又得到了他的许诺。温特沃思舰长要来吗，路易莎？”

一天早上，默斯格罗夫府上刚请过客不久（安妮没有出席），温特沃思舰长走进了乡舍的客厅，不料客厅里只有安妮和正在生病的小查尔斯两个人，小查尔斯躺在沙发上。

温特沃思舰长发现自己几乎是单独和安妮·埃利奥特碰到了一起，仪态举止不禁失去了往常的镇静，惊惶中只能说道：“我原以为两位默斯格罗夫小姐在这儿，默斯格罗夫太太告诉我可以在这儿找到她们。”说罢他走到窗口，好让自己镇定下来，同时想想他该怎么办。

“她俩和我妹妹一起待在楼上，我想一会儿就会下来的。”安妮自然也很慌张，回答道。若不是孩子喊她过来做件什么事，她马上就会走出屋去，解除她自己和温特沃思舰长的困窘。

舰长仍然立在窗口，镇静而客气地说了声：“我希望小家伙好些了。”便又沉默不语了。

安妮只好跪在沙发旁，尽心服侍她的病人。他们就这样持续了几分钟，接着，使她大为欣慰的是，她听见有人穿过小门厅。她扭过头，指望见到房主人，谁料想来者却是个完全无补于事的人——查尔斯·海特。就像温特沃思舰长不愿见到安妮一样，海特也不愿见到温特沃思舰长。

安妮只勉强说了声：“你好！请坐吧，其他人马上就下来。”

不过，温特沃思舰长倒从窗口走了过来，显然想搭搭腔。不料查尔斯·海特连忙坐到桌子旁边，拾起一张报纸，当即让他闭口无言。

温特沃思舰长只好再回到窗口。

过了一会儿，又来了一个人，原来是玛丽的二小子。他今年两岁，长得矮墩墩、胖乎乎的，愣头愣脑，刚才有人在外面帮他打开门，他便噔噔噔地闯了进来，直冲冲地走到沙发跟前，瞧瞧那里有什么好玩的，见到可以分送的好东西就伸手要。

没有什么好吃的，他只能闹着玩。因为姨妈不肯让他捉弄生病的哥哥，他便开始缠住姨妈不放。安妮正跪在地上，忙着服侍小查尔斯，怎么也摆脱不了他。她劝说他，命令他，恳求他，说来说去都无济于事。有一次，她设法把他推开，可这小家伙觉得越发开心，当即又爬回到姨妈背上。

“沃尔特，”安妮说道，“马上下来。你烦死人啦，真惹我生气。”

可沃尔特却赖着不动。

转瞬间，她觉得那小家伙正在慢慢地松开胳臂；原来有人从她背上把他拉开。虽说他紧紧地趴在她头上，他那强劲的小手还是被从她脖子上拉开了，人也给果断地抱走了。这时她才知道，做好事的竟是温特沃思舰长。

这一发现使她激动得一句话也说不出来。她甚至都不能谢他一声，只能俯在小查尔斯面前，心乱如麻。他好心好意地上前帮她解围，他的这番举动，自始至终一声不响，详情细节都很奇特，随后他又故意把孩子逗得嗷嗷直叫，使安妮立即认识到，他并不想听她道谢，或者干脆想证明他最不愿意同她说话；这些情况使她心里乱作一团，既感到激动不安，又觉着痛苦不堪，始终镇定不下来。后来见玛丽和两位默斯格罗夫小姐进来了，她才得以把孩子交给她们照料，自己走出了屋子。她不能留下来。这本是个观察他们四个人表露钟情和拈酸吃醋的好机会，因为他们现在都凑到一起来了；可是她却不能留下来观察。显而易见，查尔斯·海特并不喜欢温特沃思舰长。就在温

特沃思舰长出面干预之后，他说了句话给安妮留下了很深的印象，他说：“你早该听我的话，沃尔特。我告诉过你不要跟姨妈捣乱。”安妮可以理解，温特沃思舰长做了他应该做而没有做的事情，一定使他感到很懊恼。不过，无论是查尔斯·海特的心情，还是别的什么人的心情，她都不感兴趣，除非她先让自己的心情平静下来。她为自己感到害臊，为自己碰到这么件小事便如此慌张、如此束手无策，而感到极为惭愧。不过，情况就是如此，她需要经过长时间的独自思索，才能恢复镇定。

第十章

安妮总还会有机会进行观察的。过了不久，她便常同他们四个人混在一起了，对事情也就有了自己的看法。不过她是个聪明人，到了家里就不承认自己有看法，因为她知道，这看法一说出去，查尔斯夫妻俩都不会感到满意。原来，她虽然认为路易莎更讨人喜欢，但是她根据自己的记忆和体验可以大胆地断定，温特沃思舰长对两个人都不爱。她们更喜欢他，然而那还算不上爱。他是有一点爱慕之情，最后也许，或者说很可能同哪一位坠入情网。查尔斯·海特似乎也知道自己受到了冷落，可是亨丽埃塔有时看起来倒像是脚踏两只船。安妮希望自己能够向他们大家说明他们搞的是什么名堂，向他们指出他们面临的某些危险。她并不认为哪个人有欺骗行为。使她深感欣慰的是，她相信温特沃思舰长压根儿不觉得他给什么人带来了痛苦。他的举止中见不到洋洋得意的神气，见不到那种令人生厌的洋洋得意的神气。他八成从未听说过，也从未想到过查尔斯·海特会跟她们哪一位相好。他唯一的过错是不该马上接受（因为“接受”是个恰当的字眼）两位年轻小姐的殷勤表示。

不过，经过一阵短暂的思想斗争，查尔斯·海特似乎不战而退了。三天过去了，他一次也没有来过厄泼克劳斯。这个变化太明显了。他甚至于拒绝了一次正式的宴请。默斯格罗夫先生当场发现他面前摆着几本大部头的书，他们老两口当即断定这孩子不大对头，便带着严肃的神气议论说，他这样用功非累死不可。玛丽希望，而且也相信，他受到了亨丽埃塔的断然拒绝，她丈夫则总是指望明天能见到他。安妮倒觉得查尔斯·海特比较明智。

大约就在这段时间的一天早上，查尔斯·默斯格罗夫和温特沃思舰长一道打猎去了，乡舍的姐妹俩正坐在那里不声不响地做活计，大宅的两位小姐来到了她们的窗口。

当时正值十一月间，那天天气又特别好，两位默斯格罗夫小姐来到了小园子，停下来没有别的意图，只想说一声她们要进行一次长距离散步，因此断定玛丽不会愿意同她们一起去。谁想玛丽最忌讳人家认为她不擅长走路，便立即回答说："唔，去的，我很想和你们一道去，我非常喜欢长距离散步。"安妮从两位小姐的神色里看得出来，这正是她们所不希望的，但是出于家庭习惯，她们无论遇到什么事情，不管多么不情愿，多么不方便，都要互相通通气，都要一道来做，对此她又感到羡慕。她想劝说玛丽不要去，但是无济于事。情况既然如此，她觉得最好接受两位默斯格罗夫小姐的热诚邀请，索性也跟着一起去，以便同妹妹一道回来，尽量少干扰她们的计划。

"我简直无法想象，她们凭啥认为我不喜欢长距离散步！"玛丽上楼时说道，"人们总是认为我不擅长走路！可是，假如你不肯陪她们一起去，她们又要不高兴了。别人特意来邀请，你怎么好拒绝呢？"

她们正要出发的时候，两位先生回来了。原来，他们带去的一只幼犬败坏了他们打猎的兴致，两人便早早地回来了。因为时间赶得巧，再加上体力充沛，兴致勃勃，正想散散步，便高高兴兴地加入了她们的行列。假若安妮事先能预见到这一巧合的话，她早就待在家里了。不过，她出于某种好奇心，觉得现在又来不及退缩了，于是他们六个人便朝着两位默斯格罗夫小姐选择的方向，一道出发了。两位小姐显然认为，这次散步得由她们引路。

安妮的用意是不要妨碍任何人。当田间小路太狭窄需要分开走时，她就和妹妹妹夫走在一起。她散步的乐趣一定在于想趁着这大好天气活动活动，观赏一下这一年中最后剩余的明媚景色，看看那黄树叶和枯树篱，吟诵几首那成千成百的描绘秋色的诗篇，因为秋天能给风雅、善感的人儿带来无穷无尽的特殊感染，因为秋天博得了每位值得一读的诗人的吟咏，使之写下动人心弦的诗句。她尽量聚精会神地沉思着，吟诵着。但是，温特沃思舰长就在附近同两位默斯格罗夫小姐交谈，她又不能充耳不闻。不过，她没有听到什么异乎寻常的内容。他们只是像任何关系密切的青年人一样，在嘻嘻哈哈地闲聊。温特沃思舰长更多的是跟路易莎交谈，而不是跟亨丽埃塔。路易莎当然比姐姐更主动，好赢得他的青睐。这种差别似乎越来越明显，尤其是路易莎的一席话给她留下了深刻的印象。本来，他们总要不时地迸出几句赞美天气的话；一次赞叹完天气之后，温特沃思舰长接着说道：

“这天气真美了将军和我姐姐！他们今天上午就想坐着车子跑得远远的。说不定我们还能从这些山上向他们打招呼呢。他们议论过要来这一带的。我真不知道他们今天会在哪儿翻车。哦！实话对你们说吧，这种事儿经常发生——不过我姐姐毫不在乎——她倒很乐意从车子里给甩出来。”

“唔！我晓得你是有意夸张，”路易莎嚷道，“不过万一情况果真如此，我若是处在你姐姐的地位也会这么做的。假若我能像她爱将军那样爱某个人，我就要永远和他待在一起，无论如何也不分离。我宁肯让他把我翻到沟里，也不愿乘着别人的车子稳稳当当地行走。”

这话说得热情洋溢。

“你真会吗？”温特沃思舰长带着同样的口气嚷道，“你真叫我敬佩！”说罢两人沉默了一会儿。

安妮当即再也背诵不出什么诗句了。一时间，秋天的宜人景色被置诸脑后，除非她能记起一首动人的十四行诗，诗中充满了对那残年余兴的妥帖比拟，全然见不到对青春、希望和春天的形象写照。等大家遵命走上另外一条小路时，她打断了自己的沉思，说道：“这不是一条通往温思罗普的小路吗？”可惜谁也没听见她的话语，至少没有人回答她。

然而，温思罗普一带正是他们要去的地方——有些年轻人在家门前散步，有时就在这里相遇。他们穿过大片的圈地，顺着缓坡向上又走了半英里，只见农夫们正在犁地，坡上新辟了一条小径，表明农家人不信诗人的那一套，不图那伤感的乐趣[①]，而要迎接春天的再度到来。说话间他们来到那座最高的山峰上，山峰把厄泼克劳斯和温思罗普隔开，立在山顶，坐落在那边山脚下的温思罗普顿时一览无遗。

温思罗普展现在他们面前，既不美丽，也不庄严——一幢平平常常的矮宅子，四周围着农场的谷仓和建筑物。

玛丽惊叫了起来：“我的天哪！这儿是温思罗普——我真没想到啊！唔，我想我们最好往回走吧，我累得不行了。”

亨丽埃塔不觉有些尴尬、羞涩，况且又见不到表兄查尔斯沿路走来，也见不到他倚在大门口，便很想遵照玛丽的意愿办事。可是查尔斯·默斯格罗夫却说：“不行！”路易莎更是急切地嚷道：“不行！不行！”她把她姐姐拉到一边，似乎为这事争得很激烈。

这当儿，查尔斯却坚决表示，既然离得这么近了，一定要去看看

---

① 指诗人有时把秋天写得过于肃杀凄凉，一派衰朽景象。

姨妈。他尽管心里有些怕，可显然还在动员妻子跟着一起去。不料夫人这次表现得非常坚决。任凭他说什么她太累了，最好到温思罗普休息一刻钟，她却毅然决然地答道："哦！那可不行！还要爬回这座山，给我带来的害处之大，再怎么休息也弥补不了。"总而言之，她的神态表明，她坚决不要去。

经过一阵不长的争执和协商，查尔斯和他的两个妹妹说定：他和亨丽埃塔下去少待几分钟，瞧瞧姨妈和表兄妹，其他人就在山顶上等候他们。路易莎似乎是主要的策划者，她陪着他俩朝山下走了一小段，一面还在同亨丽埃塔嘀咕什么，玛丽趁此机会鄙夷不屑地环顾一下四周，然后对温特沃思舰长说道：

"有这类亲戚真叫人扫兴！不过，实话对你说吧，我去他们家没超过两次。"

听了这话，温特沃思舰长只是故作赞同地莞尔一笑。随后，他一转身，眼睛里又投出了鄙视的目光，安妮完全明白这其中的含义。

他们待在山顶上，那是个愉快的去处。路易莎回来了。玛丽在一道树篱两侧的台阶上拣了个舒适的地方坐了下来，见其他人都立在她的四周，也就感到十分得意。谁想路易莎偏偏把温特沃思舰长拉走了，要到附近的树篱那里去采坚果，渐渐地走得无影无声了，这一来玛丽可不高兴了。她埋怨自己坐的不是地方，心想路易莎一准找到了个比这儿好得多的地点，自己说什么也要去找个更好的地点。她跨进了同一道门，但是却见不到他们。安妮在树篱下面干燥向阳的土埂上给玛丽找了个舒适的地方，她相信那两个人仍然待在这树篱中的某个地方[①]。玛丽坐了一刻，可是又觉得不满意。她心想路易莎一定在别

---

① 据奥斯丁-李的《回忆录》所称：奥斯丁小说中的"树篱"（hedgerow）不是一般意义上的"一排树篱"，而是一种形状不定的矮树丛，里面有曲径小道。

处找到了更好的位置。她要继续挪动，直至找到她为止。

安妮确实累了，便索性坐下来。过不一会儿，她听见温特沃思舰长和路易莎就待在她身后的树篱里，好像正沿着树篱中央崎岖荒芜的小径往回走。两人越走越近，一边还在说着话。她首先分辨出了路易莎的声音。她似乎正在急切地谈论什么。安妮最先听见她这样说：

"就这样，我把她动员走了。我不能容忍她因为听了几句胡言乱语，就不敢去走亲戚了。什么！我会不会因为遇到这样一个人，或者可以说任何人装模作样的干涉，就不去干那些我原来决定要干而又深信不疑的事情？不，我才不那么好说服呢。我一旦下定决心，那就非坚持到底不可。看样子，亨丽埃塔今天本来是打定主意要去温思罗普那里走访的——可她刚才出于无聊的多礼，险些不肯去了！"

"这么说，要不是多亏了你，她就回去了？"

"那敢情是。我说起来真有点害臊。"

"她真幸运，有你这样的聪明人在一旁指点！我最后一次和你表兄在一起时观察到一些现象，你刚才的话只不过证实了我的观察是有根据的，听了之后我也不必假装对眼下的事情不可理解。我看得出来，他们一早去拜访姨妈不单是想尽本分。等他们遇到要紧事儿，遇到需要坚强毅力的情况时，如果她一味优柔寡断，碰上这种芥末小事的无聊干扰都顶不住，那么他们两个不是活该要受罪吗？你姐姐是个和气人。可我看得出来，你的性格就很坚决果断。你要是珍惜她的行为和幸福的话，就尽可能向她多灌输些你自己的精神。不过，你无疑一直是在这么做的。对于一个百依百顺、优柔寡断的人来说，最大的不幸是不能指望受到别人的影响。好的印象是绝对不能持久的，任何人都能使之发生动摇。让那些想获得幸福的人变得坚定起来吧。这里有坚果，"他说着从树枝上摘下了一只，"可以作个例子。这是一只漂亮光滑的坚果，它靠着原先的能量，经受住了秋天暴风骤雨的百般考验。浑身见不到一处刺痕，找不到一丝弱点。这只坚果有那么多同胞都落在地上任人践踏，”他半开玩笑半当真地继续说道，“可是它仍然享有一只榛子果所能享受到的一切乐趣。”随即他又回复到先前的严肃口气：“对于我所关心的人们，我首先希望他们要坚定。如果路易莎·默斯格罗夫在晚年过得美满幸福，她将珍惜她目前的全部智能。”

他的话说完了，但是没有引起反响。假如路易莎能当即对这席话作出答复，安妮倒会感到惊讶——这席话是那样的富有兴趣，说得又是那样的严肃激动！她可以想象路易莎当时的心情。不过，她自己连动也不敢动，唯恐让他们发现。她待在那里，一丛四处蔓延的矮冬青树掩护着她。他们继续往前走去，不过，还没等他们走到她听不见的地方，路易莎又开口了。

“从许多方面来看，玛丽都是挺温顺的，”她说，“不过，她的愚蠢和傲慢有时真叫我恼火极了；埃利奥特家族的傲慢。她浑身上下都渗透着埃利奥特家族的傲慢。想当初查尔斯要是娶了安妮就好了。我想你知道他当时想娶安妮吧？”

歇了片刻，温特沃思舰长说：

“你的意思是说她拒绝了他？”

“唔！是的，那还用说。”

“那是什么时候的事儿？”

“我了解得不确切，因为我和亨丽埃塔那时还在上学。不过我想大约在他同玛丽结婚一年之前。真可惜，安妮没有答应他。要是换上她，我们大家会喜欢多了。我父母亲总是认为，她之所以没有答应，是因为她的好朋友拉塞尔夫人从中作梗。他们认为，也许因为查尔斯缺乏教育，书读得少，不讨拉塞尔夫人喜欢，所以她就劝说安妮拒绝了查尔斯。”

说话声越来越弱，安妮再也听不清了。她心情过于激动，人仍然定在那里。不镇定下来是动弹不得的。俗话说偷听者永远听不到别人说自己的好话，然而她的情况又不完全如此：她没听见他们说自己的坏话，可是却听到了一大堆叫她感到十分伤心的话。她看出了温特沃思舰长如何看待她的人格，纵观一下他的言谈举止，正是对于她的那种感情和好奇心才引起了她的极度不安。

她一镇定下来，就赶忙去找玛丽，找到后就同她一起回到树篱台阶那儿，待在她们原先的位置上。转眼间，大伙都聚齐了，又开始行动了，安妮才感到熨帖了一些。她精神上需要孤寂和安静，而这只有人多的时候才能得到。

查尔斯和亨丽埃塔回来了，而且人们可以猜想得到，还带来了查尔斯·海特。事情的细节安妮无法推断；即使温特沃思舰长，似乎也不能说是十分清楚。不过，男方有点退让，女方有点心软，两人现在十分高兴地重新聚在一起，这却是毋庸置疑的。亨丽埃塔看上去有点羞涩，但却十分愉快；而查尔斯·海特看上去则满面春风。几乎就从大伙朝厄泼克劳斯出发的那刻起，他俩便又变得情意绵绵起来。

现在一切情况都表明，路易莎属于温特沃思舰长的了；这事儿再明显不过了。一路上，需要分开走也好，不需要分开走也罢，他们几乎就像那另外一对一样，尽量肩并肩地走在一起。当走到一条狭长的草地时，尽管地面较宽，大家可以一起并排走，他们还是分开了——明显地形成了三伙。不消说，安妮属于那最无生气、最不亲切的三人一伙的。她同查尔斯和玛丽走在一起，只觉得有些疲劳，便十分高兴地挽住查尔斯的另一只胳膊。不过，查尔斯尽管对她颇为和气，对他妻子却很恼火。原来，玛丽一直跟他过不去，现在落了个自食其果，惹得他不时甩掉她的胳臂，用手里的小棍打掉树篱中的荨麻花絮。这一来，玛丽便抱怨开了，为自己受到亏待而感到伤心，当然又是那老一套，说自己走在树篱这一边，安妮走在另一边敢情没有什么不舒服的，这时查尔斯索性把两人的手臂都抛开了，冲着一只一闪而过的黄鼠狼追了过去，她们两个说什么也撵他不上。

挨着这块狭长的草地，有一条窄路，他们所走的小道的尽头就与这条窄路相交。他们早就听见了马车的声音，等他们来到草地的出口处，马车正好顺着同一方向驶过来，一看便知那是克罗夫特将军的双轮马车。他和妻子按照计划兜完了风，正在往回走。听说几位年轻人跑了这么远，他们好心好意地提出，哪位女士要是特别累了，就请坐到车子里；这样可以使她足足少走一英里路，因为马车要打厄泼克劳斯穿过。邀请是向众人发出的，也被众人谢绝了。两位默斯格罗夫小姐压根儿不累，玛丽或者因为没有得到优先邀请而感到生气，或者像路易莎所说的，那埃利奥特家族的傲慢使她无法容忍到那单马马车上做个第三者。

步行的人们穿过了窄路，正在攀越对面一道树篱的台阶，将军也在策马继续赶路。这时温特沃思舰长忽地跳过树篱，去跟他姐姐嘀咕了几句。这几句话的内容可以根据效果猜测出来。

"埃利奥特小姐，我想你一定是累了，"克罗夫特夫人大声说道，"请赏个脸，让我们把你带回家吧。你放心好了，这里绰绰有余能坐下三个人。假如我们都像你那样苗条的话，我看作兴还能坐下四个人呢。你一定要上来，真的，一定。"

安妮仍然站在小路上，她虽然本能地谢绝了，但是克罗夫特夫人不让她往前走。将军替妻子帮腔，慈祥地催促安妮快点上车，说什么也不许她拒绝。他们尽可能把身子挤在一起，给她腾出了个角落，温特沃思舰长一声不吭地转向她，悄悄地把她扶进了车子。

是的，他这么做了。安妮坐进了车子，她觉得是他把她抱进去的，是他心甘情愿地伸手把她抱进去的。使她为之感激的是，他居然觉察她累了，而且决定让她歇息一下。他的这些举动表明了他对安妮的一番心意，使她大受感动。这件小事似乎为过去的事情带来了圆满的结局。她明白他的心意了。他不能宽恕她，但是又不能无情无义。虽然他责备她的过去，一想起来就满腹怨恨，以至达到不公正的地步；虽然他对她已经完全无所谓；虽然他已经爱上了另外一个人，但是他不能眼见着她受苦受累而不想帮她一把。这是以往感情的遗迹。这是友情的冲动，这种友情虽然得不到公开的承认，但却是纯洁的。这是他心地善良、和蔼可亲的明证，她一回想起来便心潮澎湃，她自己也不知道是喜是悲。

起先，她完全是无意识地回答了同伴的关照和议论。他们沿着崎岖的小路走到一半的光景，她才完全意识到他们的谈话内容。当时她发现，他们正在谈论"弗雷德里克"。

"他当然想娶那两位姑娘中的某一位啦，索菲，"将军说道，"不过说不上是哪一位。人们会觉得，他追求她们的时间够长了，该下决心了。唉，这都是和平带来的结果。假如现在是战争年代，他早就定下来了。埃利奥特小姐，我们水手在战争年代是不允许长久谈情说爱的。亲爱的，从我头一次遇见你到与你在北亚茅斯寓所结为夫妻，这中间隔了多少天来着？"

"亲爱的，我们最好别谈这些，"克罗夫特夫人欢快地答道，"要是埃利奥特小姐听说我们这么快就定下了终身，她说什么也不肯相信我们在一起会是幸福的。不过，我当时对你早有了解。"

"而我早就听说你是个十分漂亮的姑娘，除此以外，我们还有什么好等的？我干这种事不喜欢拖拖拉拉的。我希望弗雷德里克加快点速度，把这两位年轻小姐中的哪一位带到凯林奇。这样一来，她们随时都有人做伴。她们两个都是非常可爱的年轻小姐，我简直看不出她们有什么差别。"

"确实是两个非常和悦、非常真挚的姑娘，"克罗夫特夫人带着比较平静的口气称赞说，安妮听了觉得有点可疑，说不定她那敏锐的头脑却认为她们哪一个也配不上她弟弟，“而且还有一个非常体面的家庭。你简直攀不上比她们更好的人家了。我亲爱的将军，那根柱子！我们非撞到那根柱子上不可。”

但是，她冷静地往旁边一拽缰绳，车子便侥幸地脱险了。后来还有一次，多亏她急中生智地一伸手，车子既没翻到沟里，也没有撞上粪车。安妮看到他们的赶车方式，不禁觉得有几分开心，她设想这一定很能反映他们是如何处理日常事务的。想着想着，马车不知不觉地来到了乡舍跟前，安妮安然无恙地下了车。

第十一章

现在，拉塞尔夫人回来的日子临近了，连日期都确定了。安妮与她事先约定，等她一安顿下来，就同她住在一起，因此她期望着早日搬到凯林奇，并且开始捉摸，这会给她自己的安适带来多大的影响。

这样一来，她将和温特沃思舰长住在同一个庄上，离他不过半英里地。他们将要时常出入同一座教堂，两家人也少不了你来我往。这是违背她的意愿的；不过话又说回来，他常常待在厄泼克劳斯，她要是搬到凯林奇，人们会认为她是疏远他，而不是亲近他。总而言之，她相信，考虑到这个有趣的问题，她离开可怜的玛丽去找拉塞尔夫人，对她肯定会有好处，简直就像她改变家庭环境那样有好处。

她希望，她能够避免在凯林奇大厦见到温特沃思舰长，因为他们以前在那些屋里相会过，现在再在那里见面会给她带来极大的痛苦。不过，她更加急切地希望，拉塞尔夫人和温特沃思舰长无论在哪儿也不要再见面。他们谁也不喜欢谁，现在再言归于好不会带来任何好处。况且，倘若拉塞尔夫人看见他们两人待在一起，她或许会认为他过于冷静，而她却太不冷静。

她觉得她在厄泼克劳斯逗留得够久的了，现在期待着要离开那里，这些问题又构成了她的主要忧虑。她对小查尔斯的照料，将永远为她这两个月的走访留下美好的记忆，不过孩子正在逐渐恢复健康，她没有别的理由再待下去。

然而，就在她的访问行将结束的时候，不想节外生枝，发生了一件她完全意想不到的事情。且说人们在厄泼克劳斯已经整整两天没有看见温特沃思舰长的人影，也没听到他的消息，如今他又出现在他们之中，说明了他这两天没有来的缘由。

原来，他的朋友哈维尔舰长给他写来一封信，好不容易才转到他的手里，告诉他哈维尔舰长一家搬到了莱姆[①]，准备在那儿过冬。因此，他们之间相距不到二十英里，这是他们事先谁也不知道的。哈维尔舰长两年前受过重伤，后来身体一直不好。温特沃思舰长急切地想见到他，于是便决定立即去莱姆走一趟。他在那里逗留了二十四小时，圆满地履行了自己的职责，受到了热情的款待。同时他的叙述也激起了听话人对他的朋友的浓厚兴趣。他描绘起莱姆一带的秀丽景色时，他们一个个听得津津有味，渴望亲自看看莱姆，因此便订出了去那里参观的计划。

年轻人都迫不及待地想看看莱姆。温特沃思舰长说他自己也想再去一趟，那儿离厄泼克劳斯只有十七英里远。眼下虽说已是十一月[②]，天气倒并不坏。总而言之，路易莎是急切中最急切的，下定决心非去不可，她除了喜欢我行我素之外，现在又多了一层念头，觉得人贵在自行其是，当父母亲一再希望她推迟到夏天再说时，都给她顶了回去。于是，大伙定好了要去莱姆——查尔斯，玛丽，安妮，亨丽埃塔，路易莎，以及温特沃思舰长。

① 多塞特郡的海滨城市，1774 年成为英王特许的自治市，现名为莱姆里季斯（Lyme Regis）。

② 英国的 11 月通常比较寒冷、潮湿、多雾，昼短夜长。

他们起初考虑不周，计划早晨出发，晚上回来。谁想默斯格罗夫先生舍不得自己的马，不同意这种安排。后来经过合情合理地考虑，觉得眼下已是十一月中旬，再加上乡下的路不好走，来回便要七个小时，一天去掉七个小时，就没有多少时间游览一个陌生地方啦。因此，他们决定还是在那里过一夜，到第二天吃晚饭时再回来。大伙觉得这是个不错的修正方案。尽管他们一大早就聚集到大宅，吃过早饭，准时地起程了，但是直到午后许久，才见到两辆马车（默斯格罗夫先生的四轮大马车载着四位夫人小姐，查尔斯赶着他的轻便两轮马车拉着温特沃思舰长），一溜儿下坡地驶进了莱姆，然后驶进该镇更加陡斜的街道。显而易见，他们只不过有时间往四周看看，天色便暗了下来，同时也带来了凉意。

他们在一家旅馆订好了房间和晚餐，下一件事无疑是直奔海滨。他们来的时令太晚了，莱姆作为一个旅游胜地可能提供的种种娱乐，他们一概没有赶上。只见个个房间都关着门，房客差不多走光了，整家整户的，除了当地的居民，简直没有剩下什么人。且说那些楼房本身，城市的奇特位置，几乎笔直通到海滨的主大街以及通往码头[①]的小路，这些都没有什么好称道的，尽管那条小路环绕着宜人的小海湾，而在旅游旺季，小海湾上到处都是更衣车和沐浴的人群。异乡人真正想观赏的还是那个码头本身，它的古迹奇观和新式修缮，以及那道绝美的峭壁，一直延伸到城市的东面。谁要是见不到莱姆近郊的妩媚多姿，不想进一步了解它，那他一定是个不可思议的异乡人。莱姆附近的查茅斯，地高域广，景致宜人，而且它还有个幽美的海湾，背后耸立着黑魆魆的绝壁，有些低矮的石块就星散在沙滩上，构成了人们坐在上面观潮和冥思遐想的绝妙地点。厄普莱姆是个生机盎然的村

---

① 此码头的英文原名为“科布”（Cobb），是莱姆里季斯历史悠久的石头突式码头（或称海堤），分上下两层，可在上面漫步，俯瞰港湾风光。

庄，长满了各式各样的树木。尤其是平尼，那富有浪漫色彩的悬崖之间夹着一条条翠谷，翠谷中到处长满了茂盛的林木和果树，表明自从这悬崖第一次部分塌陷，为这翠谷奠定基础以来，人类一定度过了许许多多个世代，而这翠谷如今呈现出的如此美妙的景色，完全可以同闻名遐迩的怀特岛[①]的类似景致相媲美。以上这些地方必须经过反复观赏，你才能充分领略莱姆的奥妙。

厄泼克劳斯的那伙游客经过一座座空空荡荡、死气沉沉的公寓，继续往下走去，不久便来到了海边。但凡有幸观海的人初次来到海边，总要逗留、眺望一番，这几位也只是逗留了一阵，接着继续朝码头走去，这既是他们的参观目标，也是为了照顾温特沃思舰长，因为在一条不明年代的旧码头附近有一幢小房子，哈维尔一家就住在那里。温特沃思舰长进去拜访自己的朋友，其他人则继续往前走，然后他到码头上找他们。

他们一个个兴致勃勃，惊叹不已。当大家看见温特沃思舰长赶到时，就连路易莎也不觉得同他离别了很久。温特沃思舰长带来了三个伙伴，因为听他介绍过，所以大家都很熟悉这三个人，他们是哈维尔舰长夫妇以及同他们住在一起的本威克舰长。

本威克舰长以前曾在“拉科尼亚号”上当过舰务官。温特沃思舰长上次从莱姆回来后谈起过他，热烈地称赞说：他是个杰出的青年，是他一向十分器重的一名军官，他这话一定会使每个听话人对本威克深为尊敬。随后，他又介绍了一点有关他个人生活的历史，使所有的夫人小姐都感到兴味盎然。原来，他同哈维尔舰长的妹妹订过婚，现在正在哀悼她的去世。他们有那么一两年，一直在等待他发财和晋级。钱等到了，他作为舰务官得到了很高的赏金。晋级最后也等到

① 英格兰南部沿岸附近一海岛，以风景优美而著称。

了，可惜范妮·哈维尔没有活着听到这一消息。今年夏天，本威克出海的时候，她去世了。温特沃思舰长相信，对男人来说，谁也不可能像可怜的本威克爱恋范妮·哈维尔那样爱恋女人，谁也不可能在遇到这可怕变故的情况下像他那样柔肠寸断。温特沃思舰长认为，他天生就具有那种忍受痛苦的性格，因为他把强烈的感情同恬静、庄重、矜持的举止融合在一起，而且显然喜欢读书和案牍生活。更有趣的是，他同哈维尔夫妇的友谊，似乎是在发生了这起事件，他们的联姻希望破灭之后，得到进一步增强的，如今他完全同他们生活在一起了。哈维尔舰长租下现在这幢房子，打算居住半年。他的嗜好、身体和钱财都要求他找个花销不大的住宅，而且要在海滨。乡下景致壮观，莱姆的冬天又比较僻静，似乎正适合本威克舰长的心境。这就激起了人们对他的深切同情与好感。

"可是，"当大伙走上前去迎接他们几位时，安妮自言自语地说，"他也许并不比我更伤心。我无法相信他的前程就这么永远葬送了。他比我年轻，在感情上比我年轻，如果不在事实上的话；他作为一个男子汉，是比我年轻。他会重新振作起来，找到新的伴侣。"

大家相见了，作了介绍。哈维尔舰长是个高大黝黑的男子，聪敏和善，腿有点跛，由于面目粗犷和身体欠佳的缘故，看上去比温特沃思舰长老相得多。本威克舰长看样子是三人中最年轻的，事实上也是如此，同他俩比起来，他是个小个子。他长着一副讨人喜欢的面孔，不过理所当然，神态比较忧郁，不太肯说话。

哈维尔舰长虽然在言谈举止上比不上温特沃思舰长，但却是个极有教养的人，为人真挚热情，乐于助人。哈维尔夫人不像丈夫那样教养有素，不过似乎同样很热情。两人和蔼可亲极了，因为那伙人是温特沃思舰长的朋友，他俩便把他们统统看作自己的朋友。他们还极为亲切好客，一再恳请大伙同他们共进晚餐。众人推托说他们已在旅馆订好了晚餐，他俩虽然最后终于勉勉强强地认可了，但是对于温特沃思舰长能把这样一伙朋友带到莱姆，而居然没有理所当然地想到和他们共进晚餐，仿佛感到有些生气。

从这件事里可以看出，他们对温特沃思舰长怀有无比深厚的感情，殷勤好客到那样罕见的地步，实在令人为之神驰。他们的邀请不像通常意义上的礼尚往来，不像那种拘泥礼仪、炫耀自己的请客吃饭，因此安妮觉得，她要是和他的同事军官进一步交往下去，精神上不会得到安慰。她心里这么想："他们本来都该是我的朋友。"她必须尽力克制自己，不要让情绪变得过于低落。

他们离开码头，带着新结交的朋友回到了家里。屋子实在太小，只有真心邀请的主人才认为能坐得下这么多客人。安妮对此也惊奇了一刹那，不过当她看到哈维尔舰长独出心裁地做了巧妙安排，使原有的空间得到了充分利用，添置了房子里原来缺少的家具，加固了门窗以抵御冬季风暴的袭击，她不禁沉浸在一种十分舒适的感觉之中。瞧瞧屋里的种种陈设，房主提供的普通必需品，景况都很一般，与此形成鲜明对照的，倒是几件木制珍品，制作得十分精致，另外还有个他从海外带回来的什么珍奇玩意儿，所有这些东西不单单使安妮感觉有趣；因为这一切都同他的职业有关联，是从事这职业的劳动成果，是这职业对他生活习惯产生影响的结果，给他的家庭生活带来了一派安逸幸福的景象，这就使她多少产生了一种似喜非喜的感觉。

哈维尔舰长不是个读书人，不过本威克舰长倒收藏了不少装帧精致的书籍，哈维尔舰长经过巧妙的设计，为之腾出了极好的地方，制作了非常漂亮的书架。他由于脚跛，不能多运动，但他富有心计，爱动脑筋，使他在屋里始终忙个不停。他画画，上油漆，刨刨锯锯，胶胶贴贴，为孩子做玩具；制作经过改进的新织网梭；等所有的事情都办完了，就坐在屋子的一角，摆弄他的那张大渔网。

大家离开哈维尔舰长寓所时，安妮觉得自己把欢愉抛到了后面。她走在路易莎旁边，只听她欣喜若狂地对海军的气质大加赞扬——说他们亲切友好，情同手足，坦率豪爽。她还坚信，在英国，水手比任何人都更可贵，更热情，只有他们才知道应该如何生活，只有他们才值得尊敬和热爱。

众人回去更衣吃饭。他们的计划已经取得了圆满的成功，一切都很称心如意。不过还是说了些诸如“来得不是时候”、“莱姆不是交通要道”、“遇不到什么旅伴”之类的话，旅馆老板只好连连道歉。

安妮起初设想，她永远不会习惯于同温特沃思舰长待在一起，谁想现在居然发现，她对于同他在一起已经越来越习以为常了，如今同他坐在同一张桌前，说上几句一般的客套话（他们从不越雷池一步），已经变得完全无所谓了。

夜晚天太暗，夫人小姐们不便再相聚，只好等到明日，不过哈维尔舰长答应过，晚上来看望大家。他来了，还带着他的朋友，这是出乎众人意料的，因为大家一致认为，本威克舰长当着这么多稀客的面，显得非常沉闷。可他还是大胆地来了，虽然他的情绪同众人的欢乐气氛似乎很不协调。

温特沃思舰长和哈维尔舰长在屋子的一边带头说着话，重新提起了逝去的岁月，用丰富多彩的奇闻轶事为大家取乐逗趣。这当儿，安妮恰巧同本威克舰长坐在一起，离着众人很远。她天生一副好性子，情不自禁地与他攀谈起来。他羞羞答答的，还常常心不在焉。不过她神情温柔迷人，举止温文尔雅，很快便产生了效果，她开头的一番努力得到了充分的报答。显然，本威克是个酷爱读书的年轻人，不过他更喜欢读诗。安妮相信，他的老朋友们可能对这些话题不感兴趣，这次她至少同他畅谈了一个晚上。谈话中，她自然而然地提起了向痛苦作斗争的义务和益处，她觉得这些话对他可能真正有些作用。因为他虽说有些腼腆，但似乎并不拘谨，看来他很乐意冲破惯常的感情束缚。他们谈起了诗歌，谈起了现代诗歌的丰富多彩，简要比较了一下他们对几位第一流诗人的看法，试图确定《玛密安》与《湖上夫人》[①] 哪一篇更可取，如何评价《异教徒》和《阿比多斯的新娘》[②]，以及《异教徒》的英文该怎么念。看来，他对前一位诗人充满柔情的诗篇和后一位诗人悲痛欲绝的深沉描写，全部了如指掌。他带着激动的感情，背诵了几节描写肝肠寸断、痛不欲生的诗句，看上去完全是想得到别人的理解。安妮因此冒昧地希望他不要一味地光读诗，还说酷爱吟诗的人欣赏起诗歌来很难确保安然无恙；只有具备强烈的感情才能真正欣赏诗歌，而这强烈的感情在鉴赏诗歌时又不能不有所节制。

他的神色显不出痛苦的样子，相反却对她暗喻自己的处境感到高兴，安妮也就放心大胆地说了下去。她觉得自己忍受痛苦的资历比他长一些，便大胆地建议他在日常学习中多读些散文。当对方要求她说得具体些，她提到了一些优秀道德家的作品、卓越文学家的文集，以及一些有所作为的、遭受种种磨难的人物的回忆录。她当时想到了这些人，觉得他们对道德和宗教上的忍耐作出了最高尚的说教，树立了最崇高的榜样，可以激励人的精神，坚定人的意志。

本威克舰长聚精会神地听着，似乎对她话里包含的关心十分感激。他虽然摇了摇头，叹了几口气，表明他不大相信有什么书能解除他的痛苦，但他还是记下了她所推荐的那些书，而且答应找来读读。

夜晚结束了，安妮一想起自己来到莱姆以后，居然劝诫一位素昧平生的小伙子要忍耐，要顺从天命，心里不禁觉得好笑起来。可是再仔细一考虑，她不由得又有几分害怕，因为像其他许多大道德家、说

---

① 沃尔特·司各特的两首叙事诗。

② 拜伦的两首叙事诗。

教者一样，她虽然说起来头头是道，可她自己的行为却经不起检验。

第十二章

第二天早晨，安妮和亨丽埃塔起得最早，两人商定，趁早饭前到海边走走。她们来到沙滩上，观看潮水上涨，只见海水在习习东南风的吹拂下直往平展展的海岸上阵阵涌来，显得十分壮观。她俩赞叹这早晨，夸耀这大海，称赏这凉爽宜人的和风，接着便缄默不语了。过了一会儿，亨丽埃塔突然嚷道：

"啊！是呀，我完全相信，除了极个别情况以外，海边的空气总是给人带来益处。去年春天，谢利博士害了一场病，毫无疑问，这海边的空气帮了他的大忙。他曾亲口说，到莱姆待了一个月比他吃那么多药都更管用；还说来到海边总使他感觉又年轻了。使我不能不感到遗憾的是，他没有干脆住到海边。我的确认为他不如干脆离开厄泼克劳斯，在莱姆定居下来。你看呢，安妮？你难道不同意我的意见，不认为这是他所能采取的最好办法，不管对他自己还是对谢利夫人，都是最好的办法？你知道，谢利夫人在这里有几位远亲，还有许多朋友，这会使她感到十分愉快。我想她一定很乐意来这里，一旦她丈夫再发病，也可以就近求医。像谢利博士夫妇这样的大好人，行了一辈子好，如今却在厄泼克劳斯这样一个地方消磨晚年，除了我们家以外，他们就像完全与世隔绝似的，想起来真叫人寒心。我希望他的朋友们能向他提提这个建议。我的确认为他们应该提一提。至于说要得到外住的特许，凭着他那年纪，他那人格，这不会有什么困难的。我唯一的疑虑是，能不能有什么办法劝说他离开自己的教区。他这个人的思想非常正统，非常谨慎，我应该说谨小慎微。安妮，难道你不认为这有些谨小慎微吗？一个牧师本来是可以把自己的职务交给别人的，却偏要豁着老命自己干，难道你不认为这是个极其错误的念头？他要是住在莱姆，离厄泼克劳斯近得很，只有十七英里，人们心里有没有什么不满的地方，他完全听得到。”

安妮听着这席话，不止一次地暗自笑了。她像理解小伙子的心情那样理解一位小姐的心情，于是便想行行好，跟着介入了这个话题，不过这是一种低标准的行好，因为除了一般的默许之外，她还能做出什么表示呢？她在这件事上尽量说了些恰当得体的话；觉得谢利博士应该休息，认为他确实需要找一个有活力又体面的年轻人做留守牧师，她甚至体贴入微地暗示说，这样的留守牧师最好是成了家的。

“我希望，”亨丽埃塔说，她对自己的伙伴大为满意，“我希望拉塞尔夫人就住在厄泼克劳斯，而且与谢利博士很密切。我一向听人说，拉塞尔夫人是个对谁都有极大影响的女人！我一向认为她能够劝说一个人无所不为！我以前跟你说过，我怕她，相当怕她！因为她太机灵了。不过我极为尊敬她，希望我们在厄泼克劳斯也能有这么个邻居。”

安妮看见亨丽埃塔那副感激的神态，觉得很有趣。而同样使她感到有趣的是，由于事态的发展和亨丽埃塔头脑中产生了新的兴趣，她的朋友居然会受到默斯格罗夫府上某个成员的赏识。可是，她只不过笼统地回答了一声，祝愿厄泼克劳斯的确能有这么个女人，不料这些话头突然煞住了，只见路易莎和温特沃思舰长冲着她们走来，他们也想趁着早饭准备好之前，出来溜达溜达。谁想路易莎立即想起她要在一家店里买点什么东西，便邀请他们几个同她一起回到城里。他们也都欣然从命了。

当他们来到由海滩向上通往街里的台阶跟前时，正赶上有位绅士准备往下走，只见他彬彬有礼地退了回去，停下来给他们让路。他们登上去，从他旁边走了过去。就在他们走过的当儿，他瞧见了安妮的

面孔，他非常仔细地打量着她，目光里流露出爱慕的神色，安妮不可能不觉察。她看上去极其动人，她那端庄秀气的面庞让清风一吹拂，又焕发出青春的娇润与艳丽，一双眼睛也变得炯炯有神。显然，那位绅士（他在举止上是个十足的绅士）对她极为倾慕。温特沃思舰长当即掉头朝她望去，表明他注意到了这一情形。他瞥了她一眼，和颜悦色地瞥了她一眼，仿佛是说："那人对你着迷了，眼下就连我也觉得你又有些像安妮·埃利奥特了。"

大伙陪着路易莎买好东西，在街上稍微逛了一会儿，便回到旅馆。后来，安妮由自己房间朝餐厅匆匆走去时，恰好刚才那位绅士从隔壁房间走出来，两人险些撞了个满怀。安妮起先猜测他同他们一样是个生客，后来回旅馆时见到一位漂亮的马夫，在两家旅馆附近踱来踱去，便断定那是他的仆人。主仆两个都戴着孝，这就更使她觉得是这么回事。现在证实，他同他们住在同一家旅馆里。他们这第二次相会，虽说非常短促，但是从那位绅士的神情里同样可以看出，他觉得她十分可爱，而从他那爽快得体的道歉中可以看出，他是个举止极其文雅的男士。他约莫三十来岁，虽说长得不算漂亮，却也挺讨人喜欢。安妮心想，她倒要了解一下他是谁。

大伙快吃完早饭的时候，蓦然听到了马车的声音，这几乎是他们进入莱姆以来头一次听到马车声，于是有半数人给吸引到窗口。这是一位绅士的马车——一辆双轮轻便马车——不过只是从马车场驶到了正门口，准是什么人要走了。驾车的是个戴孝的仆人。

一听说是辆双轮轻便马车，查尔斯·默斯格罗夫忽地跳了起来，想同他自己的马车比比看。戴孝的仆人激起了安妮的好奇心，当马车的主人就要走出正门，老板一家毕恭毕敬以礼相送时，安妮一伙六个人全都聚到窗前，望着他坐上马车离去了。

"哦！"温特沃思舰长立刻嚷了起来，一面扫视了一下安妮，"这就是我们打他旁边走过的那个人！”

两位默斯格罗夫小姐赞同他的看法。大家深情地目送着那人朝山上走去，直到看不见为止，然后又回到餐桌旁边。不一会儿，侍者走进了餐厅。

“请问，”温特沃思舰长马上说道，“你能告诉我们刚才离开的那位先生姓什么吗？”

“好的，先生。那是埃利奥特先生，一位十分有钱的绅士，昨晚从希德茅斯来到这儿。先生，我想您用晚餐的时候一定听到马车的声音，他现在正要去克鲁克恩，然后再去巴思和伦敦。”

“埃利奥特！”还没等侍者伶牙俐齿地把话说完，众人便一个个面面相觑，不约而同地重复了一声这个名字。

“天啊！”玛丽嚷道，“这一定是我们的堂兄。一定是我们的埃利奥特先生，一定是，一定！查尔斯，安妮，难道不是吗？你们瞧，还戴孝，就像我们的埃利奥特先生一定在戴孝那样。多么离奇啊！就和我们住在同一座旅馆里！安妮，这难道不是我们的埃利奥特先生，不是我们父亲的继承人吗？请问，先生，”她掉脸对侍者说，“你有没有听说，他的仆人有没有说过，他是凯林奇家族的人？”

“没有，夫人，他没有提起哪个家族。不过他倒说过，他的主人是个很有钱的绅士，将来有朝一日要作准男爵。”

“啊！你们瞧！”玛丽大喜若狂地嚷道，“同我说的一点不差！沃尔特·埃利奥特爵士的继承人！我早就知道，如果事情果真如此，那就一定会泄露出来的。你们相信我好啦，这个情况他的仆人走到哪儿都要费心加以宣扬的。安妮，你想想这事儿多么离奇啊！真可惜，我没好好看看他。我们要是及早知道他是谁就好啦，那样我们就可以结识他了。多么遗憾啊，我们竟然没有互相介绍一下！你觉得他的模样儿像埃利奥特家的人吗？我简直没看他，光顾得看他的马了。不过我觉得他的模样儿有几分像埃利奥特家的人。真奇怪，我没注意到他的族徽！哦！他的大衣搭在马鞍上，这样一来就把族徽给遮住了。不然的话，我肯定会看见他的族徽，还有那号衣。假如他的仆人不在戴孝，别人一看他的号衣就能认出他来。"

"将这些异乎寻常的情况汇到一起，"温特沃思舰长说，"我们必须把你没有结识你的堂兄这件事，看作上帝的安排。"

安妮等到玛丽能够听她说话的时候，便平心静气地奉告她说，她们的父亲与埃利奥特先生多年来关系一直不好，再去设法同他结识，那是很不恰当的。

不过，使她暗暗窃喜的是，她见到了自己的堂兄，知道凯林奇未来的主人无疑是个有教养的人，神态显得十分聪慧。她无论如何也不想提起她第二次碰见他。幸运的是，玛丽并不很注意他们早先散步时打他近前走过，但是她要是听说安妮在走廊里居然撞见了他，受到了他十分客气的道歉，而她自己却压根儿没有接近过他，她会觉得吃了大亏。不，他们堂兄妹之间的这次会见必须绝对保守秘密。

"当然，"玛丽说，"你下次往巴思写信的时候，是会提到我们看见了埃利奥特先生的。我想父亲当然应该知道这件事。务必统统告诉他。"

安妮避而不作正面回答，不过她认为这个情况不仅没有必要告诉他们，而且应当隐瞒。她了解她父亲多年前所遇到的无礼行为。她怀疑伊丽莎白与此事有很大牵扯。他们两个一想起埃利奥特先生总要感到十分懊恼，这是毋庸置疑的。玛丽自己从来不往巴思写信，同伊丽莎白枯燥乏味地通信的苦差事，全部由安妮承担。

吃过早饭不久，哈维尔舰长夫妇和本威克舰长找他们来了。他们大家约定要最后游逛一次莱姆。温特沃思舰长一伙一点钟要动身返回厄泼克劳斯，这当儿还想聚到一起，尽情地出去走走。

他们一走上大街，本威克舰长便凑到了安妮身边。他们头天晚上的谈话并没使他不愿意再接近她。他们在一起走了一会儿，像以前那样谈论着司各特先生和拜伦勋爵，不过仍然一如既往地像任何两位别的读者一样，对两人作品的价值无法取得完全一致的意见，直到最后不晓得为什么，大家走路的位置几乎都换了个个儿，现在走在安妮旁边的不是本威克舰长，而是哈维尔舰长。

“埃利奥特小姐，”哈维尔舰长低声说道，“你做了件好事，让那可怜的人儿讲了这么多话。但愿他能常有你这样的伙伴就好了。我知道，他像现在这样关在家里对他没有好处。不过我们有什么办法呢？我们分不开啊。”

“是的，”安妮说，“我完全相信那是不可能的。不过也许总有一天——我们晓得时间对每个烦恼所起的作用，你必须记住，哈维尔舰长，你朋友的痛苦还只能说是刚开始不久——我想只是今年夏天才开始的吧。”

“啊，一点不错，”哈维尔舰长深深叹了口气，“只是从六月才开始的。”

“兴许他知道得还没有这么早。”

“他直到八月份的第一个星期才知道。当时，他刚刚奉命去指挥‘格斗者号’，从好望角回到了英国。我在普利茅斯，生怕听到他的消息。他寄来了几封信，但是‘格斗者号’奉命开往朴次茅斯。这消息一定传到了他那儿，但是谁会告诉他呢？我才不哪。我宁愿给吊死在帆桁上。谁也不肯告诉他，除了那位好心人，”他指了指温特沃思舰长，“就在那一周之前，‘拉科尼亚号’开进了普利茅斯，不可能再奉命出海了。于是他有机会干别的事情——打了个请假报告，也不等待答复，便日夜兼程地来到了朴次茅斯，接着便刻不容缓地划船来到‘格斗者号’上，整整一个星期他再也没有离开那个可怜的人儿。这就是他干的事儿，别人谁也救不了可怜的詹姆斯。埃利奥特小姐，你可以想象他对我们是不是可亲可爱！”

安妮毫不迟疑地想了想这个问题，而且在她的感情允许的情况下，或者说在能够承受的情况下，尽量多回答些话，因为哈维尔舰长实在太动感情了，无法重提这个话头。等到舰长再启口的时候，说的完全是另外一码事儿。

哈维尔夫人提了条意见，说她丈夫走到家也就走得够远的了。这条意见决定了他们这最后一次散步的方向。大伙要陪着他俩走到他们门口，然后返回来出发。据大家满打满算，这时间还刚够。可是，当他们快接近码头的时候，一个个都想再到上面走走。既然人们都有意要去，而路易莎又当即下定了决心，大伙也发现，早一刻钟晚一刻钟压根儿没有关系。于是，到了哈维尔舰长家门口，人们可以想象，他们深情地互相道别，深情地提出邀请，做出应诺，然后便辞别哈维尔夫妇，但仍然由本威克舰长陪同着，看来他是准备奉陪到底的。大家继续向码头走去，向它正儿八经地告个别。

安妮发觉本威克舰长又凑到了她跟前。目睹着眼前的景致，他情不自禁地吟诵起拜伦勋爵“湛蓝色的大海[①]”的诗句，安妮十分高兴地尽量集中精力同他交谈。过不一会儿，她的注意力却硬给吸引到别处去了。

因为风大，小姐们待在新码头的上方觉得不舒服，都赞成顺着台阶走到下码头上。她们一个个都满足于一声不响地、小心翼翼地走下陡斜的台阶，只有路易莎例外。她一定要温特沃思舰长扶着她往下跳。在过去的几次散步中，他次次都得扶着她跳下树篱的台阶，她感觉这很惬意。眼下这次，由于人行道太硬，她的脚受不了，温特沃思舰长有些不愿意。不过他还是扶她跳了。她安然无恙地跳了下来，而

---

① 摘自拜伦《恰尔德·哈罗尔德游记》（1812）中的诗句。

且为了显示她的兴致，转眼又跑了上去，要他扶着再跳一次。他劝说她别跳了，觉得震动太大。可是不成，他再怎么劝说都无济于事，只见她笑吟吟地说道："我非跳不可。"他伸出双手，不料她操之过急，早跳了半秒钟，咚的一声摔在下码头的人行道上，抱起来时已经不省人事！她身上没有伤痕，没有血迹，也见不到青肿。但她双眼紧闭，呼吸停止，面无人色。当时站在周围的人，一个个莫不惊恐万状！

温特沃思舰长先把她扶起来，用胳膊搂着，跪在地上望着她，痛苦不堪，默默无言，面色像她一样煞白。"她死了！她死了！"玛丽一把抓住她丈夫，尖声叫了起来。她丈夫本来就惊恐不已，再听到她的尖叫声，越发吓得呆若木鸡。霎时间，亨丽埃塔真以为妹妹死了，悲痛欲绝，也跟着昏了过去，若不是本威克舰长和安妮从两边扶住了她，非摔倒在台阶上不可。

"难道没有人帮帮我的忙？"这是温特沃思舰长带着绝望的口气突然冒出的第一句话，好像他自己已经筋疲力尽了似的。

"你去帮帮他，你去帮帮他，"安妮大声说道，"看在上天的分上，你去帮帮他。我一个人能扶住她。你别管我，去帮帮他。揉揉她的手和太阳穴。这里有嗅盐，拿去，快拿去。"

本威克舰长遵命去了，在这同时查尔斯也推开了妻子，于是他俩都赶过去帮忙。温特沃思舰长把路易莎抱起来，他俩从两旁牢牢地扶住。安妮提出的办法都试过了，但是毫无效果。温特沃思舰长趔趔趄趄地靠到墙上，悲痛欲绝地叫道：

"哦，上帝！快喊她父母亲来！"

"快找医生！"安妮说。

温特沃思舰长一听这话，似乎被猛然惊醒过来。他只说了声："对，对，马上请医生。"说罢飞身便跑，不想安妮急忙建议说：

"本威克舰长，让本威克舰长去叫是不是更好些？他知道在哪儿能找到医生。”

但凡有点头脑的人都觉得这个主意好，瞬息间（这一切都是在瞬息间进行的），本威克舰长便把那可怜的死尸般的人儿交给她哥哥照料，自己飞速朝城里跑去。

却说留在原地的那伙可怜的人们。在那神志完全清醒的三个人里，很难说谁最痛苦，是温特沃思舰长，安妮，还是查尔斯？查尔斯的确是个亲如手足的哥哥，悲痛得泣不成声，他的眼睛只能从一个妹妹身上转到同样不省人事的另一个妹妹身上，或者看看他妻子歇斯底里大发作的样子，拼命地喊他帮忙，可他又实在无能为力。

安妮出于本能，正在全力以赴、全心全意地照料亨丽埃塔，有时还要设法安慰别人，劝说玛丽要安静，查尔斯要宽心，温特沃思舰长不要那么难过。他们两人似乎都期望她来指点。

“安妮，安妮，”查尔斯嚷道，“下一步怎么办？天哪，下一步可怎么办？”

温特沃思舰长也把目光投向她。

“是不是最好把她送到旅馆？对，我想还是轻手轻脚地把她送到旅馆。”

“对，对，送到旅馆去，”温特沃思舰长重复说，他相对镇定了一些，急切地想做点什么，“我来抱她。默斯格罗夫，你来照顾其他人。”

此刻，出事的消息已在码头周围的工人和船工中传扬开了，许多人都聚拢过来，如果需要的话，好帮帮忙。至少可以看个热闹，瞧瞧一位昏死的年轻小姐，不，两位昏死的年轻小姐，因为与最初的传闻相比，事到后来有双倍的好戏可看。亨丽埃塔被交给一些体面的好心人照看着，她虽说还省点人事，但是完全动弹不得。就这样，安妮走在亨丽埃塔旁边，查尔斯扶着他的妻子，带着难言的心情，沿着刚才高高兴兴走来的路，缓缓地往回走去。

他们还没走出码头，哈维尔夫妇便赶来了。原来，他们看见本威克舰长从他们屋前飞奔而过，看脸色像是出了什么事，他们便立即往这里走，一路上听人连说带比画，赶到了出事地点。哈维尔舰长虽说大为震惊，但他还保持着理智和镇定，这立即就能发挥作用。他和妻子互相递了个眼色，当即确定了应该怎么办。必须把路易莎送到他们家——大伙必须都去他们家——在那里等候医生。别人有些顾虑，他们根本不听，大伙只好依了他，统统来到他的屋里。在哈维尔夫人的指挥下，路易莎被送到了楼上，放在她自己的床上，她丈夫也在跟着帮忙，又是镇静剂，又是苏醒剂，谁需要就给谁。

路易莎睁了一下眼睛，但是很快又合上了，不像是苏醒的样子。不过，这倒证明她还活着，因而使她姐姐感到宽慰。亨丽埃塔虽说还不能和路易莎待在同一间屋子里，但她有了希望，还有几分害怕，激动之下没有再昏厥过去。玛丽也镇静了些。

医生以似乎不可能那么快的速度赶到了。他检查的时候，众人一个个吓得提心吊胆。不过，他倒不感到绝望。病人的头部受到了重创，但是比这更重的伤他都治好过。他丝毫也不绝望，说起话来乐呵呵的。

医生并没认为这是不治之症——并没说再过几个钟头便一切都完了——这在一开始超出了大多数人的期望。众人如释重负之后，先是谢天谢地地惊叫了几声，接着便深沉不语地庆幸起来，大喜过望的劲头可想而知。

安妮心想，温特沃思舰长说“谢天谢地”时的那副口吻，那副神态，她永远也不会忘却。她也不会忘却他后来的那副姿态：当时，他坐在桌子旁边，双臂交叉地伏在桌子上，捂着脸，仿佛心里百感交集，实在支撑不住，正想通过祈祷和反省，让心潮平静下来。

路易莎没有伤着四肢，只有头部受了些伤。

现在，大家必须考虑如何处理这整个局面才好。他们现在能够互相商谈了。毫无疑问，路易莎必须待在原地，尽管这要给哈维尔夫妇带来不少麻烦，因而引起了她的朋友们的不安。要她离开是不可能的。哈维尔夫妇消除了众人的重重顾虑，甚至尽可能地婉言拒绝了大伙的感激之情。他们没等别人开始考虑，已经颇有预见地把一切都安排停当。本威克舰长要把屋子让给他们，自己到别处去住。这样一来，整个事情就解决了。他们唯一担心的是，他们屋里住不下更多的人。不过，要是"把孩子们放到女仆的屋里，或是在什么地方挂个吊床"，他们就不必担心腾不出住两三个人的地方，假如他们愿意留下的话。至于对默斯格罗夫小姐的照料，他们完全可以把她交给哈维尔夫人，一丝半点也不用担心。哈维尔夫人是个很有经验的看护，她的保姆长期同她生活在一起，跟着她四处奔走，也是个很有经验的看护。有了她们两个，病人日夜都不会缺人护理了。她这话说得真挚实在，不容他人反对。

查尔斯、亨丽埃塔和温特沃思舰长商量开了，三人惊魂未定，毫无头绪地交谈了一阵。"厄泼克劳斯，需要有人跑一趟厄泼克劳斯，报告一下这个消息——如何向默斯格罗夫夫妇透露这个消息。上午快过去了，离该出发的时间已经过了一个小时，不可能按时赶到。"最初，他们除了如此哀叹之外，提不出任何中肯的建议。可是过了一会儿，温特沃思舰长好不容易地说道：

"我们必须当机立断，不再浪费一分钟。每分钟都是宝贵的。有个人必须马上动身去厄泼克劳斯。默斯格罗夫，不是你去，就是我去。"

查尔斯同意他的意见，但又宣称他绝不能走。他想尽可能少牵累哈维尔舰长及夫人，然而他妹妹处于这种状况，要他离开她，这既不应该，他也不愿意。这事就这么说定了。亨丽埃塔起先也是这么个意思。不过，她经人劝说，马上改变了主意。她待在这里有什么用！她一到路易莎屋里，或是望见了她，总是抑制不住悲哀，不但帮不了忙，反而更糟。她不得不承认，她在这里起不了作用，但是仍然不愿意离开，直到后来，一想到父母亲心里又动了情，便打消了不走的念头。她同意回家，而且急着要回家。

计划讨论到这一步时，恰好安妮静悄悄地打路易莎的屋里走下来，当然也就听到了下面的谈话，因为客厅的门开着。

“默斯格罗夫，那就这么定啦，”温特沃思舰长嚷道，“你留下，我送你妹妹回家。不过说到别人，说到其他人，如果要留下人协助哈维尔夫人，我想只要一个人就够了。查尔斯·默斯格罗夫夫人肯定想回去照料孩子。不过，如果安妮愿意留下的话，谁也不及她更妥当，更能干了！”

安妮听到别人这样称许自己，心里不由得一阵激动，便停下脚步想镇定一下。另外两个人热烈地赞成温特沃思舰长的意见，随即她便出现了。

“我想你一定愿意留下，留下来照料路易莎。”温特沃思舰长一边转脸望着她，一边大声说道，既热烈，又温柔，简直像重温旧梦似的。安妮脸色绯红，他定了定神，走开了。她表示自己极愿意留下，并且不胜荣幸。“我心里正是这么想的，希望能允许我留下。在路易莎的屋里打个地铺就足够了。如果哈维尔夫人也这么想的话。”

看来，还差一件事，便一切安排就绪了。虽说最好能迟一点赶到，以便让默斯格罗夫夫妇事先有些警觉，然而乘厄泼克劳斯的马车回去需要的时间又太长，势必要增加他们的焦虑，那就更可怕了。温特沃思舰长提议，最好由他租用旅馆的双轮轻便马车，留下默斯格罗夫先生的马车第二天一大早返回，这样可以进一步报告路易莎夜里的情况。查尔斯·默斯格罗夫同意这个意见。

温特沃思舰长匆匆离去，好把一切准备停当，两位夫人小姐稍后些再去。不过，当玛丽得知这一安排之后，事情就不得安宁了。她感到很不高兴，反应十分强烈，抱怨说，让她而不让安妮走，这太不公平了。安妮与路易莎无亲无故，而她是路易莎的嫂嫂，最有权利代替亨丽埃塔留下！她为什么不能像安妮那样帮帮忙？而且还要丢下查尔斯自己回家——丢下自己的丈夫！不，这太无情了。总而言之，她说得滔滔不绝，她丈夫没坚持多久便妥协了，别人也不便反对，事情实在没有办法，不可避免地要让玛丽替换安妮。

对于玛丽由于嫉妒而提出的不近情理的要求，安妮从来没像现在这么不愿屈从。不过事情也只能如此，于是大伙动身往城里走去，查尔斯照应着他妹妹，本威克舰长陪伴着安妮。趁大伙匆匆赶路的当儿，安妮脑海里掠过了上午早些时候在相同地点发生的一桩桩细节。就在此地，她听见亨丽埃塔提出了让谢利博士离开厄泼克劳斯的计划；再往前点，她头一次见到了埃利奥特先生；她一心想着路易莎，对于除了她以外的任何人，对于那些深切关心她的安康的人们，她似乎无暇多想。

本威克舰长对她体贴入微，关怀备至。当天的不幸似乎把他们大家拧到了一起，安妮对他也越来越友好，甚至欣喜地感到，这兴许是他们继续交往的时机。

温特沃思舰长正在等候他们。为了方便起见，一辆四马拉的两轮轻便马车停候在街道的最低处。但是他一见到姐姐替换了妹妹，显然感到又惊又恼，听查尔斯作解释的时候，不禁脸色都变了，惊讶之余，有些神情刚露头又被忍了回去，让安妮见了真感到羞辱，至少使她觉得，她之所以受到器重，仅仅因为她可以帮帮路易莎的忙。

她尽力保持镇静，保持公正。看在他的面上，她也不用模仿爱玛对待亨利的感情[1]，便能超过一般人的情意，热情地照应路易莎。她希望他不要老是那么不公正地认为，她会无缘无故地逃避做朋友的职责。

此时此刻，她已经坐进了马车。温特沃思舰长把她俩扶了进来，他自己坐在她们当中。在这种情况下，安妮就以这种方式，满怀着惊讶和激动之情，离别了莱姆。他们将如何度过这漫长的旅程，这会给他们的态度带来什么影响，他们将如何应酬，这些她都无法预见。不过，一切都很自然。他对亨丽埃塔非常热心，总是把脸转向她；他只要一说话，总是着眼于增强她的信心，激励她的情绪。总的说来，他的言谈举止都力求泰然自若。不让亨丽埃塔激动似乎是他的主导原则。只有一次，当她为最后那次失算的、倒霉的码头之行感到伤心，抱怨说怎么能想起这么个馊主意时，他突然发作起来，仿佛完全失去了自制。

“别说了，别说了，”他大声嚷道，“哦，上帝！但愿我在那关键时刻没有屈从她就好了！我要是该怎么办就怎么办倒好了！可她是那样的急切，那样的坚决！啊，可爱的路易莎！”

安妮心想，不知道他现在有没有对他自己关于坚定的性格能带来普遍的幸福和普遍的好处的见解提出疑问；不知道他有没有认识到，像人的其他气质一样，坚定的性格也应该有个分寸和限度。她认为他不可能不感觉到，脾气好，容易说服有时像性格坚决一样，也有利于得到幸福。

马车跑得很快。安妮感到惊奇，这么快就见到了她所熟悉的山，熟悉的景物。车子的确跑得很快，加之有些害怕到达目的地，使人感

---

① 这则典故出自英格兰诗人马修·普赖尔（1664—1721）的叙事诗《亨利与爱玛》。爱玛说，她愿意服侍亨利喜爱的女人。

到路程似乎只有头天的一半远。不过，还没等他们进入厄泼克劳斯一带，天色已经变得很昏暗了，他们三个人一声不响地沉默了好一阵，只见亨丽埃塔仰靠在角落里，用围巾蒙着脸，让人以为她哭着哭着睡着了。当马车向最后一座山上爬去时，安妮突然发觉温特沃思舰长在对她说话。只听他压低声音，小心翼翼地说道：

“我一直在考虑我们最好怎么办。亨丽埃塔不能先露面。那样她受不了。我在思忖，你是不是同她一起待在马车里，我进去向默斯格罗夫夫妇透个信。你觉得这个办法好吗？”

安妮觉得可以，温特沃思舰长满意了，没再说什么。但是，想起他征求意见的情景，对她仍然是件赏心乐事——这是友谊的证据，是他尊重她的意见的证据，是一件极大的赏心乐事。当它成为一种临别的见证时，它的价值并没减少。

到厄泼克劳斯传达消息的苦差事完成了，温特沃思舰长见到那两位做父母的正像人们能够希望的那样，表现得相当镇静，那做女儿的来到父母身边也显得好多了，于是他宣布：他打算坐着同一辆马车回到莱姆。等几匹马吃饱饮足之后，他便出发了。

第二卷

第一章

安妮在厄泼克劳斯余下的时间只有两天了，完全是在大宅里度过的。她满意地发现，她在那里极为有用，既是个离不开的伙伴，又可以帮助为将来做好一切安排。若不然，默斯格罗夫夫妇处于如此痛苦的心境，要做这些安排可就难了。

次日一早，莱姆就有人来报消息。路易莎还依然如故，没有出现比以前恶化的迹象。过了几个钟头之后，查尔斯带来了更新、更具体的情况。他倒挺乐观的。虽不能指望迅速痊愈，但就伤势的严重程度而言，情况进展得还是挺顺利。说起哈维尔夫妇，他怎么也道不尽他们的恩惠，特别是哈维尔夫人的精心护理。"她还真是什么事也不留给玛丽干。昨天晚上，我和玛丽经她劝说，很早就回到了旅馆。今天早上，玛丽又歇斯底里发作了。我离开的时候，她正要和本威克舰长出去散步，他希望这对她会有好处。我有些遗憾，前一天没有说服她跟着回家。不过说实话，哈维尔夫人什么事情也不留给别人干。"

查尔斯当天下午要回到莱姆，起初他父亲也有点想跟着他去，无奈夫人小姐不同意。那样只会给别人增添麻烦，给他自己增加痛苦。后来提出了个更好的计划，而且照办了。查尔斯让人从克鲁克恩赶来了一辆两轮轻便马车，然后拉回了一个更管用的家庭老保姆。她带大了所有的孩子，并且眼见着最后一个孩子（那位玩心太重、长期娇生惯养的哈里少爷）跟着哥哥们去上学。她现在还住在那空荡荡的保育室里补补袜子，给周围的人治治脓疱、包包伤口，因此一听说让她去帮助护理亲爱的路易莎小姐，真是喜不自禁。先前，默斯格罗夫太太和亨丽埃塔也模模糊糊地有过让萨拉去帮忙的愿望。但是，假若安妮不在的话，这事儿就很难确定下来，不会这么快就被发觉是切实可行的。

第二天，多亏了查尔斯·海特，他们听到了路易莎的详细情况，这种情况有必要每二十四小时就听到一次。他特意去了一趟莱姆，介绍的情况还是令人鼓舞的。据信，路易莎神志清醒的时间越来越长。所有报告都说，温特沃思舰长似乎在莱姆住下了。

安妮明天就要离开，这是大家都为之担忧的一桩事。“她走了我们该怎么办？我们相互之间谁也安慰不了谁！”大家如此这般地说来说去，安妮心里明白他们都有个共同的心愿，觉得最好帮他们挑明了，动员他们马上都去莱姆。她没遇到什么困难，大伙当即决定要去那里，而且明天就去，或者住进旅馆，或者住进公寓，怎么合适怎么办，直待到亲爱的路易莎可以挪动为止。他们一定能给护理她的好心人减少点麻烦，至少可以帮助哈维尔夫人照应一下她的孩子。总而言之，他们为这一决定感到欣喜，安妮也对自己的所作所为感到高兴。她觉得，她待在厄泼克劳斯的最后一个上午，最好用来帮助他们做做准备，早早地打发他们上路，虽说这样一来，这大宅里就冷冷清清地剩下她一个人了。

除了乡舍里的小家伙以外，给两家人带来勃勃生气、给厄泼克劳斯带来欢快气息的人们当中，现在只剩下安妮一个人了，孤单单的一个人。几天来的变化可真大啊！

路易莎要是痊愈了，一切都会重新好起来。她将重温以往的幸福，而且要胜过以往。她痊愈之后会出现什么情况，这是毋庸置疑的，而在安妮看来，也是如此。她的屋子虽说现在冷冷清清，只住着一个沉闷不乐的她，但是几个月之后，屋里便会重新充满欢乐和幸福，充满热烈而美满的爱情，一切都与安妮·埃利奥特的境况迥然不同！

这是十一月间一个昏沉沉的日子，一场霏霏细雨几乎遮断了窗外本来清晰可辨的景物。安妮就这样百无聊赖地沉思了一个钟头，这就使她极高兴听到拉塞尔夫人的马车到来的声音。然而，她虽说很想走掉，但是离开大宅，告别乡舍，眼望着它那黑沉沉、湿淋淋、令人难受的游廊，甚至透过模糊的窗玻璃看到庄上最后的几座寒舍时，她的心中不由得感到十分悲哀。厄泼克劳斯发生的一幕幕情景促使她十分珍惜这个地方。这里记载着许多痛楚，这种痛楚一度是剧烈的，现在减弱了。这里还记载着一些不记仇隙的往事，一些友谊与和解的气息，这种气息永远不能再期望了，但却是永远值得珍惜的。她把这一切都抛到后面了，只留下这样的记忆，即这些事情的确发生过。

安妮自从九月间离开拉塞尔夫人的小屋以来，从未进入过凯林奇。不过，这也大可不必。有那么几回，她本来是可以到大厦里去的，但她都设法躲避开了。她这头一次回来，就是要在小屋那些漂亮别致的房间里住下来，好给女主人增添些欢乐。

拉塞尔夫人见到她，欣喜之余还夹带着几分忧虑。她知道谁常去厄泼克劳斯。然而幸运的是，要么安妮变得更丰润更漂亮了，要么拉塞尔夫人认为她如此。安妮听到她的恭维以后，乐滋滋地把这些恭维话同她堂兄的默然爱慕联系了起来，希望自己能获得青春和美的第二个春天。

她们一开始交谈，安妮就觉察到自己思想上起了变化。她刚离开凯林奇的时候，满脑子都在思忖一些问题，后来她觉得这些问题在默斯格罗夫府上没有得到重视，不得不埋藏在心底，而现在却好，这些问题都变成了次要问题。她最近甚至不想她的父亲、姐姐和巴思。她对厄泼克劳斯的关切胜过了对他们的关切。当拉塞尔夫人旧话重提，谈到她们以往的希望和忧虑，谈到她对他们在卡姆登街[1]租下的房子感到满意，对克莱夫人仍然和他们住在一起感到遗憾时，安妮实在不好意思让她知道：她考虑得更多的是莱姆和路易莎·默斯格罗夫，以及她在那里的所有朋友；她更感兴趣的是哈维尔夫妇和本威克舰长的寓所和友谊，而不是她父亲在卡姆登街的住宅，不是她姐姐同克莱夫人的亲密关系。实际上，她是为了迎合拉塞尔夫人，才无可奈何地对那些她本应特别关心的问题，竭力装出同等关心的样子。

她们谈到另外一个话题时，起先有点尴尬。她们必然要谈起莱姆的那桩事故。前一天，拉塞尔夫人刚到达五分钟，就有人把整个事情原原本本地说给她听了。不过她们还是要谈及这件事，拉塞尔夫人总会进行询问，总会对这轻率的行为表示遗憾，对事情的结果表示伤心，而两人总会提到温特沃思舰长的名字。安妮意识到，她不及拉塞尔夫人来得坦然。她说不出他的名字，不敢正视拉塞尔夫人的目光，后来干脆采取权宜之计，简单述说了她对他与路易莎谈恋爱的看法。说出这件事之后，他的名字不再使她感到烦恼了。

拉塞尔夫人只得镇静自若地听着，并且祝愿他们幸福，可内心里却感到既气愤又得意，既高兴又鄙夷，因为这家伙二十三岁时似乎还多少懂得一点安妮·埃利奥特小姐的价值，可是八年过后，他居然被一位路易莎·默斯格罗夫小姐给迷住了。

平平静静地过了三四天，没有出现什么特殊情况，只是收到了莱姆发来的一两封短信，信是怎么送到安妮手里的，她也说不上来，反正带来了路易莎大有好转的消息。拉塞尔夫人是个礼貌周到的人，几天过后，她再也沉不住气了，过去只是隐隐约约地折磨着自己，现在

---

① 巴思一条不长的街道，分上下两街，由于形同新月，现在称为卡姆登新月街。

她终于带着明确果断的口气说道："我应当去拜访克罗夫特夫人，我的确应当马上去拜访她。安妮，你有勇气和我一起去大厦拜访吗？这对我们两个都是一桩痛苦的事情。"

安妮并没有畏缩，相反，她心里想的正像她嘴里说的那样：

"我想，你很可能比我更痛苦些。你感情上不及我那样能适应这一变化。我一直待在这一带，对此已经习以为常了。"

她在这个话题上本来还可以多说几句，因为她实在太推崇克罗夫特夫妇了，认为她父亲能找到这样的房客真够幸运，觉得教区里肯定有了个好榜样，穷人们肯定会受到无微不至的关怀和接济。她家不得已搬走了，她不管感到多么懊恼，多么羞愧，良知上却觉得，不配留下的人搬走了，凯林奇大厦落到了比它的主人们更合适的人手里。毫无疑问，这种认识必然孕育着痛苦，而且是一种极大的痛苦。不过，她与拉塞尔夫人不同，重新进入大厦，走过那些十分熟悉的房间时，不会感到她所感到的那种痛苦。

此时此刻，安妮无法对自己说："这些房间应该仅仅属于我们。哦，它们的命运多么悲惨！大厦里住上了身份多么不相称的人！一个名门世家就这样给撵走了！让几个陌生人给取而代之了！"不，除非她想起自己的母亲，想起她坐在那儿掌管家务的地方，否则她不会发出那样的叹息。

克罗夫特夫人待她总是和和气气的，使她愉快地感到自己很受喜爱。眼下这次，她在大厦里接待她，更是关怀备至。

莱姆发生的可悲事件很快便成了主要话题。她们交换了一下病人的最新消息，显然两位女士都是头天上午同一时刻得到消息的。原来，温特沃思舰长昨天回到了凯林奇（这是出事以后的头一回），给安妮带来了最后一封信，可她却查不出这信究竟是怎么送到的。温特沃思舰长逗留了几个小时，然后又回到莱姆——眼下不打算再离开了。安妮特别发觉，他还询问了她的情况，希望埃利奥特小姐没有累坏身子，并且把她的劳苦功高美言了一番。这是很宽怀大度的，几乎比其他任何事情都使她感到愉快。

她们两个都是稳重而理智的女人，判断问题都以确凿的事实为依据，因此谈论起这次可悲的灾难来，只能采取一种方式。她们不折不扣地断定，这是过于轻率鲁莽造成的，后果可怕之至，一想到默斯格罗夫小姐还不知道何时何日才能痊愈，很可能还要留下后遗症，真叫人不寒而栗！将军概括地大声说道：

“嗨，这事真糟透了。小伙子谈恋爱，把女友的脑袋都摔破了，埃利奥特小姐，这倒是新式恋爱法呀！这真叫摔破脑袋上石膏啊！”

克罗夫特将军的语气神态并不很中拉塞尔夫人的意，但是却让安妮感到高兴。他心地善良，禀性纯朴，具有莫大的魅力。

“唔，你进来发现我们住在这儿，”他猛然打断了沉思，说道，“心里一定觉得不好受。说实话，我先前没想到这一点，可你一定觉得很不好受。不过，请你不要客气。你要是愿意的话，可以起来到各个屋里转转。”

“下次吧，先生，谢谢您。这次不啦。”

“唔，什么时候都行。你随时都可以从矮树丛那里走进来。你会发现，我们的伞都挂在那门口附近。那是个很适合的地方，对吧？不过，”他顿了顿，“你不会觉得那是个很适合的地方，因为你们的伞总是放在男管家的屋里。是的，我想情况总是如此的。一个人的做事方式可能与别人的同样切实可行，但我们还是最喜欢自己的做事方式。因此是不是要到屋里转转，得由你自己作主。”

安妮觉得她还是可以谢绝的，便十分感激地作了表示。

“我们做的改动很少，”将军略思片刻，继续说道，“很少。我们在厄泼克劳斯对你说过那洗衣房的门。我们对它改动很大。那小门洞那么不方便，天下有的人家居然能忍受这么长时间，真叫人感到奇怪！请你告诉沃尔特爵士，我们做了改建，谢泼德先生认为，这是这幢房子历来所做出的最了不起的改建。的确，我应该替我们自己说句公道话，我们所做的几处修缮，都比原来强多了。不过，这都是我妻子的功劳。我的贡献很小，我只是让人搬走了我梳妆室里的几面大镜子，那都是你父亲的。真是个了不起的人，一个真正的绅士。可我倒觉得，埃利奥特小姐，”他带着沉思的神情，“我倒觉得，就他的年龄，他倒是个讲究衣着的人。摆上这么多的镜子！哦，上帝！你说什么也躲不开自己的影子。于是我找索菲来帮忙，很快就把镜子搬走了。现在我就舒服多了，角落里有面小镜子刮脸用，还有个大家伙我从不挨近。”

安妮情不自禁地乐了，可又苦苦地不知道如何回答是好。将军唯恐自己不够客气，便接着这话头继续说道：

“埃利奥特小姐，你下次给令尊写信的时候，请代我和克罗夫特夫人问候他，告诉他我们称心如意地住下来了，对这地方没有什么可挑剔的。就算餐厅的烟囱有点漏烟吧，可那只是刮北风，而且刮得很厉害的时候，一冬或许碰不上三次。总的说来，我们去过附近的大多数房子，可以断言，我们最喜欢的还是这一幢。请你就这么告诉令尊，并转达我的问候。他听到了会高兴的。”

拉塞尔夫人和克罗夫特夫人相互都十分中意，不过也是命中注定，由这次拜访开始的结交暂时不会有什么进展，因为克罗夫特夫妇回访时宣布，他们要离开几个星期，去探望郡北部的亲戚，可能到拉塞尔夫人去巴思的时候还回不来。

于是，危险消除了，安妮不可能在凯林奇大厦遇见温特沃思舰长了，不可能见到他同她的朋友在一起了。一切都保险了，她为这事担心来担心去的，全是白费心思，她不禁感到好笑。

第二章

默斯格罗夫夫妇去后，查尔斯和玛丽继续待在莱姆的时间虽说大大超出了安妮的预料，但他们仍然是一家人中最先回家的，而且一回到厄泼克劳斯，便乘车到凯林奇小屋拜访。他们离开莱姆的时候，路易莎已经坐起来了。不过，她的头脑尽管很清楚，身体却极为虚弱，神经也极为脆弱。虽然她可以说恢复得很快，但是仍然说不上什么时候才能够经受住旅途的颠簸，转移到家里。她的父母亲总得按时回去接几个小一点的孩子来家过圣诞节，这就不大可能把她也带回去。

他们大家都住在公寓里。默斯格罗夫太太尽可能把哈维尔夫人的小孩领开，尽量从厄泼克劳斯运来些生活用品，以便减少给哈维尔夫妇带来的不便，因为这夫妇俩每天都要请他们去吃饭。总之一句话，双方似乎在开展竞赛，看谁更慷慨无私，更热情好客。

玛丽有她自己的伤心事，不过总的来说，从她在莱姆待了那么久可以看出来，她觉得乐趣多于痛苦。查尔斯·海特不管她高兴不高兴，也经常跑到莱姆来。他们同哈维尔夫妇一道吃饭的时候，屋里仅有一个女仆在服侍，而且哈维尔夫人最初总是把默斯格罗夫太太尊为上席。但是她一旦发现玛丽是谁的女儿，便向她千道歉万赔礼，玛丽也就成天来往不断，在公寓和哈维尔夫妇的住所之间来回奔波，从书斋里借来书，频繁地换来换去。权衡利弊，她觉得莱姆还是不错。玛丽还被带到查茅斯去洗澡，到教堂做礼拜，她发现莱姆教堂里的人比厄泼克劳斯的人多得多。她本来就觉得自己很起作用，再加上这些情况，就使她感到这两个星期的确过得很愉快。

安妮问起本威克舰长的情况。玛丽的脸上顿时浮起了阴云。查尔斯却失声笑了。

“哦！我想本威克舰长的情况很好，不过他是个非常古怪的年轻人。我不知道他要干什么。我们请他来家里住上一两天，查尔斯答应陪他去打猎，他似乎也很高兴，而我呢，我还以为事情全谈妥了，可你瞧！他星期二晚上提出了一个十分蹩脚的借口，说他从不打猎，完全被误解了。他作出这样那样的应诺，可是到头来我发现，他并不打算来。我想他怕来这儿觉得没意思。可是不瞒你说，我倒认为我们乡舍里热热闹闹的，正适合本威克舰长这样一个肝肠寸断的人。”

查尔斯又笑了起来，然后说道：“玛丽，你很了解事情的真实情况。这全是你造成的，”他转向安妮，“他以为跟着我们来了，准会发现你就在近前。他以为什么人都住在厄泼克劳斯。当他发现拉塞尔夫人离厄泼克劳斯只有三英里远时，便失去了勇气，不敢来了。我以名誉担保，就是这么回事。玛丽知道情况如此。”

但是玛丽并没有欣然表示同意这个看法。究竟是由于她认为本威克舰长出身低微、地位卑下，不配爱上一位埃利奥特小姐，还是由于她不愿相信安妮给厄泼克劳斯带来的诱惑力比她自己的还大，这只得留给别人去猜测。不过，安妮并没有因为听到这些话，而削弱自己的好意。她大胆地承认自己感到荣幸，并且继续打听情况。

“哦！”查尔斯嚷道，“他常常这样谈论你……”玛丽打断了他的话头：“我敢说，查尔斯，我在那儿待了那么长时间，听他提起安妮还不到两次。我敢说，安妮，他从来都不谈论你。”

“是的，”查尔斯承认说，“我知道他一般不大谈论你，不过他显然极其钦佩你。他脑子里净想着你推荐他读的一些书，还想同你交换读书心得。他从某一本书里受到了什么启发，他认为——哦！我不敢说记得很牢，不过的确是个美好的启发——我听见他原原本本地告诉了亨丽埃塔——接下来他又赞叹不已地说起了‘埃利奥特小姐’！玛丽，我敢肯定情况就是这样，我亲耳听到的，当时你待在另一个房间。‘娴雅，可爱，美丽。’哦！埃利奥特小姐具有无穷无尽的魅力。”

“我敢说，”玛丽激动地嚷道，“他这样做并不光彩。哈维尔小姐六月份才去世，他就动这样的心思，这种人要不得，你说是吧，拉塞尔夫人？我想你一定会同意我的看法的。”

“我要见到本威克舰长以后，才能下结论。”拉塞尔夫人含笑说道。

“那我可以告诉你，夫人，你八成很快就会见到他，”查尔斯说，“他虽说没有勇气跟我们一起来，随后又不敢启程来这里作正式访问，但他有朝一日会一个人来凯林奇的，你尽管相信好啦。我告诉了他路多远，怎么走，还告诉他我们的教堂很值得一看；因为他喜欢这种东西，我想这会成为一个很好的借口，他听了心领神会。瞧他那样子，我管保你们很快就会见到他来这儿游玩。因此，我通知你啦，拉塞尔夫人。”

“只要是安妮认识的人，我总是欢迎的。”拉塞尔夫人和蔼地答道。

“哦！要说安妮认识，”玛丽说，“我想我更认识他，因为这两个星期，我天天都见到他。”

“唔，这么说来，既然你们俩都认识本威克舰长，那我很高兴见见他。”

“实话对你说吧，夫人，你会觉得他一点也不讨人喜欢。他是天下最没意思的一个人。有时候，他陪着我从沙滩的一头走到另一头，一声也不吭。他一点也不像一个有教养的年轻人。我敢肯定你不会喜欢他的。”

“玛丽，在这个问题上我们的看法就不一致了，”安妮说，“我认为拉塞尔夫人是会喜欢他的。我认为她会十分喜欢他有知识，要不了多久，她就会看不到他言谈举止上的缺陷了。”

“我也这样认为，安妮，”查尔斯说道，“我想拉塞尔夫人准会喜欢他的。他正是拉塞尔夫人喜欢的那种人。给他一本书，他会整天读个不停。”

“是的，他敢情会！”玛丽带着讥诮的口吻大声说道，“他会坐在那儿潜心读书，有人跟他说话他也不知道，你把剪刀掉在地上他也不晓得，不管出了什么事他都不理会。你认为拉塞尔夫人对此也喜欢？”

拉塞尔夫人忍不住笑了。“说实话，”她说，“我真没想到，我对一个人的看法居然会招致如此不同的猜测，尽管我自称自己的看法是始终如一，实事求是的。此人能引起如此截然相反的看法，我倒真想见见他。我希望你们能动员他到这儿来。他来了以后，玛丽，你准保能听到我的意见。不过，在这之前，我绝不对他妄加评论。”

“你不会喜欢他的，这我可以担保。”

拉塞尔夫人扯起了别的事情。玛丽活灵活现地谈起了他们同埃利奥特先生的奇遇，或者更确切地说，异乎寻常地遇见。

“他这个人嘛，”拉塞尔夫人说，“我倒不想见。他拒绝同本家的家长和睦相处，这就给我留下了极坏的印象。”

这话说得斩钉截铁，顿时给心头热切的玛丽泼了一盆冷水；她正在谈论埃利奥特家族的相貌特征，一听这话立即打住了。

说到温特沃思舰长，虽然安妮没有冒昧地加以询问，但是查尔斯夫妇却主动谈了不少情况。可以料想，他的情绪近来已大大恢复正常。随着路易莎的好转，他也好转起来，现在同第一周比较起来，简直判若两人。他一直没见到路易莎，因为生怕一见面会给她带来什么恶果，也就压根儿不催着要见她。相反，他倒似乎打算离开七天十日的，等她头好些了再回来。他曾经说过要去普利茅斯住上一个星期，而且还想动员本威克舰长同他一道去。不过，像查尔斯坚持说的，本威克舰长似乎更想乘车来凯林奇。

毋庸置疑，从此刻起，拉塞尔夫人和安妮都要不时地想起本威克舰长。拉塞尔夫人每逢听到门铃声，总觉得兴许有人通报他来了。安妮每次从父亲的庭园里独自散步回来，或是到村里作慈善访问回来，总想知道能不能见到他，或者听到他的消息。可是本威克舰长并没有来。他或者不像查尔斯想象的那么愿意来，或者太腼腆。拉塞尔夫人等了他一个星期之后，便断定他不配引起她那么大的兴趣。

默斯格罗夫夫妇回来了，从学校里接回自己快乐的孩子，而且还把哈维尔夫人的小家伙也带来了，这就使厄泼克劳斯变得更加嘈杂，莱姆倒清静下来。亨丽埃塔仍然陪着路易莎，可是默斯格罗夫家的其他人又都回到了自己家里。

一次，拉塞尔夫人和安妮来拜访他们，安妮不能不感到，厄泼克劳斯又十分热闹起来了。虽然亨丽埃塔、路易莎、查尔斯·海特和温特沃思舰长都不在场，可是这屋里同她离开时见到的情景形成了鲜明的对照。

紧围着默斯格罗夫太太的是哈维尔家的几个小家伙。她小心翼翼地保护着他们，不让他们受到乡舍里两个孩子的欺侮，尽管他俩是特意来逗他们玩的。屋里的一边有一张桌子，围着几个唧唧喳喳的小姑娘，正在剪绸子和金纸。屋子的另一边支着几张搁架，搁架上摆着盘子，盘子里盛着腌猪肉和冷馅饼，把搁架都压弯了，一伙男孩正在吵吵嚷嚷地狂欢大闹。整个场面还缺少不了那呼呼燃烧的圣诞炉火，尽管屋里已经喧嚣不已，它仿佛非要叫给别人听听似的。两位女士访问期间，查尔斯和玛丽当然也来了，默斯格罗夫先生一心要向拉塞尔夫人表示敬意，在她身边坐了十分钟，提高了嗓门同她说话，但是坐在他膝盖上的孩子吵吵闹闹的，他的话大多听不清。这是一支绝妙的家庭狂欢曲。

从安妮的性情来判断，她会认为路易莎病后众人的神经一定大为

脆弱，家里这样翻天覆地的闹腾可不利于神经的恢复。却说默斯格罗夫太太，她特意把安妮拉到身边，极其热诚地一再感谢她对他们的多方关照。她还简要述说了一番她自己遭受的痛苦，最后乐滋滋地向屋里扫视了一圈说，吃尽了这番苦头之后，最好的补偿办法还是待在家里过几天清静、快活的日子。

路易莎正在迅速复原。她母亲甚至在盘算，她可以在弟弟妹妹们返校之前回到家里。哈维尔夫妇答应，不管路易莎什么时候回来，都陪她来厄泼克劳斯住一段时间。温特沃思舰长眼下不在了，他去希罗普郡看望他哥哥去了。

“我想我以后要记住，”她们一坐进马车，拉塞尔夫人便说道，“可别赶在圣诞节期间来访问厄泼克劳斯。”

像在其他问题上一样，人人都对喧闹声有着自己的鉴赏力。各种声音究竟是无害的还是令人烦恼的，要看其种类，而不是看其响亮程度。此后不久，一个雨天的下午，拉塞尔夫人来到了巴思。马车沿着长长的街道，从老桥往卡姆登街驶去，只见别的马车横冲直撞的，大小货车发出沉重的轰隆声，卖报的、卖松饼的、送牛奶的，都在高声叫喊，木质套鞋咔嗒咔嗒地响个不停，可是她倒没有抱怨。不，这是冬季给人带来乐趣的声音，听到这些声音，她的情绪也跟着高涨起来。她像默斯格罗夫太太一样，虽然嘴里不说，心里却觉得：在乡下待了这么久，最好换个清静、快乐的环境住几天。

安妮并不这样想。她虽然默默不语，但却硬是不喜欢巴思这地方。她隐隐约约地望见了阴雨笼罩、烟雾腾腾的高楼大厦，一点也不想仔细观赏。马车走在大街上，尽管令人生厌，却又嫌跑得太快，因为到达之后，有谁见了她会感到高兴呢？于是，她带着眷恋惆怅的心情，回顾起厄泼克劳斯的喧闹和凯林奇的僻静。

伊丽莎白的最后一封信传来一条有趣的消息：埃利奥特先生就在

巴思。他到卡姆登街登门拜访了一次，后来又拜访了第二次，第三次，显得十分殷勤。如果伊丽莎白和她父亲没有搞错的话，埃利奥特先生就像以前拼命怠慢他们一样，现在却在拼命地巴结他们，公开宣称这是一门贵亲。如果情况果真如此，那就妙了。拉塞尔夫人对埃利奥特先生既好奇，又纳闷，心里一高兴，早就抛弃了她最近向玛丽表示的“不想见这个人”的那股情绪。她很想见见他。如果他真想心甘情愿地使自己成为埃利奥特家族的孝子，那么人们倒应当宽恕他一度脱离了自己的父系家族。

安妮对情况并不这么乐观，不过她觉得，她不妨再见见埃利奥特先生，而对巴思的其他好多人，她却连见都不想见。

她在卡姆登街下了车。随即，拉塞尔夫人乘车向她在里弗斯街的寓所驶去。

第三章

沃尔特爵士在卡姆登街租了一幢上好的房子，地势又高又威严，正好适合一个贵绅的身份。他和伊丽莎白都在那里住了下来，感到十分称心如意。

安妮怀着沉重的心情走进屋去，一想到自己要在这里关上好几个月，便焦灼不安地自言自语道：“哦！我什么时候能再离开你呀？”不过出乎意料，她受到了几分热情的欢迎，这对她来说倒也不错。她父亲和姐姐就想让她看看房子、家具，因此见到她颇为高兴，待她也挺和气。大伙坐下吃饭时，她成了个第四者，这也不无好处。

克莱夫人和颜悦色，笑容满面，不过她的礼貌和微笑倒是理所当然的事情。安妮总是觉得，她一到来，克莱夫人就会装出礼貌周到的样子，然而，另外两个人的如此多礼却是没有料到的。显而易见，他们都兴高采烈的，这其中的缘由安妮马上就要听到。他们并不想听她说话，开始还指望她能恭维几句，说说老邻居如何深切地怀念他们，怎奈安妮不会这一套。他们只不过随便询问了两句，然后整个谈话就由他们包揽了。厄波克劳斯激不起他们的兴趣，凯林奇引起的兴趣也很小，谈来谈去全是巴思。

他们高高兴兴地告诉她，巴思无论从哪方面看，都超出了他们的期望。他们的房子在卡姆登街无疑是最好的，他们的客厅同他们耳闻目睹过的所有客厅比起来，具有许多明显的优点，而这种优越性同样表现在陈设的式样和家具的格调上。人们都争先恐后地结交他们，个个都想拜访他们。他们回绝了许多引荐，但仍然有素不相识的人络绎不绝地送来名片。

这就是享乐的资本！安妮能对父亲和姐姐的喜悦感到惊讶吗？她或许不会惊讶，但一定会叹息。她父亲居然对自己的变化不觉得屈辱，对失去居住在故土上的义务和尊严不感到懊悔，却对待在一个小城镇里沾沾自喜。当伊丽莎白打开折门，洋洋得意地从一间客厅走到另一间客厅，夸耀这些客厅有多么宽敞时，安妮岂能不为这个女人的行止感到可笑和惊奇，并为之叹息。她原是凯林奇大厦的女主人，现在见到两壁之间大约有三十英尺的距离，居然能够如此得意。

然而，这并不是他们为之欣喜的全部内容，其中还有埃利奥特先生。安妮听到他们大谈特谈埃利奥特先生。他不仅受到宽恕，而且博得了他们的欢心。他在巴思住了大约两个星期。（他十一月份去伦敦的途中，曾路过巴思，有关沃尔特爵士移居这里的消息，他当然已有所耳闻。他虽说在此地逗留了二十四小时，但却未能趁机求得一见。）但是，他如今已在巴思住了两个星期，他到达后的头一件事就是去卡姆登街递上名片，接着便千方百计地求见。在他们见面的时候，他举止是那样诚恳大方，主动为过去的行为道了歉，又那样急切地希望被重新接纳为本家亲戚，于是他们完全恢复了过去的融洽关系。

他们发现他并没有什么过错。他为自己的貌似怠慢作了辩解，说那纯粹是误解造成的。他从没想到要脱离家族。他担心自己被抛弃了，可是又不知道原因何在，而且一直不好意思询问。一听说他曾对家族和荣誉出言不逊，或出言不慎，他不由得义愤填膺。他一向夸耀自己是埃利奥特家族的人，有着极其传统的家族观念，这同现今的非封建风气很不合拍。他的确感到惊讶，不过他的人格和整个行为一定能对这种误解加以反驳。他告诉沃尔特爵士，他可以向熟悉他的一切人了解他的情况。当然，他一得到重修旧好的机会，便在这上面费尽了心血，想把自己恢复到本家和继承人的地位，此事充分证明了他对这个问题的看法。

他们发现，他的婚姻情况也是十分情有可原的。这一条他自己不好说，不过他有个非常亲密的朋友——沃利斯上校。这是个很体面的人，一个地地道道的绅士（沃尔特爵士还补充说，他是一个不丑的男子汉），在马尔巴勒大楼过着非常优裕的生活，经他自己特意要求，埃利奥特先生从中介绍，结识了沃尔特爵士父女。他提到了有关埃利奥特先生婚事的一两个情况，这就大大改变了他们的看法，觉得事情并非那么不光彩。

沃利斯上校早就认识埃利奥特先生，同他妻子也很熟悉，因而对整个事情了如指掌。当然，埃利奥特夫人不是个大家闺秀，但却受过上等教育，多才多艺，也很有钱，极其喜欢他的朋友。她富有魅力，主动追求他。她若是没有那点魅力，她的钱再多也打动不了埃利奥特先生的心，况且，他还向沃尔特爵士担保说，她是个十分漂亮的女人。有了这一大堆情况，事情就好理解了。一个非常有钱、非常漂亮的女人爱上了他。沃尔特爵士似乎承认，照这么说来完全可以谅解。伊丽莎白对此虽说不能完全赞同，却觉得情有可原。

埃利奥特先生三番五次地登门拜访，还同他们一起吃过一顿饭。显然，他对自己受到盛情邀请感到高兴，因为沃尔特爵士父女一般并不请人吃饭。总而言之，他为自己受到伯父、堂妹的盛情接待而感到高兴，把自己的整个幸福寄托在同卡姆登街建立亲善关系上。

安妮倾听着，但是又搞不太明白。她知道，对于说话人的观点，她必须打个折扣，很大的折扣。她听到的内容全都经过了添枝加叶。在重修旧好的过程中，那些听起来过火的、不合理的东西可能是说话人的言语引起的。尽管如此，她还是有这样的感觉：间隔了许多年之后，埃利奥特先生又想受到他们的厚待，外表上看不出来，心里可不知道打的什么主意。从世俗的观点来看，他同沃尔特爵士关系好了无利可图，关系坏了也无险可担。十有八九，他已经比沃尔特爵士更有钱了。再说今后，凯林奇庄园连同那爵位肯定要归他所有。他是个聪明人！而且看来十分聪明，那他为什么要蓄意这样干？她只能找到一个解释：说不定是为了伊丽莎白。他过去也许真的喜欢她，不过由于贪图享受和偶然的机遇，他又作出了别的抉择。如今他既然可以按照自己的意愿行事了，就会打算向伊丽莎白求婚。伊丽莎白当然很漂亮，举止端庄娴雅，她的性格也许从来未被埃利奥特先生看透过，因为他只是在公开场合结识了她，而且是在他自己十分年轻的时候。现在他到了更加敏锐的年纪，伊丽莎白的性情和见识能否经得起他的审查，却是令人担心的，而且令人可怕。安妮情恳意切地希望，如果埃利奥特先生当真相中了伊丽莎白，他可不要太挑剔，太认真了。伊丽莎白自认为埃利奥特先生看中了她，而她的朋友克莱夫人也怂恿她这样想，这在大伙谈论埃利奥特先生的频繁来访时，看着她俩眉来眼去地使上一两次眼色，便能一目了然。

安妮说起她在莱姆匆匆见过他两眼，可惜没有人注意听。“哦！是的，也许是埃利奥特先生。搞不大清楚。也许是他。”他们无法听她来形容，因为他们自己在形容他，尤其是沃尔特爵士。他称赞他很有绅士派头，风度优雅入时，脸蛋好看，还长有一双聪慧的眼睛。不过，他又不得不为他的下颌过于突出表示惋惜，而且这一缺陷似乎越来越明显。他也不能假意奉承，说他十年来几乎一点也没变样。埃利奥特先生却仿佛认为，沃尔特爵士看上去倒和他们最后分手时一模一样。但是沃尔特爵士却不能同样恭维他一番，因为这使他感到不安。不过，他也不想表示不满。埃利奥特先生毕竟比大多数人更好看些，无论走到哪里，他都不怕人家看见他俩在一起。

整个晚上，大家都在谈论埃利奥特先生和他在马尔巴勒大楼的朋友们。“沃利斯上校是那样急于结识我们！埃利奥特先生也是那样急切地希望他能结识我们！”眼下，他们对沃利斯夫人只是有所耳闻，因为她很快就要分娩了。不过埃利奥特先生称她是个“极其可爱的女人，很值得卡姆登街的人们与之交往”，她一恢复健康，他们便可结识。沃尔特爵士十分推崇沃利斯夫人，说她是个极其漂亮的女人，是个美人。“我渴望见到她。我在街上尽见到些难看的女人，希望沃利斯夫人能为之弥补一下。巴思的最大缺点，就是难看的女人太多。我不想说这里没有漂亮的女人，但是丑女人的比例太大。我往往是边走边观察，每见到一个漂亮的女子，接下来就要见到三十个，甚至三十五个丑女人。一次，我站在邦德街的一家商店里，数来数去，总共有八十七个女人走过去了，还没见到一个像样的。不错，那天早晨很冷，寒气袭人，能经得起这个考验的，一千个女人里头还找不到一个。但是，巴思的丑女人仍然多得吓人。再说那些男人！他们更是丑不可言。这样的丑八怪，大街上触目皆是！这里的女人很难见到一个像样的男人，这可以从相貌端正的男人引起的反应中看得明明白白。沃利斯上校虽说长着沙色头发，可也是个仪表堂堂的军人，我无论同他臂挽臂地走到哪里，总是注意到每个女人的目光都在盯着他。的

的确确，每个女人的目光都要盯着沃利斯上校。”好谦虚的沃尔特爵士！其实，他又何尝逃脱得了。他的女儿和克莱夫人一同暗示说，沃利斯上校的伙伴具有像沃利斯上校一样漂亮的体态，而且他的头发当然不是沙色的。

“玛丽看上去怎么样啦？”沃尔特爵士正在兴头儿上，说道，“我上次见到她的时候，她红着个鼻子，我希望她不是成天这样。”

“哦！不是的，那一定纯属偶然。自从米迦勒节以来，她的身体一般都很好，样子也很漂亮。”

“我本想送给她一顶新遮阳帽和一件皮制新外衣，可是又怕她冒着刺骨的寒风往外跑，把皮肤吹粗糙了。”

安妮心里在想，她是不是应该贸然建议，他若是改送一件裙子或是一条头巾，便不至于被如此滥用，不料被一阵敲门声给打断了。有人敲门！天这么晚啦！都十点钟了。难道是埃利奥特先生？他们知道他到兰斯道恩新月饭店吃饭去了，回家的路上可能顺便进来问个安。真想不到会有别人。克莱夫人心想一定是埃利奥特先生敲门。克莱夫人猜对了。一个管家兼男仆礼仪周到地把埃利奥特先生引进屋里。

一点不错，就是这个人，除了衣着之外，没有别的什么两样的。安妮往后退了退，只见他在向别人表示问候，请她姐姐原谅他这么晚了还来登门拜访，不过都走到门口了，他禁不住想知道一下，伊丽莎白和她的朋友头天有没有发生伤风感冒之类的事情。这些话，他尽量说得客客气气的，别人也尽量客客气气地听着，可是下面就要轮到她了。沃尔特爵士谈起了他的小女儿。“埃利奥特先生，请允许我介绍一下我的小女儿。”（谁也不会想起玛丽）安妮脸上露出了羞涩的微笑，恰好向埃利奥特先生显现出他始终未能忘怀的那张漂亮面孔。安妮当即发现他微微一怔，不禁觉得有些好笑，他居然一直不晓得她是谁。他看上去大为惊讶，但是惊讶之余更感到欣喜。他的眼睛在熠熠发光，他情恳意切地欢迎这位亲戚，还提起了过去的事情，求她拿他当熟人看待。他看上去跟在莱姆的时候一样漂亮，说起话来更显得仪态不凡。他的举止真是堪称楷模，既优雅大方，又和蔼可亲，安妮只能拿一个人的举止与之媲美。这两个人的举止并不相同，但也许同样令人喜爱。

他同他们一起坐了下来，为他们的谈话增添了异彩。他无疑是个聪明人，这在十分钟里便得到了证实。他的语气，他的神情，他话题的选择，他知道适可而止，处处表明他是个聪明、理智的人。他一得到机会，便同安妮谈起了莱姆，想交换一下对那个地方的看法，尤其想谈谈他们同时住在同一座旅馆的情况；把他自己的旅程告诉她，也听她说说她的旅程，并为失去这样一个向她表示敬意的机会而感到遗憾。安妮简要述说了她们一伙人在莱姆的活动。埃利奥特先生听了越发感到遗憾。他整个晚上都是独自一个人在她们隔壁的房间里度过的；他听到了他们的声音——总是一片欢声笑语；心想他们准是一伙顶开心的人——渴望能加入他们一起；不过他当然丝毫没有想到他会有任何权利来作自我介绍。他要是问问这伙人是谁就好了！一听到默斯格罗夫这个名字，他就会明白真情的。“唔，那还可以帮助我纠正在旅馆绝不向人发问的荒诞做法，我还是在很年轻的时候，就开始遵循好奇者不礼貌的原则。”

“我相信，”他说，“一个二十一二岁的年轻人为了争时髦，对于必须采取什么样的举止所抱有的想法，真比天下其他任何一种人的想法还要荒诞。他们采用的方式往往是愚蠢的，而能与这种愚蠢方式相比拟的，却只有他们那愚蠢的想法。”

但是他知道，他不能光对安妮一个人谈论自己的想法，他很快又向众人扯开了话题，莱姆的经历只能偶尔再提提。

不过，经他一再询问，安妮终于介绍了他离开莱姆不久她在那里所经历的情景。一提起“一起事故”，他就必得听听全部真相。他询问的时候，沃尔特爵士和伊丽莎白也跟着询问，但是你又不能不感到他们的提问方式是不同的。安妮只能拿埃利奥特先生与拉塞尔夫人相比较，看谁真正希望了解出了什么事情，看谁对安妮目睹这一事件时所遭受的痛苦更加关切。

他和他们在一起待了一个小时。壁炉架上那只精致的小时钟“以银铃般的声音敲了十一点”[①]，只听远处的更夫也在报告同样的时辰。直到此时，埃利奥特先生或是别的什么人才似乎感到，他在爵士府上待得够久的了。

安妮万万没有想到，她在卡姆登街的头一天晚上会过得这么愉快！

第四章

安妮回到家里，有一点可能比弄清埃利奥特先生是否爱上伊丽莎白更使她感到高兴，那就是要确知她父亲没有爱上克莱夫人。可是她在家里待了几个小时，对此却并不感到放心。第二天早晨下楼吃饭的时候，这位夫人只是装模作样地说她要走。安妮可以想象克莱夫人一定是这样说的：“既然安妮小姐来了，我觉得你们不再需要我了。”因为伊丽莎白悄声答道：“那可算不上什么理由。我向你担保，我认为这不是理由。同你相比，安妮对我是无足轻重的。”她父亲说的话，也让她全听到了：“亲爱的夫人，这可不成。你迄今还没看看巴思呢。你来这儿光顾得帮忙了。你现在不能离开我们。你必须留下来等着结识沃利斯夫人，美丽的沃利斯夫人。你是个情趣高雅的人，我知道，欣赏美貌对你是一种真正的满足。”

---

① 引自英国诗人蒲柏的长篇讽刺诗《夺发记》(*The Rape of the Lock*)。但诗中讲的是贝林达上午十一点才睡醒；而在小说中则是埃利奥特先生在埃利奥特爵士府上待到晚上十一点还没走。

他说得十分诚恳，样子也很认真，安妮只见克莱夫人偷偷向伊丽莎白和她自己瞥了一眼，心里并不感到奇怪。也许，她脸上还流露出几分戒备的神气，但是情趣高雅的赞语似乎并未引起她姐姐的多心。克莱夫人只好屈从两人的恳求，答应留下来。

就在那同一个早晨，安妮和她父亲凑巧单独碰到了一起，做父亲的赞扬她变得更漂亮了。他认为她的“身材和双颊不那么瘦削了，皮肤和面色也大有改观——变得更白净、更娇嫩了，是不是在使用什么特别的药物？”“没有，什么也没用。”“是不是用的高兰润肤剂？”他推测说。“没有，根本没有。”“哈！这就叫我感到奇怪了，”他接着说道，“当然，你最好能保持现在的容颜，最好能保持良好的状态；不然我就建议你在春季使用高兰润肤剂，不间断地使用。克莱夫人根据我的建议，一直在用这种润肤剂，你瞧对她有多灵验，把她的雀斑都洗掉了。”

要是伊丽莎白能听到这话该有多好！这种个人赞扬可能会使她有所触动，因为据安妮看来，克莱夫人脸上的雀斑根本没有减少。不过，一切事情都应该碰碰运气。如果伊丽莎白也要结婚的话，那她父亲的这场婚事的弊端就会大大减少。至于安妮自己，她可以永远同拉塞尔夫人住在一起。

拉塞尔夫人与卡姆登街的来往中，她那恬静的心地和文雅的举止在这一点上受到了考验。她待在那里，眼见着克莱夫人如此得宠，安妮如此被冷落，无时无刻不感到恼怒。就是离开之后，她有时仍旧感到很气恼，若是一个人待在巴思，除了喝喝矿泉水，订购所有的新出版物和结交一大帮熟人之外，还有时间感到气恼的话。

拉塞尔夫人认识了埃利奥特先生之后，她对别人变得更加宽厚，或者更加漠不关心。他的举止当即博得了她的欢心。同他一交谈，发现他表里完全一致，于是她告诉安妮，她起初差一点惊叫起来：“这难道能是埃利奥特先生？”她简直无法想象会有比他更讨人喜欢、更

值得敬重的人。他身上综合了一切优点：富于理智，卓有见地，见多识广，为人热情。他对家族怀有深厚的感情，具有强烈的家族荣誉感，既不傲慢，也不怯弱；他作为一个有钱人，生活阔绰而不炫耀；他在一切实质性问题上都自有主张，但在处世行事上从不蔑视公众舆论。他稳重，机警，温和，坦率；他从不过于兴奋，过于自私，尽管这都被视为感情强烈的表现；然而，他知道什么是亲切可爱的，他珍惜家庭生活的幸福，而有些人自以为热情洋溢，激动不堪，其实他们很难真正具备这种气质。她知道，他在婚事上一直感到不幸。沃利斯上校是这么说的，拉塞尔夫人也看出来了。但是这种不幸并不会使他心灰意冷，而且（她很快意识到）也不会阻止他产生续弦的念头。她对埃利奥特先生的满意之情压过了对克莱夫人的厌烦之感。

安妮几年前便开始认识到，她和她的好朋友有时会抱有不同的想法。因此她并不感到奇怪，拉塞尔夫人对埃利奥特先生要求和好的强烈愿望既不觉得可疑，或是前后矛盾，又看不出他别有用心。在拉塞尔夫人看来，埃利奥特先生已经到了成年期，要同自己的家长和睦相处，这本是天经地义的事情，只会赢得通情达理的人们的交口称誉。他的头脑天生是清楚的，只不过在青年时期犯过错误，现在随着时间的推移自然改过来了。听了这话，安妮仍然冒昧地笑了笑，最后还提起了“伊丽莎白”。拉塞尔夫人听着，望着，只是审慎地这样答道：“伊丽莎白！好吧，时间会做出解释的。”

安妮经过一番观察，觉得必须等到将来，问题才能见分晓。当前，她可下不了结论。在这座房子里，伊丽莎白必定是第一位的，她习惯于被人们通称为“埃利奥特小姐”，任何异乎寻常的关切似乎是不可能的，何况还不能忘记，埃利奥特先生丧偶还不到七个月。他要拖延点时间，那是完全情有可原的。事实上，她每次看到他帽子上的黑纱，就担心她自己是不可原谅的，竟然把这种想象加到他的头上。

他的婚事虽说很不幸，但是他们毕竟做了多年夫妻，她不能想象他会很快忘掉丧偶给他带来的可怕打击。

不管事情的结果如何，埃利奥特先生无疑是他们在巴思最称心如意的熟人，安妮认为谁也比不上他。不时地同他谈谈莱姆，这是一种莫大的享受，而他似乎也像安妮一样，一心希望再去看看，而且要多看看。他们又把首次见面的情景详详细细地谈论了许多遍。他告诉她说，他把她仔仔细细地端详了一番。她很熟悉这种目光，她还记得另外一个人的目光。

他们的想法并非总是一致。安妮看得出来，埃利奥特先生比她更注重门第和社会关系。有一桩事，安妮认为并不值得担忧，可埃利奥特先生却跟着她父亲和姐姐一起忧虑重重，这不仅仅是出于殷勤多礼，而且一定是想达到某种目的。原来，巴思的报纸有天早晨宣布，孀居的达尔林普尔子爵夫人及其女儿卡特雷特小姐来到了巴思。于是多少天来，卡姆登街的轻松气氛被一扫而光；因为达尔林普尔母女同埃利奥特父女是表亲，这使安妮觉得极为不幸。沃尔特爵士父女感到伤脑筋的，是如何会见她们为好。

安妮先前从未见到父亲、姐姐同贵族来往过，她必须承认，她有些失望。他们对自己的地位颇为得意，安妮本来希望他们的举动体面一些，可是现在却无可奈何地产生了一个她从没料到的愿望，希望他们能增添几分自尊心，因为她一天到晚耳朵里听到的尽是“我们的表亲达尔林普尔夫人和卡特雷特小姐”“我们的表亲达尔林普尔母女”。

沃尔特爵士同已故子爵会过一面，但是从未见过子爵府上的其他人。事情难办的是，自从子爵去世以来，他们两家已经中断了一切礼节性的书信来往。原来，在子爵刚去世的时候，沃尔特爵士因为病危，致使凯林奇府上有所失礼，没向爱尔兰发去唁函。这种忽略后来又降临到失礼者的头上；因为当可怜的埃利奥特夫人去世时，凯林奇也没收到唁函，因而他们完全有理由担心，达尔林普尔母女认为他们的关系已经告终了。现在的问题是如何纠正这令人心焦的误会，使她们重新承认表亲这层关系。拉塞尔夫人和埃利奥特先生虽说表现得比较理智，但是并不认为这个问题无关紧要。“亲戚关系总是值得保持，好朋友总是值得寻求。达尔林普尔夫人在劳拉广场[1]租了一幢房子，为期三个月，过得非常阔绰。她头年来过巴思，拉塞尔夫人听说她是个可爱的女人。如果埃利奥特父女能够不失体面地同她们恢复关系，那就再称心不过了。”

不过，沃尔特爵士宁愿选择自己的方式，最后向他尊贵的表妹写了一封十分委婉的解释信，洋洋洒洒的，又是抱歉，又是恳求。拉塞尔夫人和埃利奥特先生并不赞赏这封信，但是它却达到了预期的目的，子爵夫人草草写了三行回书。“甚感荣幸，非常乐于结识你们。”苦尽甜来，他们到劳拉广场登门拜访，接到了达尔林普尔子爵夫人和卡特雷特小姐的名片，说是愿意在他们最方便的时候，前来拜访。于是，沃尔特爵士父女便逢人就要谈起“我们劳拉广场的表亲”——“我们的表亲达尔林普尔夫人和卡特雷特小姐”。

安妮深感羞耻。即使达尔林普尔夫人和她的女儿十分和蔼可亲，她也会对她们引起的激动不安感到羞耻，何况她们没有什么了不起的。她们无论在风度上，还是才智上，都不比人高明。达尔林普尔夫人之所以博得了“一个可爱的女人”的名声，那是因为她对谁都笑容可掬，回起话来客客气气。卡特雷特小姐更没有什么可称道的，再加上相貌平常，举止笨拙，若不是因为出身高贵，卡姆登街绝不会容她登门。

拉塞尔夫人供认，她原来预期情况要好一些。不过，她们还是“值得结识的”。当安妮大胆地向埃利奥特先生说明了她对她们母女的

---

① 巴思贝尔蒙特区的著名街区，呈四方结构，达尔林普尔夫人及女儿就住在这里。

看法时，埃利奥特先生也觉得她们本身是没有什么了不起的，不过仍然认为：她们作为亲戚，作为愉快的伙伴，加之还能聚集些愉快的伙伴，她们自有可贵之处。安妮笑道：

"埃利奥特先生，我心目中的愉快的伙伴，应该是些聪明人，他们见多识广，能说会道。这就是我所谓的愉快的伙伴。"

"你这话可说得不对，"埃利奥特先生温和地说道，"那不是愉快的伙伴，而是最好的伙伴。愉快的伙伴只需要出身高贵，受过教育，举止文雅，而且对受教育的要求并不十分严格。出身高贵和举止文雅却必不可少。不过，对于愉快的伙伴来说，有点知识绝不是危险的事情，相反会大有益处。我的堂妹安妮摇头了。她不相信这话。她还挺挑剔呢。我亲爱的堂妹，"他在她身旁坐了下来，"你几乎比我认识的任何女人都更有权利挑剔，可是这能解决问题吗？能使你感到愉快吗？如果接受了劳拉广场这两位夫人小姐的友谊，尽可能享受一下这门亲戚提供的一切有利条件，岂不是更好吗？你相信我好啦，她们今年冬天准保要活跃于巴思的社会名流之中。显贵毕竟是显贵，人们一旦知道你们同她们有亲戚关系，你们一家人（让我说我们一家人）就会像我们所希望的那样，受世人青睐。"

"是呀！"安妮叹了口气，"人们肯定会知道我们同她们有亲戚关系！"说罢定了定心，因为不想听他回答，她接下来又说道："我当然认为有人在不遗余力地高攀这门亲戚，我想，"她微笑着，"我比你们都更有自尊心。但是不瞒你说，我感到恼火，我们居然如此急切地要人家承认这种关系，而我们可以肯定，她们对这个问题丝毫也不感兴趣。"

"请原谅，亲爱的堂妹，你小看了自己的应有权利。假若是在伦敦，你就像现在这样无声无息地生活着，情况也许会像你说的那样。但是在巴思，沃尔特·埃利奥特爵士及其一家总是值得受人结识的，总是会被认作朋友的。"

“当然，”安妮说，“我很骄傲，骄傲得无法赏识那种完全取决于权位[1]的受人欢迎。”

“我喜欢你这样气愤，”埃利奥特先生说，“这是很自然的。不过你现在是在巴思，目的是要在这里定居下来，而且要保持理应属于沃尔特·埃利奥特爵士的一切荣誉和尊严。你说起自己很骄傲，我知道人家说我很骄傲，而我也不想认为自己并非如此；因为我不怀疑，我们的骄傲如果经过考查，可以发现有个相同的目的，虽然性质似乎略有点差别。我敢说，在某一点上，我亲爱的堂妹，”他继续说道，虽然屋里没有别人，声音却压得更低了，“我敢说，在某一点上，我们肯定会有同感。我们一定会感到，你父亲在与他地位相当或是胜过他的人们当中每多交一个朋友，就会使他少想一点那些地位比他低下的人。”

他一边说一边朝克莱夫人最近常坐的位子望去，足以说明他说这话的特殊用意。虽说安妮不敢相信他们同样骄傲，但是对他不喜欢克莱夫人却感到高兴。她凭着良心承认，从挫败克莱夫人的观点来看，埃利奥特先生希望促成她父亲多结交些朋友，那是完全可以谅解的。

第五章

正当沃尔特爵士和伊丽莎白在劳拉广场拼命高攀的时候，安妮却恢复了一起性质截然不同的旧交。

她去探访她以前的女教师，听她说起巴思有个老同学，过去曾善待过安妮，现在遇到了不幸，安妮真该关心关心她。此人原是汉密尔顿小姐，现为史密斯夫人，曾在安妮生平最需要帮助的时刻，向她表

---

① 安妮回答势利的堂兄埃利奥特先生时，使用了一语双关的 place，因为该词既有“地位”又有“地点”的意思。埃利奥特先生认为，与住在伦敦相比，埃利奥特爵士及其女儿住在巴思，更有必要去攀附权势。安妮的答复是对他的微妙调侃。

示了珍贵的友情。当时，安妮郁郁不乐地来到了学校，一方面为失去自己亲爱的母亲而悲哀，一方面又为离开家庭而伤感，对于一个多情善感、情绪低落的十四岁小姑娘来说，此时此刻岂能不感到悲痛。汉密尔顿小姐比安妮大三岁，但是由于举目无亲，无家可归，便在学校里又待了一年。她对安妮关怀体贴，大大减轻了她的痛苦，安妮每次回想起来，总觉得十分感动。

汉密尔顿小姐离开了学校，此后不久便结了婚，据说嫁给了一个有钱人，这是安妮原来所了解的有关她的全部情况。现在，她们的女教师比较确切地介绍了她后来的情况，说的与安妮了解的大不相同。

她是个穷苦的寡妇。她的丈夫一向挥金如土，大约两年前，他临死的时候，家境搞得一塌糊涂。她得应付种种困难，除了这些烦恼以外，她还染上了严重的风湿病，最后落到腿上，现在成了残废。她正是由于这个缘故才来到巴思，眼下住在温泉浴场附近。她过着非常简陋的生活，甚至连个用人都雇不起，当然也几乎是与世隔绝的。

她们的女教师担保说，埃利奥特小姐要是去看望一下，一定会使史密斯夫人感到高兴，因此安妮决定立即就去。她回到家里，没有提起她听到的情况，也没提起她的打算。这在那里不会引起应有的兴趣。她只和拉塞尔夫人商量了一下，因为她完全体谅她的心情。拉塞尔夫人极为高兴，便根据安妮的意愿，用车把她送到史密斯夫人住所附近的西门大楼。

安妮进去拜访，两人重建了友情，相互间重新激起了浓厚的兴趣。最初十分钟还有些尴尬和激动。她们阔别十二年了，各人早已不是对方想象中的模样。十二年来，安妮已经从一个花容月貌、沉默寡言、尚未定型的十五岁小姑娘，变成了一个雍容典雅的二十七岁的小女人，面容妩媚多姿，只是失去了青春的艳丽，举止谨慎得体，总是十分文雅；十二年来，汉密尔顿小姐已经从一个漂亮、丰满、容光焕发、充满自尊的少女，变成一个贫病交迫、孤苦无告的寡妇，把她过去的被保护人的来访视为一种恩典。不过，相见后的拘束感很快便消失了，剩下的只是回忆以往癖好和谈论昔日时光的乐趣。

安妮发现，史密斯夫人就像她先前大胆期待的那样，富有理智，举止和悦，而她那健谈、乐天的性情却出乎她的意料。她是个涉世较深的人，无论过去的放荡，还是现在的节制，患病也好，悲哀也罢，似乎都没有使她心灰意冷，垂头丧气。

安妮第二次来访时，史密斯夫人说起话来十分坦率，这就使安妮越发感到惊奇。她简直无法想象，谁的境况还会比史密斯夫人更凄惨。她很喜爱她的丈夫，可是他死了。她过惯了富裕的生活，可是财产败光了。她没有儿女给她重新带来活力和乐趣，没有亲戚帮她料理那些乱糟糟的事务，再加上自己身体不好，没法支撑今后的生活。她的住处只有一间嘈杂的客厅，客厅后面是一间昏暗的卧室。她要从一个房间来到另一个房间，非得有人帮忙不可，而整幢房子只有一个用人可以帮帮忙，因此她除了让用人把她送到温泉浴场之外，从来不出家门。然而尽管如此，安妮有理由相信，她沉闷不乐的时刻毕竟是短暂的，大部分时间还是处于忙碌和欢愉之中。这怎么可能呢？安妮留心观察，仔细思量，最后得出结论：这不单单是个性格刚强或是能够逆来顺受的问题。性情温顺的人能够忍耐，个性强的人表现得比较果断，但是史密斯夫人的情况并非如此。她性情开朗，容易得到安慰，也容易忘掉痛苦，往好里着想，找点事情自我解脱。这完全出自天性，是最可贵的天赋。安妮认为她的朋友属于这样一种情况，似乎只要有了这个天赋，别的缺陷几乎都可抵消。

史密斯夫人告诉她，有那么一段时间，她险些心灰意冷。同她刚到巴思的情况相比，她现在还称不上是病人。她当时确实令人可怜——她在路上伤了风，刚找到住所便又卧床不起，始终感到疼痛不已，而这一切发生在举目无亲的情况下——的确需要请一个正规护士，可惜眼下缺乏钱财，根本无法支付任何额外的开销。不过她还是渡过了难关，而且确实可以说，对她颇为有益。她觉得自己遇到了好人，因而感到越发宽慰。她过去见的世面太多了，认为不管走到哪里，也不会突如其来地受到别人慷慨无私的关心，但是这次生病使她认识到，她的女房东要保持自己的声誉，不想亏待她。特别幸运的是，她有个好护士。女房东的妹妹是个职业护士，没人雇用的时候总要住到姐姐家里，眼下她闲着没事，正好可以护理史密斯夫人。"她呀，"史密斯夫人说，"除了无微不至地关照我之外，还着实成为一个难能可贵的朋友。一旦我的手能动了，她就教我做编织活，给我带来了很大的乐趣。你总是发现我在忙着编织这些小线盒、针插、卡片架，这都是她教给我的，使我能够为这附近的一两户穷人家做点好事。她有一大帮朋友，当然是当护士结识的，他们买得起，于是她就替我推销货物。她总是选择恰当的时候开口。你知道，当你刚刚逃过一场重病，或者正在恢复健康的时候，每个人的心都是虔诚的。鲁克护士完全懂得该什么时候开口。她是个机灵、精明、理智的女人。她的行业十分适于观察人性。她富有理性，善于观察，因此，作为一个伙伴，她要大大胜过成千上万的人，那些人只是受过'世界上最好的教育'，却不知道有什么值得做的事情。你要是愿意的话，就说我们是在聊天吧，反正鲁克护士要是能有半个钟头的闲暇陪伴我，她肯定要对我说些既有趣又有益的事情，这样一来，能使我更好地了解一下自己的同类。人们都爱听听天下的新闻，以便熟悉一下人们追求无聊的最新方式。对于孤苦伶仃的我来说，她的谈话真是一种难得的乐趣。"

安妮绝不想对这种乐趣吹毛求疵，于是答道："这我完全可以相信。那个阶层的女子有着极好的机会，她们如果是聪明人的话，那倒很值得听她们说说。她们经常观察的人性真是五花八门！她们熟悉的不仅仅是人性的愚蠢，因为她们偶尔也在极其有趣、极其感人的情况下观察人性。她们一定见到不少热情无私、自我牺牲的事例，英勇不屈、坚韧不拔和顺从天命的事例，以及使我们变得无比崇高的奋斗精神和献身行为。一间病室往往能提供大量的精神财富。”

“是的，”史密斯夫人不以为然地说道，“有时候会这样，不过，人性所表现的形式恐怕往往不像你说的那样高尚。有的地方，人性在考验的关头可能是了不起的，但是总的说来，在病室里显露出来的是人性的懦弱，而不是人性的坚强，人们听说的是自私与急躁，而不是慷慨与刚毅。世界上真正的友谊如此少见！遗憾的是，”她带着低微而颤抖的声音说，“有许许多多人忘了要认真思考，后来醒悟了已经为时过晚。”

安妮意识到了这种痛苦的心情。做丈夫的不称心，做妻子的置身于这样一伙人当中，使她觉得人世间并不像她想望的那样美好。不过，对于史密斯夫人来说，这仅仅是一种瞬息即逝的感情。她消除了这种感情，马上用另外一种语气接着说道：

“我认为我的朋友鲁克夫人目前的工作既不会使我感兴趣，也不会给我带来影响。她在护理马尔巴勒大楼的沃利斯夫人——我想那只不过是个时髦漂亮、用钱散漫的愚蠢女人——当然，她除了花边和漂亮的衣着之外，没有别的话好说。不过，我还是想从沃利斯夫人身上捞点油水。她有的是钱，我打算让她把我手头那些高价货统统买去。”

安妮到她的朋友那儿拜访了几次之后，卡姆登街的人们才知道天下还有这么个人。最后，不得不说起她了。一天上午，沃尔特爵士、伊丽莎白和克莱夫人从劳拉广场回到家里，突然又接到达尔林普尔夫人的请帖，要他们一家晚上再次光临，不想安妮早已约定，当晚要在西门大楼度过。她并不为自己去不成而感到惋惜。她知道，他们之所以受到邀请，那是因为达尔林普尔夫人得了重感冒，给关在家里，于是便想利用一下强加给她的这门亲戚关系。安妮满怀高兴地替自己谢绝了："我已经约定晚上要去一个老同学家。"他们对安妮的事情并不很感兴趣，不过还是提了不少问题，到底了解到了这位老同学是个什么人。伊丽莎白听了大为蔑视，沃尔特爵士则极为严厉。

"西门大楼！"他说，"安妮·埃利奥特小姐要去西门大楼拜访谁呢？一位史密斯夫人。一位守寡的史密斯夫人。她的丈夫是谁呢？一位史密斯先生，这个名字到处都可以遇见，他只是数以千计中的一位。她有什么吸引人的地方？就因为她老弱多病。说实话，安妮·埃利奥特小姐，你的情趣真是不同凡响啊！别人所厌恶的一切，什么低贱的伙伴啊，简陋的房间啊，污浊的空气啊，令人作呕的朋友啊，对你却很有吸引力。不过，你实在可以推迟到明天再去看望这位老太太，我想她没有接近末日，还有希望再活一天。她多大年纪了？四十？"

"不，父亲，她还不到三十一岁。不过，我想我的约会不能往后推，因为在一段时间之内，只有今天晚上对她和我都方便。她明天要去温泉浴场，而本周余下的几天，我们又有事情。"

"不过，拉塞尔夫人是如何看待你的这位朋友的？"伊丽莎白问道。

"她一点也不见怪，"安妮答道，"相反，她表示赞成，而且她一般都用车送我去看望史密斯夫人。"

"西门大楼的人们见到一辆马车停在人行道附近，一定非常吃惊！"沃尔特爵士说，"的确，亨利·拉塞尔爵士的遗孀没有什么荣誉来炫耀她的族徽，不过那辆马车还是很漂亮的。毫无疑问，人们都知道车子拉来了一位埃利奥特小姐。一位守寡的史密斯夫人，住在西门大楼！一个勉强能够维持生计的三四十岁的穷寡妇——一个不起眼的史密斯夫人，一个普普通通的史密斯夫人，天下这么多人，姓什么的都有，安妮·埃利奥特小姐偏偏选她做朋友，而且看得比她家在英格兰和爱尔兰贵族中的亲戚还高贵！史密斯夫人！姓这么个姓！"

就在他们这样说来说去的时候，克莱夫人一直待在旁边，她觉得还是离开这个屋子为好。安妮本来是可以多说些的，而且也确实想分辩两句，说她的朋友和他们的朋友情况没有多大差别，但是她对父亲的尊敬阻止她这么做。她没有回答，索性让他自己去思忖吧，反正在巴思这个地方，年纪三四十岁，生活拮据，姓氏不够尊贵的寡妇也不止史密斯夫人一个。

安妮去赴自己的约会，其他人也去赴他们的约会。当然，她第二天早晨听他们说，他们头天晚上过得十分愉快。她是唯一缺席的，因为沃尔特爵士和伊丽莎白不仅奉命来到子爵夫人府上，而且竟然高高兴兴地奉命为她招徕客人，特意邀请了拉塞尔夫人和埃利奥特先生。埃利奥特先生硬是早早地离开了沃利斯上校，拉塞尔夫人重新安排了整个晚上的活动，以便能去拜访子爵夫人。安妮听拉塞尔夫人一五一十地把整个晚上的情况述说了一番。对安妮来说，使她最感兴趣的是，她的朋友和埃利奥特先生没有少议论她，他们惦念她，为她感到惋惜，同时又敬佩她因为去看望史密斯夫人而不来赴约。她一再好心好意地去看望这位贫病交迫的老同学，这似乎博得了埃利奥特先生的好感。他认为她是个十分卓越的年轻女性，无论在性情上，举止上，还是心灵上，都是优秀女性的典范。他甚至还能投拉塞尔夫人所好，同她谈论谈论安妮的优点长处。安妮听朋友说起这么多事情，知道自己受到一位聪明人的器重，心里不由得激起了一阵阵愉快的感觉，而这种感觉也正是她的朋友有意要激发的。

现在，拉塞尔夫人完全明确了她对埃利奥特先生的看法。她相信，他迟早是想娶安妮为妻的，而且他也配得上她。她开始算计，埃利奥特先生还要多少个星期才能从服丧的羁绊中解放出来[1]，以便能无拘无束地公开施展出他那殷勤讨好的高超本领。她觉得这件事是十

---

① 其妻七个月前去世，服丧期要持续一年。

拿九稳的，但是她绝不想对安妮说得那么肯定。她只想给她点暗示，让她知道以后会出现什么情况。埃利奥特先生可能有情于她，假如他的情意是真的，而且得到了报答，那倒是一门美满的亲事。安妮听她说着，并没有大声惊叫。她只是嫣然一笑，红着脸，轻轻摇了摇头。

"你知道，我不是个媒婆，"拉塞尔夫人说，"因为世人行事和考虑问题都变化莫测，对此我了解得太清楚了。我只是想说，万一埃利奥特先生以后向你求婚，而你又愿意答应他的时候，我认为你们完全可以幸福地生活在一起。谁都会觉得这是一起天设良缘——我认为这也许是一起非常幸福的姻缘。"

"埃利奥特先生是个极其和蔼可亲的人，我在许多方面都很钦佩他，"安妮说道，"不过，我们并不匹配。"

拉塞尔夫人对这话并未反驳，只是回答说："我承认，能把你视为未来的凯林奇的女主人，未来的埃利奥特夫人——能期望看见你占据你亲爱的母亲的位置，继承她的全部权利，她的全部人缘，以及她的全部美德，对我将是最大的称心乐事。你在相貌和性情上与你母亲一模一样；如果我可以认为你在地位、名誉和家庭方面也和她一样，在同一个地方掌管家务，安乐享福，只是比她更受尊重！那么，我最亲爱的安妮，这会给我带来我这个年纪通常会感到的更大快乐！"

安妮不得不转过脸，立起身子，朝远处的桌子走去，靠在那儿假装忙乎什么，试图克制住这幅美景引起的激动。一时间，她的想象、她的心仿佛着了魔似的。一想到由她取代她母亲的位置，第一次由她来复活"埃利奥特夫人"这个可贵的名字，让她重新回到凯林奇，把它重新称作她自己的家，她永久的家，这种魅力是一时无法抗拒的。拉塞尔夫人没有再吭声，她愿意让事情水到渠成。她认为，要是埃利奥特先生当时能彬彬有礼地亲自来求婚该有多好！总之一句话，她相信安妮不相信的事情。安妮也想到了埃利奥特先生会亲自来求婚，这不禁使她又恢复了镇静。凯林奇和“埃利奥特夫人”的魅力统统消失了。她绝不会接受他的求爱。这不单单因为她在感情上除了一个人以外，其他男人一概都不喜欢。她对这件事情的种种可能性经过认真思考之后，在理智上是不赞成埃利奥特先生的。

他们虽说已经结识了一个月，但是她并不认为自己真正了解他的品格。他是个聪明人，和蔼可亲，能说会道，卓有见解，似乎也很果断，很讲原则，这些特点都是明摆着的。不用说，他是明白事理的，安妮找不出他有一丝一毫明显违背道义的地方。然而，她不敢为他的行为打包票。她如果不怀疑他的现在，却怀疑他的过去。有时，他嘴里无意漏出一些老朋友的名字，提到过去的行为和追求，不免要引起她的疑心，觉得他过去的行为有失检束。她看得出来，他过去有些不良的习惯：星期日出去旅行是家常便饭；他生活中有一段时间（很可能还不短），至少是马马虎虎地对待一切严肃的事情；他现在也许改弦易辙了，可是他是个聪明谨慎的人，到了这个年纪也懂得要有个清白的名声，谁能为他的真情实感作担保呢？怎么能断定他已经洗心革面了呢？

埃利奥特先生谙熟世故，谈吐谨慎，举止文雅，但是并不坦率。他对别人的优缺点从来没有激动过，从来没有表示过强烈的喜怒。这在安妮看来，显然是个缺陷。她早先的印象是无法补救的。她最珍视真诚、坦率而又热切的性格。她依然迷恋热情洋溢的人。她觉得，有些人虽然有时样子漫不经心，说起话来有些轻率，但是却比那些思想从不溜神，舌头从不滑边的人更加真诚可信。

埃利奥特先生对谁都过于谦和。安妮父亲的屋里有各种脾性的人，他却能个个讨好。他对谁都过于容忍，受到人人的偏爱。他曾经颇为坦率地向安妮议论过克莱夫人，似乎完全明白她在搞什么名堂，因而很瞧不起她。可是克莱夫人又和别人一样，觉得他很讨人喜欢。

拉塞尔夫人比她的年轻朋友或者看得浅些，或者看得深些，她觉得这里面没有什么可怀疑的。她无法想象还有比埃利奥特先生更完美的男子。她想到秋天可能看见他与她亲爱的朋友安妮在凯林奇教堂举行婚礼，心里觉得再惬意不过了。

第六章

时值二月初，安妮已在巴思住了一个月，越来越渴望收到来自厄泼克劳斯和莱姆的消息。玛丽写来的情况远远满足不了她的要求，安妮已经三个星期没有收到她的来信了。她只知道亨丽埃塔又回到了家里，路易莎虽说被认为恢复得很快，但仍旧待在莱姆。一天晚上，安妮正一心惦念她们大伙的时候，不料收到了玛丽发来的一封比平常都厚的信，而使她越发惊喜的是，克罗夫特将军夫妇表示了问候。

克罗夫特夫妇一定来到了巴思！这个情况引起了她的兴趣。理所当然，她心里惦念着这两个人。

“这是怎么回事？”沃尔特爵士嚷道，“克罗夫特夫妇来到了巴思？就是租用凯林奇的克罗夫特夫妇？他们给你带来了什么？”

“来自厄泼克劳斯乡舍的一封信，爸爸。”

“唔，这些信成了便利的护照。这就省得介绍了。不过，无论如何，我早该拜访一下克罗夫特将军。我知道如何对待我的房客。”

安妮再也听不下去了。她甚至说不清可怜的将军的面色为何没有受到攻击。她聚精会神地读信。信是几天前写来的。

二月一日，——

亲爱的安妮：

我不想为自己没给你写信表示歉意，因为我知道在巴思这种地方，人们对信根本不感兴趣。你一定快乐极了，不会把厄泼克劳斯放在心上，你了解得很清楚，厄波克劳斯实在没有什么东西好写的。我们过了一个好没意思的圣诞节。整个节日期间，默斯格罗夫夫妇没有举行过一次宴会。我又不把海特一家人放在眼里。不过，节日终于结束了。我想，谁家的孩子也没过过这么长的节日。我肯定没过过。大宅里昨天总算清静下来了，只剩下哈维尔家的小家伙。不过你听了会感到吃惊，他们居然一直没有回家。哈维尔夫人一定是个古怪的母亲，能和孩子们分别这么久。这真叫我无法理解。依我看，这些孩子根本不可爱，但是默斯格罗夫太太仿佛像喜欢自己的孙子一样喜欢他们，如果不是更喜欢的话。我们这儿的天气多糟糕啊！巴思有舒适的人行道，你们可能感觉不到。可是在乡下，影响可就大了。从一月份第二个星期以来，除了查尔斯·海特，没有第二个人来看望过我，而查尔斯·海特又来得太勤，我都有些讨厌他。咱们私下里说说，我觉得真遗憾，亨丽埃塔没和路易莎一起待在莱姆，那样会使海特无法同她接触。马车今天出发了，准备明天把路易莎和哈维尔夫妇接回来。我们要等到他们到达后的第二天，才能应邀同他们一道进餐，因为默斯格罗夫太太担心路易莎路上太累，其实，她有人关照，不大可能累着。若是明天去那里吃饭，对我倒会方便得多。我很高兴你觉得埃利奥特先生非常和蔼可亲，希望我也能同他结识。可惜我一向不走运，每逢出现好事情，我总是离得远远的，总是全家人里最后一个得知。克莱夫人同伊丽莎白在一起待得太久了！难道她永远不想走吗？不过，即使她人走屋空，我们或许也受不到邀请。请告诉我，你们对这个问题有什么看法。你知道，我不期待他们叫我的孩子也跟着去。我完全可以把孩子留在大宅里，一个月、一个半月不成问题。我刚刚听说，克罗夫特夫妇马上要去巴思；人们都认为将军患有痛风病。这是查尔斯偶尔听到的。他们也不客气客气，或是向我打个招呼，或是问问我要不要带什么东西。我认为，他们同我们的邻居关系丝毫没有改进。我们见不到他们的影子，这足以证明他们是多么目空一切。查尔斯与我同问你好，祝万事如意。

你亲爱的妹妹

玛丽·默——

遗憾地告诉你，我身体一点不好。杰米玛方才告诉我，卖肉的说附近正盛行咽喉炎。我看我一定会感染上。你知道，我的咽喉发起炎来，总是比任何人都厉害。

第一部分就这么结束了，后来装进信封时，又加进了几乎同样多的内容：

我没有把信封上，以便向你报告路易莎路上的情况。现在，多亏没有上封，真让我高兴极了，因为我有好多情况要补充。首先，昨天收到克罗夫特夫人的一封短简，表示愿意给你带东西。那短简写得的确十分客气，十分友好，当然是写给我的，因此，我可以把信愿写多长就写多长[①]。将军不像病得很重的样子，我诚挚地希望巴思给他带来他所期待的一切好处。我真欢迎他们再回来。我们这一带缺不了如此和蔼可亲的一家人。现在来谈谈路易莎。我有件事要告诉你，准能吓你一大跳。她和哈维尔夫妇于星期二平安到家了，晚上我们去向她问安，非常惊奇地发现本威克舰长没有跟着一起来，因为他和哈维尔夫妇都受到了邀请。你知道这是什么原因吗？恰好因为他爱上了路易莎，在得到默斯格

---

① 因为信是托克罗夫特夫妇带去的，不需要付邮资。

罗夫先生的答复以前，不愿冒昧地来到厄波克劳斯。路易莎离开莱姆之前，两人把事情都谈妥了，本威克舰长写了封信，托哈维尔舰长带给她父亲。的确如此，我以名誉担保！你难道不感到奇怪吗？假如你隐隐约约听到了什么风声的话，我至少是要感到奇怪的，因为我从没听到任何风声。默斯格罗夫太太郑重其事地声明，她对此事一无所知。不过我们大家都很高兴，因为这虽说比不上嫁给温特沃思舰长，但是却比嫁给查尔斯·海特强几百倍。默斯格罗夫先生已经写信表示同意，本威克舰长今天要来。哈维尔夫人说，她丈夫为他那可怜的妹妹感到十分难受，但是路易莎深受他们两人的喜爱。确实，我和哈维尔夫人都认为，我们因为护理了她，而对她更喜爱了。查尔斯想知道，温特沃思舰长会说什么。不过，你要是记得的话，我从不认为他爱上了路易莎。我看不出任何苗头。你瞧，我们原以为本威克舰长看中了你，这下子全完了。查尔斯怎么能心血来潮想到这上面去，让我始终无法理解。我希望他今后能讨人喜欢一些。当然，这对路易莎不是天设良缘，但是要比嫁到海特家强上一百万倍。

玛丽不必担心她姐姐对这条消息会有什么思想准备。她生平从来没有这么惊奇过。本威克舰长和路易莎·默斯格罗夫！奇妙得简直叫人不敢置信。她经过极大的克制，才勉强待在屋里，装作若无其事的样子，回答众人当时提出的一般性问题。算她幸运，问题提得不多。沃尔特爵士想知道，克罗夫特夫妇是不是乘坐驷马马车来的，他们会不会住到巴思一个适合埃利奥特小姐和他自己去探访的地方。但是除此之外，他便没有什么兴趣了。

“玛丽怎么样了？”伊丽莎白问道。没等安妮回答，又说：“是什么风把克罗夫特夫妇吹到了巴思？”

“他们是为了将军而来的。据说他有痛风病。”

“痛风加衰老！”沃尔特爵士说，“可怜的老家伙。”

“他们在这里有熟人吗？”伊丽莎白问。

“我不清楚。不过，我想克罗夫特将军凭着他的年纪和职业，在这样一个地方不大可能没有许多熟人。”

“我觉得，”沃尔特爵士冷漠地说道，“克罗夫特将军很可能因为做了凯林奇大厦的房客而扬名巴思。伊丽莎白，我们能不能把他和他妻子引见给劳拉巷？”

“哦！不行，我看使不得。我们与达尔林普尔夫人是表亲关系，理当十分谨慎，不要带着一些她可能不大喜欢的熟人去打扰她。假如我们没有亲戚关系，那倒不要紧。可我们是她的表亲，她对我们的每项请求都要认真考虑的。我们最好让克罗夫特夫妇去找与他们地位相当的人吧。有几个怪模怪样的人在这里走来走去，我听说他们都是水手。克罗夫特夫妇会同他们交往的！”

这就是沃尔特爵士和伊丽莎白对这封信的兴趣所在。克莱夫人倒比较礼貌，询问了查尔斯·默斯格罗夫夫人和她的漂亮的小家伙的情况。此后，安妮便清闲了。

她回到自己屋里，试图想个明白。查尔斯敢情想知道温特沃思舰长会怎么想的！也许他不干了，抛弃了路易莎，不再爱她了，发觉自己并不爱她。安妮无法想象他和他的朋友之间竟会发生背信弃义、举止轻率或者近似亏待之类的事情。她无法容忍他们之间的这种友情竟然被不公平地割断了。

本威克舰长和路易莎·默斯格罗夫！一个兴高采烈，爱说爱笑，一个郁郁寡欢，好思索，有感情，爱读书，两人似乎完全不相匹配。他们的思想更是相差甚远！哪里来的吸引力呢？转眼间，答案有了。原来是环境造成的。他们在一起待了几个星期，生活在同一个家庭小圈子里。自打亨丽埃塔走后，他们准是一直朝夕相伴。路易莎病后初愈，处于一种十分有趣的状态，而本威克舰长也并非无法安慰。这一点，安妮以前早就有所怀疑。然而，她从目前事态的发展中得出了与玛丽不同的结论，目前的事态仅仅有助于证实这样一个想法，即本威克舰长确实对安妮产生过几分柔情。可是，她不想为了满足自己的虚荣心而对此大做文章，致使玛丽不能接受。她相信，任何一个比较可爱的年轻女人，只要留神听他说话，并且看来与他情愫相通，那就会同样博得他的欢心。本威克有一颗热烈的心，必定会爱上个什么人。

安妮没有理由认为他们不会幸福。路易莎本来就很喜爱海军军官，他们很快便会越来越融洽。本威克舰长会变得快活起来，路易莎将学会爱读司各特和拜伦的诗；不对，她可能已经学会了；他们当然是通过读诗而相爱的。一想到路易莎·默斯格罗夫有了文学情趣，变成了一个多情善感的人，真够逗人乐的，不过她并不怀疑情况确实如此。路易莎在莱姆的那天从码头上摔下来，这或许会终生影响到她的健康、神经、勇气和性格，就像她的命运似乎受到了彻底的影响一样。

整个事情的结论是：如果说这位女子原来很赏识温特沃思舰长的长处，而现在却可以看上另外一个人，那么他们的订婚没有什么值得惊异不已的。如果温特沃思舰长不曾因此而失去朋友，那当然也没有什么值得遗憾的。不，安妮想到温特沃思舰长被解除了束缚而得到自由的时候，不是因为感觉懊悔才情不自禁地搞得心跳加剧，满脸通红的。她心里有些感受，她不好意思加以追究。太像欣喜的感觉了，莫名其妙的欣喜！

她渴望见到克罗夫特夫妇。但是等到见面的时候，他们显然还没听到这个消息。双方进行了礼节性的拜访和回访，言谈中提起了路易莎·默斯格罗夫，也提起了本威克舰长，但是没有露出半点笑容。

沃尔特爵士感到十分满意的是，克罗夫特夫妇住在盖伊街。他一点也不为这位相识感到羞愧，事实上，他对将军的思念和谈论，远远超过了将军对他的思念和谈论。

克罗夫特夫妇在巴思的相识要多少有多少，他们把自己同埃利奥特父女的交往仅仅看作一种礼仪，丝毫不会使他们为之得意。他们带来了乡下的习惯，两人始终形影不离。将军遵照医生的嘱咐，通过散步来消除痛风病，克罗夫特夫人似乎一切都要共同分担，为了给丈夫的身体带来好处，拼命地和他一起散步。安妮走到哪里都能看见他们。拉塞尔夫人差不多每天早晨都要乘马车带她出去，而她也每次都要想到克罗夫特夫妇，都要见到他们的面。她了解他们的感情，他俩走在一起，对她来说是一幅最有魅力的幸福画卷。她总是久久地注视着他们。看见他们喜气洋洋、自由自在地走过来，便高兴地以为自己知道他们可能在谈论什么。她还同样高兴地看见，将军遇到老朋友时，握起手来十分亲切，有时同几个海军弟兄聚在一起，说起话来非常热情，克罗夫特夫人看上去和周围的军官一样机灵、热情。

安妮总是和拉塞尔夫人泡在一起，不能经常自己出来散步。但是事有碰巧，大约在克罗夫特夫妇到来一个星期或十天之后的一个早晨，她得便在城南面离开了她的朋友，或者说离开了她朋友的马车，独自返回卡姆登街。当走到米尔萨姆街时，她幸运地碰见了将军。他一个人站在图片店的橱窗前，背着手，正在一本正经地望着一幅画出神，她就是打他身边走过去，他也不会看见，她只得碰他一下，喊了一声，才引起他的注意。当他反应过来，认出了她时，他又变得像往常一样爽朗、和悦。“哈！是你呀？多谢，多谢。你这是把我当成了朋友。你瞧，我在这儿看一幅画。我每次路过这家铺子的时候，总要停下来看看。这是个什么玩意呢，像是一条船。请你看一看。你见过这样的船吗？你们的那些杰出的画家真是些怪人，居然认为有人敢于

坐着这种不像样的小破船去玩命！谁想还真有两个人待在船上，十分悠然自得，望着周围的山岩，好像不会翻船似的，其实，这船马上就要翻。我真不知道这只船是哪儿造的！”他纵情大笑。“即便叫我乘着它到池塘里去冒险，我也不干。好啦，”他转过脸去，“你现在要上哪儿？我是否可以替你去，或是陪你去？我可以帮帮忙吗？”

“不用啦，谢谢你。不过咱们有一小段是同路，是不是劳驾你陪我走走。我要回家去。”

“好的，我极愿奉陪，而且还要多送你一段。是的，是的，我们要舒舒服服地一起散散步。路上我还有点事情要告诉你。来，挽住我的胳膊。对，就是这样。我要是没有个女人挽住手臂，就觉得不自在。天哪！那是什么船呀！”他们开始动身的时候，他又最后望了一眼那幅画。

“先生，你刚才是不是说有事情要告诉我？”

“不错，有的，马上就告诉你。可是，那边来了一位朋友，布里格登舰长。我们打照面的时候，我只说声‘你好’，我不停下。‘你好’，布里格登见我不是和我妻子在一起，眼睛都睁大了。我妻子真可怜，让一只脚给困住了。她的脚后跟长了个水疱，足有一枚三先令的硬币那么大[①]。你如果朝街对面看过去，就会见到布兰德将军和他的弟弟走过来了。两个寒酸的家伙！我很高兴，他们没有走在街这边。索菲忍受不了他们。他们曾经搞过我的鬼——拐走了几个我最好的水兵。详情我以后再告诉你。瞧，老阿奇博尔德·德鲁爵士和他的孙子来啦。你看，他瞧见了我们，还向你送吻呢。他把你当成了我的妻子。唉！和平来得太早了，那位小伙子没赶上发财的机会。可怜的老阿奇博尔德爵士！埃利奥特小姐，你喜欢巴思吗？它倒很合我们的

---

① 1811 年至 1816 年期间，由于战争引起银子短缺，英国银行发行了三先令代币。

意。我们随时都能遇到某一位老朋友。每天早晨，街上尽是老朋友，闲聊起来没完没了，后来我们干脆溜走了，关在屋里不出来，坐在椅子上画画，舒舒服服的就像住在凯林奇一样，甚至就像过去住在北亚茅斯和迪尔一样。实话对你说吧，这里的住宅使我们想起了我们最初在北亚茅斯的住宅，但是我们并不因此而讨厌这里。这里的风照样能透过碗柜吹进来。”

他们又走了一段，安妮再次催问他有什么事情要说。她原以为走出米尔萨姆街就能使自己的好奇心得到满足，不想她还得等待，因为将军打定了主意，等走到宽阔宁静的贝尔蒙特再开始说。反正她也不是克罗夫特夫人，只得由着他。两人走上贝尔蒙特之后，将军开口了：

“你现在要听到点使你吃惊的事情。不过，你先要告诉我我要讲到的那位小姐的名字。你知道，就是我们大家十分关心的那位年轻小姐。就是这一切发生在她身上的默斯格罗夫小姐。她的教名——我老是忘记她的教名。”

安妮本来不好意思显出马上心领神会的样子，不过现在却能万无一失地说出“路易莎”这个名字。

“对啦，对啦，路易莎·默斯格罗夫小姐，就是这个名字。我希望年轻小姐们不要起那么多动听的教名。她们要是都叫索菲之类的名字，我说什么也忘不了。好啦，这位路易莎小姐，你知道，我们本来都以为她要嫁给弗雷德里克。弗雷德里克一个星期一个星期地追求她。人们唯一感到奇怪的是他们还等什么，后来出了莱姆这件事，显然，他们一定要等到她头脑恢复正常。可是即使这个时候，他们的关系也有些奇怪。弗雷德里克不是待在莱姆，却跑到普利茅斯，后来又跑去看望爱德华。我们从迈恩黑德回来的时候，他已经跑到爱德华家了，迄今一直待在那儿。自从十一月份以来，我们就没见到他的影子。就连索菲也感到无法理解。可是现在，事情发生了极其奇怪的变化，因为这位年轻的女士，就是这位默斯格罗夫小姐，并不打算嫁给弗雷德里克，而想嫁给詹姆斯·本威克。你是认识詹姆斯·本威克的。”

“有点。我同本威克舰长有点交往。”

“她就是要嫁给他。不对，他们十有八九已经结婚了，因为我不知道他们有什么好等的。”

“我原以为本威克舰长是个十分可爱的年轻人，”安妮说，“据说他的名声很好。”

“哦！是的，是的，詹姆斯·本威克是无可非议的。不错，他只是个海军中校，去年夏天晋升的，现在这个时候很难往上爬呀。不过，据我所知，他再也没有别的缺点了。我向你担保，他是个心地善良的好小伙子，还是个非常积极热情的军官，这也许是你想象不到的，因为你从他那温和的举止上看不出来。”

“先生，你这话可就说错了。我绝不认为本威克舰长举止上缺乏朝气。我觉得他的举止特别讨人喜欢，准保谁见了谁喜欢。”

“好啦，好啦，女士们是最好的评判家。不过我觉得詹姆斯·本威克太文静了。很可能是偏爱的缘故，反正索菲和我总认为弗雷德里克的举止比他强。我们更喜欢弗雷德里克。”

安妮愣住了。本来，人们普遍认为朝气蓬勃和举止文静是水火不相容的，她只不过想表示不同意这一看法，压根儿不想把本威克舰长的举止说成是最好的。她犹豫了一阵，然后说道：“我并没有拿这两位朋友做比较。”不想将军打断了她的话：

“这件事情是确凿无疑的，不是流言蜚语。我们是听弗雷德里克亲自说的。他姐姐昨天收到他的一封信，他在信里把这件事告诉了我们。当时，他也是刚刚从哈维尔的信中得知，那信是哈维尔当场从厄泼克劳斯写给他的。我想他们都在厄泼克劳斯。”

这是安妮不能错过的一次机会，她因此说道："我想，将军，我想温特沃思舰长信中的语调不会使你和克罗夫特夫人感到特别不安。去年秋天，他和路易莎·默斯格罗夫看上去确实有点情意。不过，我想你们可能认识到，他们双方的感情都已淡漠了，尽管没有大吵大闹过。我希望这封信里没有流露出受亏待的情绪。"

"丝毫没有，丝毫没有。自始至终没有诅咒，没有抱怨。"

安妮连忙低下头去，藏住脸上的喜色。

"不，不。弗雷德里克不喜欢喊冤叫屈。他很有志气，不会那样做。如果那姑娘更喜欢另外一个人，她理所当然应该嫁给他。"

"当然。不过我的意思是说，从温特沃思舰长写信的方式来看，我希望没有什么东西使你觉得他认为自己受到朋友的亏待，而你知道，这种情绪不用直说就能流露出来的。他和本威克舰长之间的友谊如果因为这样一件事而遭到破坏，或者受到损害，我将感到十分遗憾。"

"是的，是的，我明白你的意思。不过信里压根儿没有这种情绪。他一点也没有讽刺挖苦本威克。他连这样的话都没说：'对此我感到奇怪。我有理由感到奇怪。'不，你从他的写信方式里看不出他什么时候曾经把这位小姐（她叫什么名字来着？）当作自己的意中人。他宽宏大度地希望他们能幸福地生活在一起。我想这里面没有什么不解的怨恨。"

将军一心想说服安妮，而安妮却并不完全信服，但是进一步追问下去将是徒劳无益的，因此她只满足于泛泛地谈论两句，或是静静地听着，将军也就可以尽情地说下去。

"可怜的弗雷德里克！"他最后说道，"现在他得和别人从头开始啦。我想我们应该把他搞到巴思。索菲应该写封信，请他到巴思来。我管保这里有的是漂亮姑娘。他用不着再去厄泼克劳斯，因为我发现，那另一位默斯格罗夫小姐已经和她那位当牧师的年轻表哥对上了。埃利奥特小姐，难道你不认为我们最好把他叫到巴思吗？”

第七章

就在克罗夫特将军和安妮一边走着，一边表示希望把温特沃思舰长叫到巴思时，温特沃思舰长已经走在来巴思的路上。克罗夫特夫人还没写信，他就到达了。安妮下一次出门时，便见到了他。

埃利奥特先生陪着两个堂妹和克莱夫人，来到米尔萨姆街。不想天下起雨来，雨不大，但是夫人小姐们希望能找个避雨处，特别是埃利奥特小姐，她希望达尔林普尔夫人的马车能把她们送回家，因为她见到那辆马车就停在不远的地方。于是，埃利奥特小姐、安妮和克莱夫人便躲进莫兰糖果店，埃利奥特先生走到达尔林普尔夫人跟前，劳驾她帮帮忙。他当然获得了成功，很快回到了夫人小姐这里。达尔林普尔夫人十分乐意送她们回家，过一会儿会来招呼她们的。

子爵夫人用的是辆四轮马车，只能坐四个人，再多就有些挤了。卡特雷特小姐陪着她母亲，因此不能期望让卡姆登街的三位女士都上车。埃利奥特小姐无疑是要坐上去的，无论让谁承受不便，也不能让她有所不便。但是解决另外两个人的谦让问题却费了一番工夫。安妮不在乎这点雨，极其诚恳地希望同埃利奥特先生走回去。可是克莱夫人也不在乎这点雨，她简直认为雨不在下，何况她的靴子又那么厚！比安妮小姐的厚多了。总而言之，她客客气气的，就像安妮一样迫切希望同埃利奥特先生走回去。两人彬彬有礼地谦让来谦让去，实在争执不下，不得已只好由别人代为裁夺。埃利奥特小姐坚持认为克莱夫人已经有点感冒，埃利奥特先生受到恳求，还是断定他堂妹安妮的皮靴更厚些。

因此，大伙决定让克莱夫人坐到马车上。这个决定刚刚作出，坐在窗口附近的安妮清清楚楚地看见温特沃思舰长顺着大街走来。

她的惊讶只有她自己觉察得到，但是她当即感到她是世界上最大的笨蛋，真是荒唐至极，不可思议！一时之间，她什么也看不见了，眼前一片模糊。她茫然不知所措，只怪自己不冷静，等她好不容易缓过神来，却发现别人还在等车。一向殷勤讨好的埃利奥特先生马上朝联盟街走去，替克莱夫人办点什么事儿。

安妮很想走到外门那儿，看看天在不在下雨。她为什么要怀疑自己别有用心呢？温特沃思舰长一定走没影了。她离开座位想走。她不应该怀疑自己心里有什么不理智的念头，也不应该怀疑自己头脑深处有什么见不得人的东西。她要看看天在不在下雨。可是转眼间她又转回来了，只见温特沃思舰长和一帮先生女士走了进来。明摆着，这些人都是他的朋友，他准是在米尔萨姆街下面一点碰见他们的。一见到安妮，他显得十分震惊，安妮从未看见他这么慌张过，满脸涨得通红。自打他们重新结交以来，安妮第一次感到自己没有他来得激动。她比他有个有利条件，在最后一刹那做好了思想准备，惊愕之际，那种震慑、眩晕、慌张的最初感觉已经消失。可是，她心里仍然很激动！这是激动、痛苦加高兴，真有点悲喜交集。

温特沃思舰长对她说了两句话，然后便走开了。他的样子十分尴尬。安妮既不能说他冷漠，也不能说他友好，也不能完全肯定他很窘迫。

过了一会儿，他又走过来同她说话。两人相互询问了一些共同关心的问题，可是八成谁都没有听进去，安妮仍旧觉得他不像以前那样从容不迫。以往，他们由于经常在一起，说起话来显得十分坦然、镇静。但是他现在却做不到了。时光使他发生了变化，或者是路易莎使他发生了变化。他总是有点局促不安。他看样子倒挺好，仿佛身体和精神都不感到痛苦。他谈起了厄波克劳斯，谈起了默斯格罗夫一家人，甚至谈起了路易莎，而且在提到她的名字时，脸上甚至掠过一副既俏皮又神气的表情。然而，温特沃思舰长毕竟是忐忑不安的，无法装出泰然自若的样子。

安妮发现伊丽莎白不肯认他，对此她并不感到奇怪，但却感到伤心。她知道温特沃思舰长看见了伊丽莎白，伊丽莎白也看见了他，而且彼此心里都明白对方是谁。她相信，温特沃思舰长很愿意被认作朋友，正在满心期待着，不想安妮痛心地见到姐姐把脸一转，依然一副冷冰冰的样子。

埃利奥特小姐正等得不耐烦的时候，达尔林普尔夫人的马车过来了，仆人进来通报。天又下雨了，夫人小姐先是磨蹭了一下，然后忙碌起来，大声谈论着，这一准使糖果店里所有的人都明白，是达尔林普尔夫人来请埃利奥特小姐上车。最后，埃利奥特小姐和她的朋友走开了，照料她们上车的只有那位仆人（因为做堂哥的没有回来）。温特沃思舰长望着她们，再次把脸转向安妮，他虽然嘴里没说，但是从举止上看得出来，他要送她上车。

“非常感谢你，”她答道，“不过我不和她们一起走。马车坐不下这么多人。我走路，我喜欢走路。”

“可天在下雨。”

“哦！雨很小，我看算不上下雨。”

温特沃思舰长停了片刻，然后说道：“我虽说昨天才到，可是已经为在巴思生活做好了充分准备，你瞧，”他指着一把新伞，“你要是执意要走的话，希望你能打着这把伞。不过，我想最好还是让我给你叫一顶轿子来。”

安妮十分感激他，但谢绝了他的好意，一面把她认为雨很快就会停的话重复了一遍。接着她又补充说：“我只是在等候埃利奥特先生。

我想他马上就会回来。”

她的话音刚落，埃利奥特先生便走了进来。温特沃思舰长完全记得他。他和站在莱姆台阶上以爱慕的目光望着安妮走过的那个人毫无两样，只是现在仗着自己是她的亲戚和朋友，神情姿态有些差异。他急急忙忙地走进来，似乎眼里看到、心里想着的只有安妮。他为自己的耽搁表示歉意，为使安妮久等感到痛心，迫切希望马上就带着她走，不要等到雨大起来。转眼间，他们便一道离开了，安妮用手挽住他的胳膊，打温特沃思舰长面前走过时，只来得及朝他温柔而尴尬地望了一眼，说了声“再见”。

等他俩走得看不见了，与温特沃思舰长同行的几位女士便对他们议论开了。

“我想埃利奥特先生并不讨厌他的堂妹吧？”

“唔！不讨厌，那是明摆着的。人们可以猜想他俩会出现什么情况。他总是和她们在一起，我想是有一半时间住在她们家里。好一个美男子！”

“是的。阿特金森小姐曾经和他一道在沃利斯府上吃过饭，说他是她结交过的最讨人喜欢的男子。”

“我觉得她挺漂亮，安妮·埃利奥特，你要是细瞧，她还真漂亮呢。现在不作兴这么说，可是不瞒你说，我爱慕她胜过爱慕她姐姐。”

“哦！我也如此。”

“我也如此。没法相比。可男人们都发疯似的追求埃利奥特小姐。他们觉得安妮太脆弱了。”

埃利奥特先生陪着安妮朝卡姆登街走去，假如他一路上一声不吭的话，安妮倒会对他感激不尽。她从来不曾觉得听他说话有这么困难，尽管他对她极为关心，而且谈论的大都是些总能激起她兴趣的话题——一是热烈而公正地赞扬拉塞尔夫人，显得很有明鉴力；二是含沙射影地攻击克莱夫人，听起来十分在理。可是现在她一心只想着温特沃思舰长。她无法想象他眼下是怎样一种心情，不知道他是不是真的忍受着失恋的痛苦。不搞清楚这一点，她就不可能恢复常态。

她希望自己能很快变得明智起来。可是天哪！她必须承认，她现在还不明智。

还有个极其主要的情况她需要知道，这就是温特沃思舰长打算在巴思待多久。这个问题他没说起过，要么是她自己想不起来了。他也许仅仅是路过。不过，他更可能是要在这里住下来。如果真是这样，鉴于在巴思人人都可能相逢，拉塞尔夫人十有八九会在什么地方遇见他。她会认出他来吗？结果又会怎样呢？

她出于无奈，已经把路易莎·默斯格罗夫要嫁给本威克舰长的消息告诉了拉塞尔夫人。见到拉塞尔夫人那副吃惊的样子，安妮心里很不是滋味。这位夫人对情况并不十分了解，万一遇见温特沃思舰长，也许又要对他增添几分偏见。

第二天早晨，安妮陪着她的朋友一道出去。头一个小时，她一直在提心吊胆地留神温特沃思舰长，幸而没有见到。可是到了最后，正当两人顺着普尔蒂尼街往回走的时候，她在右首的人行道上发现了他，他所处的位置使她离着大半条街也能看得见。他周围有许多人，一群一群的也朝同一方向走去，不过谁也不会认错他。安妮本能地望望拉塞尔夫人，这倒不是因为她生出了什么怪念头，认为拉塞尔夫人能像她自己一样立即认出温特沃思舰长。不，除非迎面相视，否则拉塞尔夫人休想认出他。不过，安妮还是有些焦灼不安，不时地瞅瞅她。温特沃思舰长亮相的时刻来临了，安妮虽说不敢再扭头望了（因为她知道自己的脸色不中看），但她十分清楚，拉塞尔夫人的目光正对着温特沃思舰长的那个方向。总之，她正在目不转睛地注视他。她完全可以理解，温特沃思舰长在拉塞尔夫人的心目中具有一种摇神动魄的魅力，她的目光很难从他身上抽回来，一见他在异水他乡服了八九年现役居然没有失去半点魅力，这岂能不叫她感到惊讶！

最后，拉塞尔夫人终于转过头来。“现在她会怎么议论他呢？”

“你会奇怪，”拉塞尔夫人说，“什么东西让我凝视了这么久。我在寻找一种窗帘，是阿利西亚夫人和弗兰克兰太太昨晚告诉我的。她们说有一家客厅的窗帘是全巴思最美观、最实用的，这一家就在这一带，街这边，但是她们记不清门牌号码，我只好设法找找看。不过说实话，我在这附近看不见她们说的这种窗帘。”

安妮不知道是对她的朋友还是对她自己产生了一股怜悯鄙夷之情，不由得叹了口气，脸上一红，淡然一笑。最使她感到恼火的是，她谨小慎微地虚惊了一场，结果坐失良机，连温特沃思舰长是否发现她俩都没注意到。

无声无息地过了一两天，温特沃思舰长最可能出入的戏院、娱乐厅，对埃利奥特一家人来说却有失时髦，他们晚上的唯一乐趣就是举行些风雅而无聊的家庭舞会，而且越搞越来劲。安妮厌烦这种死气沉沉的局面，厌烦孤陋寡闻，觉得自己有力无处使，身体比以前强多了，迫不及待地要参加音乐会。这场音乐会是专为达尔林普尔夫人的被保护人举办的。当然，她们一家人应该参加。这的确将是一场很好的音乐会，而温特沃思舰长又十分喜欢音乐。安妮只要能够再与他交谈几分钟，也就会感到心满意足了。至于说敢不敢向他打招呼，她觉得时机一到，她将浑身都是勇气。伊丽莎白不理他，拉塞尔夫人瞧不起他，这反倒使她坚强起来，她觉得她应该关心他。

安妮曾经含含糊糊地答应过史密斯夫人：这天晚上同她一起度过。后来她匆匆忙忙地跑到她家稍坐了一会儿，说了声对不起，今天不能久留了，明天一定再来多坐一会儿。史密斯夫人和颜悦色地同意了。

“当然可以，”她说，“不过你再来的时候，可要把音乐会的情况细说给我听听。你们参加音乐会的都有些什么人?”

安妮说出了所有参加人的姓名。史密斯夫人没有答话。可是当安妮起身要走的时候，她却带着半认真、半开玩笑的神气说道：“我衷心希望你们的音乐会取得成功。你明天能来的话，千万得来。我有个预感，你来看我的次数不多了。”

安妮蓦地一惊，实在摸不着头脑。她莫名其妙地愣了片刻之后，只好匆匆地离开，而且心里并不感到遗憾。

第八章

沃尔特爵士、她的两个女儿以及克莱夫人是当晚到得最早的几个人。因为还得等候达尔林普尔夫人，他们便在八角厅的一处炉火旁就座。刚一坐定，不想门又打开了，只见温特沃思舰长独自走了进来。安妮离他最近，立即往前迈了两步，向他问候。他本来只准备鞠个躬就走过去，但是一听见她温柔地说了声“你好”，便改变了路线，走到她的跟前，回问起她的情况，尽管她那令人望而生畏的父亲和姐姐就在背后。他们坐在背后倒使安妮更放心了，反正她也看不见他们的神色，她便更有勇气做她认为应该做的事情。

就在他们说话的当儿，她听见她父亲和伊丽莎白在窃窃私语。她听不清他们说些什么，但是猜得出他们的话题。温特沃思舰长隔着老远鞠了个躬，安妮意识到她父亲认出了他，向他做了个简单的表示。安妮再往旁边一瞧，正好见到伊丽莎白微微行了个屈膝礼，虽说晚了些，勉勉强强的，有失风雅，可总比毫无表示要好。安妮的心情顿时松快了一些。

但是，两人谈完了天气、巴思、音乐会之后，说话的势头又减弱了，后来简直无话可谈了，安妮以为他随时都会走掉，谁想他就是没走。他似乎并不急于离开她。过了一会儿，他又恢复了兴致，脸上泛出了微微的笑容和淡淡的红晕，然后说道：

“自莱姆那天以来，我几乎一直没有见到你。我担心你准是受惊了。你当时没被吓倒，以后更容易受惊。”

安妮叫他放心，她没受惊。

“那是个可怕的时刻，”他说，“可怕的一天！”说着用手抹了一下眼睛，仿佛回想起来依然痛苦万分似的。可是转瞬间，他脸上又浮起了几分笑容，嘴里接着说道：“不过，那天还是产生了一定的影响，引起了一些应该看作与可怕恰恰相反的后果。当你镇定自若地建议说最好让本威克去请医生时，你根本想象不到他最终会成为对路易莎的复原最为关切的一个人。”

“我当然想象不到。不过看样子——我希望这是一门十分幸福的婚事。他们双方都有美好的信仰和温良的性情。”

“是的，”他说，眼睛没有对着她看，“不过我认为，他们的相似之处也就是这些。我衷心祝愿他们幸福，只要他们能幸福，我就为之高兴。他们在家里不会遇到什么麻烦，没有人表示异议，没有人出尔反尔，也没有人想要拖延这门婚事。默斯格罗夫夫妇为人一贯极其体面厚道，他们出于做父母的一片真心，就想促进女儿的幸福。这一切对于他们的幸福是非常、非常有利的，也许比——”

他顿住了。只见安妮红了脸，目光垂到了地下，他仿佛陡然记起了什么往事，使他也尝到了几分安妮心里的滋味。不过，他清了清嗓子，接着这样说道：

“不瞒你说，我的确认为他们有所差别，极大的差别，本质上的差别，可以说是心性上的差别。我把路易莎·默斯格罗夫看作一个十分和蔼、十分温柔的姑娘，智力并不贫乏，但是本威克更胜一筹。他是个聪明人，读书人——不瞒你说，我对他爱上路易莎着实有些诧异。假如他是出于感激的缘故，假如他是由于认为她看中了自己才开始喜爱她，那将另当别论。但是，我看情况并非如此。相反，他的感情好像完全是自发自生的，这就使我感到奇怪了。像他这样一个人，又处在那种境况！一颗心受到了创伤，简直都快碎了！范妮·哈维尔是个出类拔萃的女性，他对她的爱可真称得上爱情。一个男人不会忘情于这样一位女子！他不应该忘情——也不会忘情。”

他不晓得是意识到他的朋友已经忘情了，还是意识到别的什么问题，反正他没有再说下去。尽管他后半截话说得非常激动，尽管屋里一片嘈杂，房门砰砰地几乎响个不停，进出的人们唧唧喳喳地说个没完，安妮却字字都听得很真切，禁不住既激动，又兴奋，又有些心慌，顿时感到呼吸急促，百感交集。要她谈论这样的话题，那是不可能的，然而歇了一会儿，她觉得还是得说话，而且又丝毫不想完全改变话题，于是只打了个这样的岔：

“我想你在莱姆待了好久吧？”

“大约两个星期。路易莎没有确实恢复健康之前，我不能走开。这起恶作剧使我陷得太深了，心里一时平静不下来。这都是由我造成的——完全是由我造成的。假如我不是那么软弱，她也不会那么固执。莱姆四周的景色十分秀丽，我常常到那里散步、骑马，我越看越喜欢那个地方。”

“我很想再看看莱姆。”安妮说。

“真的吗！我万万没有想到你会对莱姆产生这样的感情。你给卷入了惊恐和烦恼之中——搞得思想紧张，精神疲惫！我本以为你对莱姆的最后印象一定是深恶痛绝的。”

“最后几个小时当然是十分痛苦的，”安妮答道，“但是痛苦过后，再回想起来倒经常变成一桩赏心乐事。人们并不因为在一个地方吃了苦头便不喜欢这个地方，除非是吃尽了苦头，一点甜头也没尝到——

而莱姆的情况决非如此。我们只是在最后两个钟头才感到焦灼不安的，在这之前还是非常快乐的。那么多新奇的东西，美不胜收！我走的地方很少，每个新鲜地方都能引起我的兴趣——不过莱姆真的美极了。总而言之，”她不知道想起了什么往事，脸上略微有些发红，“我对莱姆的整个印象还是非常愉快的。”

她话音刚落，大厅的门又打开了，他们正在等候的那伙人驾到了。只听有人欣喜地说道：“达尔林普尔夫人！达尔林普尔夫人！”沃尔特爵士和他的两位女士带着热切而优雅的神态，迫不及待地走上前去欢迎她。达尔林普尔夫人和卡特雷特小姐在埃利奥特先生和沃利斯上校的陪同下（这两位几乎在同一时刻到达），走进屋里。其他人都凑到她们跟前，安妮觉得自己也应该入伙。她同温特沃思舰长分开了。他们那有趣的、简直是太有趣的谈话，只得暂时中断。但是，同引起这场谈话的愉快心情相比，这种自我牺牲毕竟是微不足道的！在刚才的十分钟里，她了解到那么多他对路易莎的看法，了解到那么多他对其他问题的看法，真叫她连想都不敢想！她带着欣喜而激动的心情，去满足众人的要求，应酬一些当时必要的礼仪。她对谁都和颜悦色的。她产生了这样的念头，以至于使她对所有的人都客客气气，对每个不及她幸运的人都深表同情。

她离开众人再去找温特沃思舰长的时候，发现他不在了，心里不觉有点扫兴。一转眼，恰好看见他走进音乐厅。他走了——看不见了，安妮感到一阵惆怅。不过，“我们还会再相见的。他会来找我的——不等音乐会结束就会找到我——眼下兴许分开一会儿也好。我需要点间隙定定心。”

过了不久，拉塞尔夫人到了，众人聚到一起，只等着列队步入音乐厅。一个个尽量装出神气十足的样子，尽可能引起别人的注目、窃窃私语和心神不宁。

伊丽莎白和安妮喜气洋洋地走进音乐厅。伊丽莎白同卡特雷特小姐臂挽臂，望着走在前面的达尔林普尔子爵夫人的宽阔背影，似乎自己没有什么奢望是不可企及的。而安妮呢——对安妮来说，拿她的幸福观和她姐姐的幸福观相比较，那将是一种耻辱，因为一个是出于自私自利的虚荣心，一个出于高尚的爱情。

安妮没有看到、也没有想到这屋子多么富丽堂皇。她的快乐是发自内心的。只见她两眼亮晶晶，双颊红扑扑的，可是她对此却全然不知。她脑子里光想着刚才的半个小时，等大家来到座位前时，她匆匆回想了一下当时的情景。温特沃思选择的那些话题，他的那些说法，特别是他的举止和神情，使她只能得出一个看法：他瞧不起路易莎·默斯格罗夫，而且急着要把这个意见告诉她安妮。他对本威克舰长的惊讶，对第一次热恋的看法，话语刚开了个头就说不下去了，躲躲闪闪的眼睛，以及那意味深长的目光，这一切都表明，他至少在恢复对她的情意。昔日的嗔怒、怨恨和回避已经不复存在了，代之而来的不止是友好与敬重，而且是过去的柔情蜜意。是的，颇有几分过去的柔情蜜意。她仔细想想这个变化，觉得意味非同小可。他一定还爱着她。

她一心想着这些念头，脑海里闪现出种种伴随的情景，搅得她心慌意乱，无法再去留心周围的事情。她走进音乐厅，并没看见他，甚至也不想搜寻他。等排好位置，众人都坐定之后，她环视了一下四周，看看他是否也在屋子的同一部位，可惜他不在。她的目光见不到他，音乐会刚好开始，她暂时只得将就一下，领受这相形见绌的欢乐。

众人被一分为二，安排在两条邻近的长凳子上。安妮坐在前排，埃利奥特先生在他的朋友沃利斯上校的协助下，十分巧妙地坐到了她的旁边。埃利奥特小姐一看周围都是她的堂表亲戚，沃利斯上校又一味地向她献殷勤，不由觉得十分得意。

安妮心里高兴，对当晚的节目极为中意。这些节目还真够她消遣的：情意绵绵的她喜爱，格调欢快的她有兴致，内容精彩的她能留心听，枯燥乏味的她能耐心听。她从来没有这样喜欢过音乐会，起码在演第一组节目时情况如此。这组节目快结束的时候，趁着唱完一支意大利歌曲的间隙，她向埃利奥特先生解释歌词。他们两人正合用着一份节目单。

“这就是大致的意义，”她说，“或者更确切地说，是歌词的大致意思，因为意大利爱情歌曲的意义当然是无法言传的，而这大致上就是我所能说明的歌曲的意思。我不想对这种语言不懂装懂，我的意大利语学得很差。”

“是的，是的，我看你是学得很差。我看你对此道一窍不通。你只有那么一点语言知识，能够即席把这些倒装、变位、缩略的意大利歌词译成清晰、易懂、优美的英语。你不必再絮叨你的无知了。这就是最好的佐证。”

“我不反对这样的善意鼓励。不过让一个真正的专家来检查一下，我就要出丑了。”

“我有幸到卡姆登街拜访了这么久，”他答道，“总要对安妮·埃利奥特小姐有点了解吧。我的确认为她太谦虚了，世人不可能充分了解她的聪明才智。她是那样的多才多艺，以至于任何别的女人要谦虚都不可能很自然。”

“不敢当！不敢当！你太过奖了。我忘了下一个节目是什么。”说着，安妮便去查看节目单。

“也许，”埃利奥特先生低声说道，“我对你品格的了解比你想象的要早得多。”

“真的吗？何以见得？你对我品格的了解只能是我来到巴思以后的事情，除非你先前听我家里人说起过我。”

“早在你来巴思之前，我就听说过你。我是听那些与你相熟的人说的，对你的人品已经了解多年了。你的容貌、性格、才智、风度——他们全都做了描绘，我全都清楚。”

埃利奥特先生一心想激起安妮的兴趣，这个希望总算没有落空。这么神秘的事情，谁能不为之着迷呢？一些不知姓名的人早就向一位新近的相识描述过自己，谁能不问个究竟？安妮心里好奇极了。她感到纳闷，迫不及待地询问他——可是毫无结果。埃利奥特先生只喜欢听她追问，却不想回答。

“不，不——也许以后可以告诉你，现在不行。我现在不想指名道姓，不过可以告诉你，这是事实。我好多年以前就听人说起过安妮·埃利奥特小姐，激起了我对她的美德的敬仰，引起了我要结识她的强烈好奇心。”

安妮心想，好多年前，谁也不可能像温特沃思舰长的哥哥、蒙克福德的温特沃思先生那样深情地说起她。他兴许同埃利奥特先生交往过，但是她又没有勇气提出这个问题。

“很久以来，”埃利奥特说，“安妮·埃利奥特这个名字我听起来就觉得很有意思。长久以来，它使我心醉神迷。假如我不揣冒昧的话，我倒要希望这个名字永不改变[①]。”

安妮相信这都是他说的话。但是这些话音刚落，她又注意到身后有别人说话的声音，这声音使别的事情都变得无足轻重了。原来是她父亲和达尔林普尔夫人在说话。

“一个美男子，”沃尔特爵士说，“一个相貌堂堂的男子汉。”

“的确是个非常漂亮的小伙子！”达尔林普尔夫人说，“比你在巴思常见到的人更有派头。大概是爱尔兰人吧。”

“不是的。我就知道他的名字。一个点头之交。温特沃思——海

---

① 埃利奥特先生在转弯抹角地向安妮求婚，安妮若嫁给她，则无需改变姓氏。

军的温特沃思舰长。他姐姐嫁给了我在萨默塞特郡的房客，姓克罗夫特，凯林奇就是他租去的。”

没等沃尔特爵士说到这里，安妮的眼睛便瞅准了方向，在不远处的一伙人中认出了温特沃思舰长。安妮的目光落到他身上的时候，温特沃思舰长的目光似乎从她身上移开了。看样子是这么回事。她似乎迟了一刹那。当她大胆地望着他的时候，他一直没有再看她。演出开始了，安妮只得把注意力又集中到乐队身上，眼睛直盯着前面。

她朝他那儿又瞥了一眼，他已经走开了。他即使想走近她，也无法走近，她给围在人群之中。不过她还是希望能引起他的注意。

埃利奥特先生的谈话也使她感到烦恼。她不愿意再和他交谈了，但愿他不要离她这么近。

第一组节目结束了。她希望能换个有利的位置。众人闲扯了一阵之后，有的决定去找点茶喝。有几个人懒得动，安妮便是其中的一个。她依旧坐在位子上，拉塞尔夫人也是如此。不过，使她高兴的是，她摆脱了埃利奥特先生。不管她如何体谅拉塞尔夫人，只要温特沃思舰长给她机会，她不会畏畏缩缩地不敢和他谈话。她从拉塞尔夫人的面部表情看得出来，她已经看见了温特沃思舰长。

可是他没有过来。安妮有时以为她隔着老远见到了他，可他始终没有过来。休息时间渐渐过去了，安妮焦灼不安地白等了一场。其他人都回来了，屋里又挤得满满的，一个个重新坐到凳子上。这一个钟头要坚持到底，有人觉得是件快事，有人觉得是种惩罚，有人从中得到乐趣，有人直打哈欠，就看你对音乐是真欣赏还是假欣赏。对安妮来说，这可能成为心神不宁的一个钟头。她若是不能再一次见到温特沃思舰长，不和他友好地对看一眼，便无法安安静静地离开音乐厅。

大伙重新坐定的时候，位子发生了很大变动，结果对安妮倒颇为有利。沃利斯上校不肯再坐下，埃利奥特先生受到伊丽莎白和卡特雷特小姐的邀请，实在不便推托，只好坐到她们两人之间。由于还走了另外几个人，再加上她自己又稍微挪了挪，安妮得以坐到一个比先前离凳子末端更近的位置上，这样更容易接近过往的人。她要这样做又不能不拿自己和拉罗里斯小姐相比，就是那个无与伦比的拉罗里斯小姐[①]。可她还是这样做了，而且结果并不十分愉快。不过，由于她旁边的人接二连三地早就离去，到音乐会结束之前，她发觉自己就坐在凳子尽头。

她就坐在这样的位置上，旁边有个空位。恰在这时，温特沃思舰长又出现了。她见他离自己不远。他也见到了她。不过他板着面孔，显出犹豫不决的样子，只是慢慢腾腾地走到跟前，和她说话。她觉得一定出了什么事。变化是毋庸置疑的。他现在的神色与先前在八角厅里的神色显然大为不同。这是为什么呢？她想到了她父亲——想到了拉塞尔夫人。难道有谁向他投去了不愉快的目光？他谈起了音乐会，那个严肃的神气就像在厄泼克劳斯一样。他承认自己有些失望，他本来期望能听到更优美的歌声。总之，他必须承认，音乐会结束的时候，他不会感到遗憾。安妮回答时，倒是为演唱会辩护了一番，不过为了照顾他的情绪，话说得十分委婉动听。他的脸色变得和悦了，回话时几乎露出了笑容。他们又谈了几分钟。他的脸色依然是和悦的，他甚至低头朝凳子上望去，仿佛发现有个空位，很想坐下去。恰在这时，有人碰了碰安妮的肩膀，安妮趁势转过头来。碰她的是埃利奥特先生。他说对不起，还得请她再解释一下意大利文歌词。卡特雷特小姐急切希望了解下面要唱的歌曲大致是个什么意思。安妮无法拒绝，但是她出于礼貌表示同意时，心里从来没有这样勉强过。

---

① 英国小说家范妮·伯尼（1752—1840）所著小说《西西丽亚》中的一个人物，她说过这样的话："不得不坐在那种人之间，这是你可以想象得到的最骇人听闻的事情。人们还是回家为好，这样就没有人和你扯淡了。"

她虽然想尽量少用点时间，但还是不可避免地花费了好几分钟。等她腾出身来，掉过头像先前那样望去时，发现温特沃思舰长走上前来，拘谨而匆忙地向她告别。“祝你晚安。我要走啦——我得尽快回到家里。”

“难道这支歌曲不值得你留下来听听吗？”安妮说。她突然产生了一个念头，使她更加急切地想怂恿他留下。

“不！”他断然答道，“没有什么东西值得让我留下的。”说罢，当即走了出去。

嫉妒埃利奥特先生！这是可以理解的唯一动机。温特沃思舰长嫉妒她的感情！这在一周以前，甚至三个钟头以前，简直叫她无法相信！一时之间，她心里感到大为得意。可是，她后来的想法可就复杂了。如何打消他的嫉妒心呢？如何让他明白事实真相呢？他们两人都处于特别不利的境地，他如何能了解到她的真实感情呢？一想起埃利奥特先生在大献殷勤，就令人痛苦。他的这番殷勤真是后患无穷。

第九章

第二天早晨，安妮愉快地记起她答应去看望史密斯夫人，这就是说，在埃利奥特先生很有可能来访的时候，她可以不待在家里，而避开埃利奥特先生简直成了她的首要目标。

她对他还是十分友好的。尽管他的献殷勤成了祸根，但她对他还是非常感激，非常尊重，也许还颇为同情。她情不自禁地要常常想到他们结识时的种种奇特情况，想到他凭着自己的地位、感情和对她早就有所偏爱，似乎也有权利引起她的兴趣。这件事太异乎寻常了，既讨人欢喜，又惹人痛苦。真叫人感到遗憾。此事若是没有温特沃思舰长她会觉得怎么样，这个问题无需再问，因为事实上是有位温特沃思舰长。目前这种悬而未决的状况不管结局是好是坏，她将永远钟情于他。她相信，他们无论是结合还是最终分手，都不能使她再同别的男人亲近。

安妮怀着热烈而忠贞不渝的爱情，从卡姆登街向西门大楼走去，巴思的街道上不可能有过比这更美好的情思，简直给一路上洒下了纯净的芳香。

她准知道自己会受到愉快的接待。她的朋友今天早晨似乎特别感激她的到来，虽说她们有约在先，但她好像并不指望她能来。

史密斯夫人马上要她介绍音乐会的情况。安妮兴致勃勃地回忆了起来，史密斯夫人听得笑逐颜开，不由得十分乐意谈论这次音乐会。但凡能说的，安妮都高高兴兴地告诉她了。但是她所叙述的这一切，对于一个参加过音乐会的人来说，那是微不足道的，而对于史密斯夫人这样的询问者来说，则是不能令人满意的，因为有关晚会如何成功，都演了些什么节目，她早就从一位洗衣女工和一位侍者那里听说了，而且比安妮说得还详细。她现在询问的是与会者的某些具体情况，可是徒劳无益。在巴思，不管是举足轻重的人，还是声名狼藉的人，史密斯夫人个个都能说出名字。

“我断定，小杜兰德一家人都去了，”她说，“张着嘴巴听音乐，像是羽毛未丰的小麻雀等着喂食。他们从来不错过一次音乐会。”

“是的。我没亲眼见到他们，不过我听埃利奥特先生说，他们就在音乐厅里。”

“伊博森一家子——他们去了吗？还有那两个新到的美人和那个高个子爱尔兰军官，据说他要娶她们其中的一个。他们也到了吗？”

“我不知道。我想他们没去。”

“玛丽·麦克莱恩老太太呢？我不必打听她啦。我知道她是从不缺席的。你一定看见她了。她一定就在你那个圈圈里，因为你是同达

尔林普尔夫人一起去的，不用说就坐在乐队附近的雅座上。”

“不，我就怕坐雅座。无论从哪个方面看，那都会叫人觉得不自在。幸好达尔林普尔夫人总是愿意坐得远一些。我们坐的地方好极了——这是就听音乐而言的，从观看的角度就不能这么说了，因为我好像没有看见什么。”

“哦！你看见的东西够你开心的了。我心里明白。即使在人群之中也能感到一种家庭的乐趣，这你是深有感受的。你们本身就是一大帮子人，除此之外没有更多的要求。”

“我应该多留心一下四周。”安妮说。她说这话的时候心里明白，她其实没有少四下留心，只是没怎么见到目标罢了。

“不，不——你在做更有意义的事情。不用你说，你昨天晚上过得很愉快，我从你的眼神里看得出来。我完全清楚你的时间是怎么度过的——你自始至终都有悦耳的歌曲可以倾听。音乐会休息的时候可以聊聊天。”

安妮勉强笑笑说：“这是你从我的眼神里看出来的？”

“是的，的确如此。你的面部表情清清楚楚地告诉我，你昨天晚上是和你认为的世界上最讨人喜爱的那个人待在一起，这个人现在比世界上所有的人加在一起还更能引起你的兴趣。”

安妮脸上刷地一红。她哑口无言了。

“情况既然如此，”史密斯夫人稍停了停，然后说道，“我希望你尽管相信，我懂得如何珍惜你今天上午来看我的情分。你本该有那么多更愉快的事情要做，却来陪伴我，你真是太好了。”

这话安妮一点也没听见。她的朋友的洞察力仍然使她感到惊讶和狼狈。她无法想象，关于温特沃思舰长的传闻怎么会刮到她的耳朵里。又沉默了一会儿之后，史密斯夫人说：

“请问，埃利奥特先生知不知道你认识我？他知不知道我在巴思？”

“埃利奥特先生！”安妮重复了一声，一面惊奇地抬起头来。她沉思了片刻，知道自己领会错了。她顿时醒悟过来，觉得保险了，便又恢复了勇气，马上更加泰然地说道：“你认识埃利奥特先生？”

“我与他非常熟悉，”史密斯夫人神情严肃地答道，“不过现在看来疏远了。我们好久未见了。”

“我根本不了解这个情况。你以前从未说起过。我要是早知道的话，就会与他谈起你。”

“说真话，”史密斯夫人恢复了她平常的快活神气，说道，“这正是我对你的希望。我希望你向埃利奥特先生谈起我。我希望你对他施加点影响。他能够帮我的大忙。亲爱的埃利奥特小姐，你要是有心帮忙的话，这事当然好办。”

“我感到万分高兴——希望你不要怀疑我还愿意为你帮点忙，”安妮答道，“不过，我怀疑你违背实际情况，高估了我对埃利奥特先生的情意——高估了我对他的影响。我想你肯定抱有这样的看法。你应该把我仅仅看成埃利奥特先生的亲戚。从这个观点出发，你如果认为他这个亲戚可以向他提出什么正当的要求，请你毫不犹豫地吩咐我好啦。”

史密斯夫人用敏锐的目光瞥了她一眼，然后笑吟吟地说道：

“我想我有点操之过急，请你原谅。我应该等到有了确凿消息再说。可是现在，亲爱的埃利奥特小姐，看在老朋友的分上，请你给我个暗示，我什么时候可以开口。下一周？毫无疑问，到了下周我总可以认为全定下来了吧，可以托埃利奥特先生的福气谋点私利。”

“不，”安妮回道，“不是下周，不是下下周，也不是再下下周。实话对你说吧，你设想的那种事情哪一周也定不下来。我不会嫁给埃利奥特先生。我倒想知道，你怎么设想我会嫁给他？”

史密斯夫人又朝她看去，看得很认真，笑了笑，摇摇头，然后嚷道：

“唉，我真希望我能摸透你的心思！我真希望我知道你说这些话用意何在！我心里很有数，等到恰当的时机，你就不会存心冷酷无情了。你知道，不到恰当的时机，我们女人绝不想嫁给任何人。理所当然，对于每一个男人，只要他没提出求婚，我们都要拒绝。不过你为什么要冷酷无情呢？我不能把他称作我现在的朋友，但他是我以前的朋友，让我为他申辩几句。你到哪儿能找到个更合适的女婿？你到哪儿能遇上个更有绅士派头、更和蔼可亲的男人？我要推荐埃利奥特先生。我敢断定，你听沃利斯上校说起来，他全是好处。有谁能比沃利斯上校更了解他？”

“我亲爱的史密斯夫人，埃利奥特先生的妻子才死了半年多一点。他不该向任何人求爱。”

“哦！你要是仅仅认为这有些不妥，”史密斯夫人狡黠地嚷道，“那埃利奥特先生就十拿九稳了，我也犯不着再替他担忧啦。我只想说，你们结婚的时候可别忘了我。让他知道我是你的朋友，那时候他就会认为麻烦他干点事算不了什么，只是现在有许多事情、许多约会要应酬，他非常自然地要尽量避免、摆脱这种麻烦。这也许是很自然的。一百个人里有九十九个是要这么做的。当然，他认识不到这对我有多么重要。好啦，亲爱的埃利奥特小姐，我希望而且相信你会十分幸福的。埃利奥特先生很有见识，懂得你这样一个女人的价值。你的安宁不会像我的那样遭到毁灭。你不用为世事担忧，不用为他的品格担忧。他不会被引入歧途，不会被人引向毁灭。”

“是的，”安妮说，“我完全相信我堂兄的这一切。看样子，他性情冷静坚毅，绝不会受到危险思想的影响。我对他十分尊敬。从我观察到的现象来看，我没有理由不尊敬他。不过，我认识他的时间不长，我想他也不是个很快就能亲近的人。史密斯夫人，听我这样谈论他，你还不相信他对我无足轻重吗？的确，我说这话时心里是够冷静的。说实话，他对我是无足轻重的。假如他向我求婚的话（我没有理由认为他想这样做），我不会答应他的。我肯定不会答应他。老实对你说吧，昨天晚上的音乐会不管有些什么乐趣，你总以为有埃利奥特先生的一份功劳，其实这没有他的份儿。不是埃利奥特先生，真不是埃利奥特先生——"

她煞住话头，脸上涨得通红，后悔自己话中有话地说得太多，不过说少了可能又不行。史密斯夫人若不是察觉还有个别的什么人，很难马上相信埃利奥特先生碰了壁。事实上，她当即认输了，而且装出一副没听出弦外之音的样子。安妮急欲避开史密斯夫人的进一步追问，急欲知道她为何设想她要嫁给埃利奥特先生，她从哪里得到了这个念头，或者从谁那儿听说的。

"请告诉我，你最初是怎样兴起这个念头的？"

"我最初兴起这个念头，"史密斯夫人答道，"是发现你们经常在一起，觉得这是你们双方每个人所祈望的最有益的事情。你尽管相信我好啦，你所有的朋友都是这么看待你的。不过，我直到两天前才听人说起。"

"这事真有人说起吗？"

"你昨天来看我的时候，有没有注意到给你开门的那个女人？"

"没有。难道不照例是斯皮德夫人，或是那位女仆？我没有特别注意到什么人。"

"那是我的朋友鲁克夫人，鲁克护士——顺便说一句，她非常想见见你，很高兴能为你开开门。她星期天才离开马尔巴勒大楼。就是她告诉我，你要嫁给埃利奥特先生。她是听沃利斯夫人亲口说的，沃利斯夫人恐怕不是没有依据的。鲁克夫人星期一晚上陪我坐了一个钟头，她把这事原原本本地告诉了我。”

“原原本本！”安妮重复道，一面放声笑了。“我想，就凭着一小条无根无据的消息，她编不出多少故事来。”

史密斯夫人没有吱声。

“不过，”安妮随即接着说道，“虽说我事实上并不要嫁给埃利奥特先生，但我还是十分愿意以我力所能及的任何方式帮你的忙。我要不要向他提起你就在巴思？要不要给他捎个口信？”

“不，谢谢你。不，当然不必。本来，出于一时的冲动，加上又闹了场误会，我也许会试图引起你对一些情况的关注，可是现在不行了。不，谢谢你，我没有什么好搅扰你的。”

“我想你说过你同埃利奥特先生认识多年了？”

“是的。”

“我想不是在他结婚前吧？”

“是在他结婚前。我最初认识他的时候，他还没结婚。”

“那——你们很熟悉吗？”

“非常熟悉。”

“真的！那么请你告诉我，他那时候是怎样一个人。我很想知道埃利奥特先生年轻的时候是怎样一个人。他当年是不是现在这个样子？”

“近三年来我一直没看见埃利奥特先生。”史密斯夫人回答说，口气很严肃，这个话头也就不好再追问下去了。安妮觉得一无所获，越发增加了好奇心。两人都默默不语——史密斯夫人在沉思。后来，她终于用她那天生的热诚口气嚷道：

“请原谅，亲爱的埃利奥特小姐。请原谅，我给你的回答很简短，不过我实在不知道该怎么办。我心里拿不准，一直在思虑着应该怎样对你说。有很多问题需要考虑。人们都讨厌好管闲事，搬弄是非，挑拨离间。家庭的和睦即使是表面现象，似乎也值得保持下去，虽然内里并没有什么持久的东西。不过我已经打定了主意。我认为我是对的。我认为应该让你了解一下埃利奥特先生的真实品格。虽然我完全相信你现在丝毫无心接受他的求爱，但很难说会出现什么情况。你说不定有朝一日会改变对他的感情。因此，现在趁你不带偏见的时候，你还是听听事实真相。埃利奥特先生是个没有情感、没有良心的男人，是个谨小慎微、诡计多端、残酷无情的家伙，光会替自己打算。他为了自己的利益或舒适，只要不危及自己的整个声誉，什么冷酷无情的事情，什么背信弃义的勾当，他都干得出来。他对别人没有感情。对于那些主要由他导致毁灭的人，他可以毫不理睬，一脚踢开，而丝毫不受良心的责备。他完全没有什么正义感和同情心。唉！他的心是黑的，既虚伪又狠毒！”

安妮带着诧异的神色惊叫起来，史密斯夫人不由得顿了一下，然后更加镇定地接着说道：

“我的话使你大吃一惊。你得原谅一个受害的愤怒的女人。不过我要尽量克制自己。我不想辱骂他。我只想告诉你我发现他是怎么个人。事实最能说明问题。他是我亲爱的丈夫的莫逆之交，我丈夫信任他，喜爱他，把他看作像他自己那样好。他们之间的亲密关系在我们结婚之前就建立起来了。我发现他们十分亲密，于是我也极为喜欢埃利奥特先生，对他推崇备至。你知道，人在十九岁是不会认真思考的。在我看来，埃利奥特先生像其他人一样好，比大多数人都可爱得多，因此我们几乎总是在一起。我们主要住在城里，日子过得非常体面。埃利奥特先生当时的境况比较差，是个穷光蛋。他只能在教堂里寄宿，好不容易摆出一副绅士的样子。他只要愿意，随时都可以住到我们家里，我们总是欢迎他的，待他亲如兄弟。我那可怜的查尔斯是天下最慷慨的大好人，他就是剩下最后一枚四分之一便士的硬币[①]，也会同他分着用。我知道他的钱包是向埃利奥特先生敞开的。我知道他经常接济他。”

“想必大约就在这个时期，”安妮说，“埃利奥特先生总是使我感到特别好奇。想必大约在这同时，我父亲和我姐姐认识了他。我自己一直不认识他，只是听说过他。不过，他当时对我父亲和我姐姐的态度以及后来结婚的情况都有些蹊跷，我觉得与现在的情况很不协调。这似乎表明他是另外一种人。”

“这我都知道，这我都知道，”史密斯夫人大声叫道，“在我结识他之前，他就认识了沃尔特爵士和你姐姐，我总是听他没完没了地说起他俩。我知道他受到邀请和鼓励，我也知道他不肯去。也许我可以向你提供一些你根本想象不到的细节。对于他的婚事，我当时了解得一清二楚。他追求什么，厌弃什么，我都统统知道。我是他的知心朋友，他向我倾诉了他的希望和打算。虽说我先前不认识他妻子（她的社会地位低下，使我不可能认识她），然而我了解她后来的情况，至少了解到她一生中最后两年的情况，因而能够回答你想提出的任何问题。”

“不，”安妮说，“我对她没有什么特别要问的。我一向听说他们不是一对幸福的夫妻。不过我想知道，他那个时候为什么会不屑于同我父亲交往。我父亲对他当然很客气，想给他以妥善的关照。埃利奥特先生为什么要与他保持距离呢？”

“那个时候，”史密斯夫人答道，“埃利奥特先生心里抱着一个目标——就是要发财致富，而且要通过比做律师更快当的途径。他决心通过结婚来达到目的。他至少决心不让一门轻率的婚事毁了他的生财

---

① 英国当时面值最小的钱币，后来废除。

之路。我知道他有这样的看法（当然我无法断定是否正当），认为你父亲和你姐姐客客气气地一再邀请，是想让继承人与年轻小姐结成姻缘，而这样一门亲事却不可能满足他要发财致富和独立自主的思想。我可以向你担保，这就是他要保持距离的动机所在。他把全部内情都告诉我了，对我一点也没隐瞒。真奇怪，我在巴思刚刚离开你，结婚后遇到的第一个也是最重要的朋友就是你的堂兄，从他那里不断听到你父亲和你姐姐的情况。他描述了一位埃利奥特小姐，我却十分亲昵地想到了另一位。"

"也许，"安妮心里猛然省悟，便大声说道，"你时常向埃利奥特先生说起我吧？"

"我当然说过，而且经常说。我常常夸奖我的安妮·埃利奥特，说你这个人大不同于——"

她突然煞住了口。

"埃利奥特先生昨晚说那话，原来是这个缘故，"安妮嚷道，"这就好解释了。我发现他经常听人说起我。我不理解是怎么回事。人一遇到与己有关的事情，可真能想入非非的！到头来非出差错不可！不过请你原谅，我打断了你的话头。这么说来，埃利奥特先生完全是为了钱而结婚的啦？很可能就是这个情况使你最先看清了他的本性吧？"

史密斯夫人听了这话，稍许犹豫了一阵。"噢！这种事情太司空见惯了。人生在世，男男女女为金钱而结婚的现象太普遍了，谁也不会感到奇怪。我当时很年轻，光跟年轻人打交道，我们那伙人没有头脑，没有严格的行为准则，光会寻欢作乐。我现在可不这么想了。时光、疾病和忧伤给我带来了别的想法。不过在那个时候，我必须承认我觉得埃利奥特先生的行为并没有什么可指摘的。'尽量为自己打算'被当成了一项义务。"

"可她不是一位出身卑贱的女人吗？"

"是的。对此我提出过异议，可他满不在乎。钱，钱，他要的只是钱。她父亲是个牧场主，祖父是个屠夫，可是这都无所谓。她是个漂亮的女人，受过体面的教育。她是由几个表姐妹带出来的，偶尔碰见了埃利奥特先生，爱上了他。埃利奥特先生对她的出身既不计较，也不顾忌，他处心积虑地只想搞清楚她的财产的真实数额，然后才答应娶她。你相信我好啦，不管埃利奥特先生现在如何看重自己的社会地位，他年轻的时候对此却毫不重视。继承凯林奇庄园在他看来倒还不错，但是他把家族的荣誉视若粪土。我经常听他宣称，假如准男爵的爵位能够出售的话，谁都可以拿五十镑买走他的爵位，包括族徽和徽文，姓氏和号衣。不过，我说的这些话是否有我听到的一半那么多，我还不敢说，否则就成了说假话了。不过，你应该见到证据，不然我岂不是口说无凭呀？你会见到证据的。"

"说真的，亲爱的史密斯夫人，我不要证据，"安妮嚷道，"你说的情况与埃利奥特先生几年前的样子并不矛盾。相反，这倒完全印证了我们过去听到而又相信的一些情况。我越发想知道，他现在为什么会判若两人。"

"不过看在我的面上，劳驾你拉铃叫一下玛丽——等一等，我想还是劳驾你亲自走进我的卧室，就在壁橱的上格你能见到一只嵌花的小匣子，把它拿给我。"

安妮见她的朋友情恳意切地坚持让她去，便只好从命。小匣子拿来了，摆在史密斯夫人面前。史密斯夫人一边叹息，一边打开匣子，然后说道：

"这里面装满了我丈夫的书信文件。这仅仅是他去世时我要查看的信件中的一小部分。我现在要找的这封信是我们结婚前埃利奥特先生写给我丈夫的，幸好给保存下来了。怎么会保存下来，人们简直无法想象。我丈夫像别的男人一样，对这类东西漫不经心，缺乏条理。

当我着手检查他的信件时，我发现这封信和其他一些信件放在一起，那些信件更没有价值，都是分布在四面八方的人们写给他的，而许多真正有价值的书信文件却给毁掉了。好，找到啦。我不想烧掉它，因为我当时对埃利奥特先生就不太满意，我决定把我们过去关系密切的每一份证据都保存下来。我现在之所以能很高兴地把这封信拿出来，还有另外一个动机。”

这封信寄给“滕布里奇韦尔斯[①]，查尔斯·史密斯先生”，写自伦敦，日期早在一八〇三年七月。信的内容如下：

亲爱的史密斯：

来信收悉。你的好意真叫我万分感动。我真希望造物主造就更多像你这样的好心人，可惜我在世上活了二十三年，却没见到你这样的好心人。目前，我的确不需要劳你帮忙，我又有现金了。向我道喜吧，我摆脱了沃尔特爵士及其小姐。他们回到了凯林奇，几乎逼着我发誓：今年夏天去看望他们。不过，我第一次去凯林奇的时候，一定要带上个鉴定人，好告诉我如何以最有利的条件把庄园拍卖出去。然而，准男爵并非不可能续娶，他还真够愚蠢的。不过，他若是真的续娶了，他们倒会让我安静些，这在价值上完全可以同继承财产等量齐观。他的身体不如去年。

我姓什么都可以，就是不愿姓埃利奥特。我厌恶这个姓。谢天谢地，沃尔特这个名字我可以去掉！我希望你千万别再拿我的第二个 W. 来侮辱我[②]，这就是说，我今后永远是你的忠实的——

---

① 英格兰肯特郡的城镇，有名的矿泉疗养地。

② 埃利奥特的全名是威廉·沃尔特·埃利奥特（William Walter Elliot），其中 William 与 Walter 都以字母 W 开头，他讨厌 Walter 这个名字，因而有“别再拿我的第二个 W. 来侮辱我”一说。

威廉·埃利奥特。

安妮读着这样一封信，岂能不气得满脸发紫。史密斯夫人一看见她这样的面色，便说：

“我知道，信里的言词十分无礼。虽说确切的词句我记不清了，但对整个意思我的印象却很深刻。不过从这里可以看出他是怎样一个人。你看看他对我那可怜的丈夫说的话。还有比那更肉麻的话吗？”

安妮发现埃利奥特用这样的言词侮辱她父亲，她那震惊和屈辱的心情是无法立即消除的。她情不自禁地想起，她看这封信是违背道义准则的，人们不应该拿这样的证据去判断或了解任何人，私人信件是不能容许他人过目的。后来她恢复了镇定，才把那封她一直拿着苦思冥想的信件还给了史密斯夫人，一面说道：

“谢谢你。这当然是充分的证据啦，证实了你所说的一切情况。可他现在为什么要与我们交往呢？”

“这我也能解释。”史密斯夫人笑着嚷道。

“你真能解释？”

“是的。我已经让你看清了十二年前的埃利奥特先生，我还要让你看清现在的埃利奥特先生。对于他现在需要什么，在干什么，我再也拿不出书面证据，不过我能按照你的愿望，拿出过硬的口头证据。他现在可不是伪君子。他真想娶你为妻。他如今向你家献殷勤倒是十分诚挚的，完全发自内心。我要提出我的证人：他的朋友沃利斯上校。”

“沃利斯上校！你认识他？”

“不认识。我不是直接从他那儿听说的，而是拐了一两个弯子，不过这没关系。我的消息还是确切可靠的，虚假的成分早就排除了。埃利奥特先生毫不顾忌地向沃利斯上校谈起了他对你的看法——我想这位沃利斯上校本人倒是个聪明、谨慎而又有眼光的人，可他有个十分愚蠢的妻子，他告诉了她一些不该告诉的事情，把埃利奥特先生的话原原本本地学给她听了。她的身体处于康复阶段，精力特别充沛，因此她又原原本本地全学给她的护士听了。护士知道我认识你，自然也就全部告诉了我。星期一晚上，我的好朋友鲁克夫人向我透露了马尔巴勒大楼的这么多秘密。因此，当我说到整个来龙去脉时，你瞧我并不像你想象的那样言过其实。”

“亲爱的史密斯夫人，你的证据是不充足的。这样证明是不够的。埃利奥特先生对我有想法丝毫不能说明他为什么要尽力争取同我父亲和好。那都是我来巴思以前的事情。我到来的时候，发现他们极为友好。”

“我知道你发现他们极为友好。这我完全知道，可是——”

“说真的，史密斯夫人，我们不能期待通过这种渠道获得真实的消息。事实也好，看法也罢，让这么多人传来传去，要是有一个由于愚笨，另一个由于无知，结果都给曲解了，那就很难剩下多少真实的内容。”

“请你听我讲下去。你要是听我介绍一些你自己能即刻加以反驳，或是加以证实的详细情况，那么你很快就能断定我的话大体上是否可信。谁也不认为他最初是受到你的诱惑。他来巴思之前的确见到过你，而且也爱慕你，但他不知道那个人就是你。至少向我透露秘密的朋友是这么说的。这是不是事实？用她的话来说，他去年夏天或秋天是不是在‘西面某个地方’见到了你，可又不知道那个人是你？”

“他当然见过我。是有这么回事。在莱姆。我碰巧待在莱姆。”

“好的，”史密斯夫人洋洋得意地继续说道，“既然我说的第一个情况是成立的，那就证明我的朋友还是可信的。埃利奥特先生在莱姆见到了你，非常喜欢你，后来在卡姆登街再遇到你，知道你是安妮·埃利奥特小姐时，简直高兴极了。打那以后，我并不怀疑，他去卡姆登街有个双重动机。不过他还有一个动机，一个更早的动机，我现在就来解释。你要是知道我说的情况有任何虚假或不确实的地方，就叫我不要讲下去。我要这么说，你姐姐的朋友，现在和你们住在一起的那位夫人，我听你提起过她，早在去年九月，当埃利奥特小姐和沃尔特爵士最初来到巴思时，她也陪着一起来了，此后便一直待在这里。她是个八面玲珑、献媚固宠的漂亮女人，人虽穷嘴却很巧，从她现在的境况和态度来看，沃尔特爵士的亲朋故旧得到一个总的印象，她打算做埃利奥特夫人，而使大家感到惊奇的是，埃利奥特小姐显然看不到这个危险。”

史密斯夫人说到这里停顿了片刻，可是见安妮无话可说，便又继续说道：

“早在你回家之前，了解你家情况的人就有这个看法。沃利斯上校虽说当时没去卡姆登街，但他很注意你父亲，察觉到了这个情况。他很关心埃利奥特先生，很留心地注视着那里发生的一切。就在圣诞节前夕，埃利奥特先生碰巧来到巴思，准备待上一两天，沃利斯上校便向他介绍了一些情况，于是人们便流传开了。你要明白，随着时间的推移，埃利奥特先生对准男爵的价值的认识发生了根本的变化。在门第和亲属关系这些问题上，他如今完全判若两人。长期以来，他有足够的钱供他挥霍，在贪婪和纵乐方面再没有别的奢望，便渐渐学会把自己的幸福寄托在他要继承的爵位上。我早就认为他在我们停止交往之前就产生了这种思想，现在这个思想已经根深蒂固了。他无法设想自己不是威廉爵士。因此你可以猜测，他从他朋友那里听到的消息不可能是很愉快的，你还可以猜测出现了什么结果：他决定尽快回到巴思，在那里住上一段时间，企图恢复过去的交往，恢复他在你家的地位，以便搞清楚他的危险程度，如果发现危险很大，他就设法挫败那个女人。这是两位朋友商定唯一要做的事情，沃利斯上校将想方设法加以协助。埃利奥特先生要介绍沃利斯上校，介绍沃利斯夫人，介绍每一个人。于是，埃利奥特先生回到了巴思。如你所知，他请求原谅，受到了谅解，并被重新接纳为家庭的成员。在这里，他有一个坚定不移的目标，一个唯一的目标（直到你来了之后，他才增添了另外一个动机），这就是监视沃尔特爵士和克莱夫人。他从不错过和他们在一起的机会，接连不断地登门拜访，硬是夹在他们中间。不过，关于这方面的情况，我不必细说。你可以想象一个诡计多端的人会使出什么伎俩。经我这么一开导，你也许能回想起你看见他做的一些事情。”

“不错，”安妮说，“你告诉我的情况，与我了解的或是可以想象的情况完全相符。一说起玩弄诡计的细节，总有点令人生厌。那些自私狡诈的小动作总是令人作呕。不过，我刚才听到的事情并不真正使我感到惊讶。我知道有些人听你这样说起埃利奥特先生，是会大吃一惊的，他们对此将很难相信，可我一直没有打消疑虑。我总想他的行为除了表面的动机之外，还应该有个别的什么动机。我倒想知道他对他所担心的那件事，现在有什么看法，他认为危险是不是在减少？”

“我看是在减少，”史密斯夫人答道，“他认为克莱夫人惧怕他，她知道他把她看穿了，不敢像他不在的时候那样胆大妄为。不过他迟早总得离开，只要克莱夫人保持着目前的影响，我看不出埃利奥特先生有什么可保险的。护士告诉我说，沃利斯夫人有个可笑的主意，当你嫁给埃利奥特先生的时候，要在结婚条款里写上这样一条：你父亲不能同克莱夫人结婚。大家都说，这种花招只有沃利斯夫人想得出来；我那聪明的鲁克护士便看出了它的荒唐，她说：‘哦，说真的，夫人，这并不能阻止他和别人结婚啊。’的确，说实话，我觉得鲁克护士从心里并不极力反对沃尔特爵士续娶。你知道，她应该说是赞成男娶女嫁的。况且，这还要牵涉到个人利益，谁敢说她不会想入非非，祈望通过沃利斯夫人的推荐，服侍下一位埃利奥特夫人呢？”

“我很高兴了解到这一切，”安妮略微沉思了一下，然后说道，“在某些方面，同他交往将使我感到更加痛苦，不过我会知道怎么办的。我的行为方式将更加直截了当。显然，他是个虚伪做作、老于世故的人，除了自私自利以外，从来没有过更好的指导原则。”

但是，埃利奥特先生的老底还没抖搂完。史密斯夫人说着说着便偏离了最初的方向，安妮因为担心自己家里的事情，忘记了原先对他的满腹怨恨。不过她的注意力现在集中到史密斯夫人那些最早的暗示上，听她详细叙说。史密斯夫人的叙说如果不能证明她的无比怨恨是完全正当的，却能证明埃利奥特先生待她十分无情，既冷酷又缺德。

安妮认识到，埃利奥特先生结婚以后他们的亲密关系并没受到损害，两人还像以前那样形影不离，在埃利奥特先生的怂恿下，他的朋友变得大手大脚，花起钱来大大超出了他的财力。史密斯夫人不想责怪自己，也不想轻易责怪自己的丈夫。不过安妮看得出来，他们的收入一向都满足不了他们的生活派头，总的来说，他们两人从一开始就挥霍无度。安妮从史密斯夫人的话里可以觉察，史密斯先生为人热情洋溢，温顺随和，大大咧咧，缺乏头脑。他比他的朋友和蔼得多，而且与他大不相同——尽让他牵着鼻子走，很可能还让他瞧不起。埃利奥特先生通过结婚发了大财，他可以尽情满足自己的欲望和虚荣心，而不使自己陷入麻烦，因为他尽管放荡不羁，却变得精明起来。就在他的朋友发现自己穷困潦倒的时候，他却越来越有钱，可他对朋友的经济情况似乎毫不关心，相反倒一味怂恿他拼命花钱，这只能引起他的倾家荡产。因此，史密斯夫妇便倾家荡产了。

那个做丈夫的死得真是时候，也省得全面了解这些情况了。在这之前，他们已经感到有些窘迫，曾考验过朋友们的友情，结果证明：

对埃利奥特先生还是不考验的好。但是，直到史密斯先生死后，人们才全面了解到他的家境败落到何等地步。史密斯先生出于感情上而不是理智上的原因，相信埃利奥特先生对他还比较敬重，便指定他作自己遗嘱的执行人。谁想埃利奥特先生不肯干，结果使史密斯夫人遇到了一大堆困难和烦恼，再加上她的处境必然会带来痛楚，因而叙说起来不可能不感到痛苦万端，听起来也不可能不感到义愤填膺。

史密斯夫人把埃利奥特先生当时的几封信拿给安妮看了，这都是对史密斯夫人几次紧急求救的回信，态度十分坚决，执意不肯去找那种徒劳无益的麻烦。信里还摆出一副冷漠而客气的姿态，对史密斯夫人可能因此遭到的不幸全是那么冷酷无情，漠不关心。这是忘恩负义、毫无人性的可怕写照。安妮有时感到，这比公开犯罪还要可恶。她有很多事情要听。过去那些悲惨景象的详情细节，一桩桩烦恼的细枝末节，这在以往的谈话中只不过委婉地暗示几句，这下子却滔滔不绝地全倾吐出来了。安妮完全可以理解这种莫大的宽慰，只是对她的朋友平时心里那么镇静，越发感到惊讶不已。

在史密斯夫人的苦情账上，有一个情况使她感到特别恼火。她有充分的理由相信，她丈夫在西印度群岛有份资产，多年来一直被扣押着，以便偿还本身的债务，若是采取妥当的措施，倒可以重新要回来。这笔资产虽然数额不大，但是相对来说可以使她富裕起来。可惜没有人去操办。埃利奥特先生不肯代劳，史密斯夫人自己又无能为力，一则身体虚弱不能亲自奔波，二则手头缺钱不能雇人代办。她甚至都没有亲戚帮她出出主意，也雇不起律师帮忙。实际上有了眉目的资产如今又令人痛心地复杂化了。她觉得自己的境况本应好一些，只要在节骨眼上使一把劲就能办到，而拖延下去则会使索回财产变得更加困难，真叫她忧心如焚！

正是在这一点上，史密斯夫人希望安妮能做做埃利奥特先生的工作。起先，她以为他们两人要结婚，十分担心因此而失掉自己的朋友。但她后来断定埃利奥特先生不会帮她的忙，因为他甚至不知道她在巴思。随即她又想到：埃利奥特先生所爱的女人只要施加点影响，还是能帮帮她的忙的。于是，她尽量装出尊重埃利奥特先生人格的样子，一心就想激起安妮的情意，不想安妮却反驳说，他们并没像她想象的那样订过婚，这样一来，事情的面目全改变了。她新近产生的希望，觉得自己最渴望的事情有可能获得成功，不料安妮的反驳又使她的希望破灭了。不过，她至少可以按照自己的方式来讲述整个事情，因而从中得到安慰。

安妮听了有关埃利奥特先生的全面描述之后，不禁对史密斯夫人在讲话开始时如此赞许埃利奥特先生感到有些惊奇。“你刚才似乎在夸奖他!”

“亲爱的，”史密斯夫人答道，“我没有别的办法呀。虽说他可能还没向你求婚，但我认为你必然要嫁给他，因此我不能告诉你真情，就犹如他真是你丈夫一样。当我谈论幸福的时候，我从心里为你感到痛惜。不过，他生性聪明，为人谦和，有了你这样一个女人，幸福不是绝对不可能的。他对他的头一个妻子很不仁慈。他们在一起是可悲的。不过她也太无知，太轻浮，不配受到敬重，况且他从来没有爱过她。我但愿，你一定比她幸运。”

安妮心里倒勉强能够承认，她本来是有可能被人劝说嫁给埃利奥特先生的，而一想到由此必定会引起的痛苦，她又为之不寒而栗。她完全可能被拉塞尔夫人说服！假定出现这种情况的话，等时光过了很久，这一切才慢慢披露出来，那岂不是极其可悲吗?

最好不要让拉塞尔夫人再上当了。两人这次重要的谈话持续了大半个上午，最后得出的结论之一，就是与史密斯夫人有关系、而又与埃利奥特先生有牵连的每一件事情，安妮尽可告诉她的朋友。

第十章

安妮回到家里，仔细思忖着她所听到的这一切。她对埃利奥特先生的了解有一点使她心里感到宽慰。她对他再也没有什么温情可言了。他与温特沃思舰长恰好相反，总是那样咄咄逼人，令人讨厌。昨天晚上，他居心不良地大献殷勤，可能已经造成了无可挽回的损失，安妮一想起来便感慨万端，但是头脑还比较清醒。她已经不再怜悯他了。不过，这是她唯一感到宽慰的地方。至于其他方面，她环顾一下四周，或是展望一下未来，发现还有更多的情况值得怀疑和忧虑。她担心拉塞尔夫人会感到失望与悲痛，担心她父亲和姐姐一定会满面羞惭，她还伤心地预见到许多不幸的事情，但是一个也不知道如何防范。她庆幸自己认清了埃利奥特先生。她从未想到自己会因为没有冷眼看待史密斯夫人这样一位老朋友而得到报答，可是现在她确实因此而得到了报答！史密斯夫人居然能够告诉她别人不能提供的消息。这些消息可不可以告诉她全家人呢？这是毫无意义的。她必须找拉塞尔夫人谈谈，把这些情况告诉她，问问她的意见，尽到最大努力以后，就尽可能安下心来，静观事态的发展。然而，使她最不能平静的是，她有一桩心事不能向拉塞尔夫人吐露，只得一个人为此焦虑不堪。

她回到家里，发现正像她打算的那样，她避开了埃利奥特先生。他上午已经来过了，待了很长时间。但是她刚刚有些自我庆幸，觉得放心了，就又听说他晚上还要来。

“我丝毫不想让他晚上来，”伊丽莎白装出一副漫不经心的神气说道，“可他却做了那么多暗示，至少克莱夫人是这么说的。”

“的确，我是这么说的。我生平从没见过任何人像他那样起劲地讨人邀请。好可怜的人！我真替他伤心。安妮小姐，看来，你那狠心的姐姐还真是个铁石心肠。”

“哦！”伊丽莎白嚷道，“我对这一套已经习以为常了，不会一听到一个男人暗示几句，就搞得不知所措。不过，当我发现他今天上午因为没有见到我父亲而感到万分遗憾时，我马上让步了，因为我的确从不错过机会把他和沃尔特爵士撮合到一起。他们在一起显得多么融洽！举止多么讨人喜欢！埃利奥特先生是多么毕恭毕敬！”

“太令人高兴啦！”克莱夫人说道，可是她不敢把眼睛转向安妮，“完全像父子一样！亲爱的埃利奥特小姐，难道不可以说是父子吗？”

“哦！别人怎么说我概不反对。你愿这么想就这么想吧！不过，说老实话，我看不出他比别人更殷勤。”

“亲爱的埃利奥特小姐！”克莱夫人喊了一声，同时举起两手，抬起双眼。接着她又采取最简便的办法，用沉默抑制住了她全部的余惊。

“好啦，亲爱的佩内洛普，你不必为他如此惊恐。你知道我的确邀请他了。我满脸笑容地把他送走了。当我发现他明天全天真的要去桑贝里庄园的朋友那儿，我就很可怜他。”

安妮很赞叹这位朋友的精彩表演。她明知埃利奥特先生的出现势必要妨碍她的主要意图，却能显得十分高兴地期望他真的到来。克莱夫人不可能不讨厌见到埃利奥特先生，然而她却能装出一副极其殷切、极其娴静的神情，仿佛很愿意把自己平时花在沃尔特爵士身上的时间减掉一半似的。

对于安妮本人来说，看着埃利奥特先生走进屋里，那是极为苦恼的，而看着他走过来同她说话，又将是十分痛苦的。她以前就经常感到，他不可能总是那么诚心诚意的，可是现在她发现他处处都不真诚。他对她父亲的毕恭毕敬同他过去的言论对照起来，实在令人作呕。一想起他对待史密斯夫人的恶劣行径，再看看他眼下那副满脸堆笑、温情脉脉的神态，听听他那矫揉造作、多情善感的语调，简直叫她无法忍受。安妮心想态度不要变得太突然，以免引起他的抱怨。她的主要目标是避开一切盘问和炫耀。不过她要毫不含糊地对他有所冷淡，以便同他们之间的关系协调起来。本来，她在埃利奥特先生的诱导下，渐渐对他产生了几分多余的亲密，现在要尽量无声无息地冷下来。因此，她比前天晚上来得更加谨慎，更加冷淡。

埃利奥特先生想再次激起她的好奇心，问问他以前是如何以及从哪儿听人赞扬她的，而且很想洋洋得意地听她一再恳求。谁想他的魔法失灵了，他发现他的堂妹过于自谦，要想激起她的虚荣心，还得靠那气氛热烈的公众场合。他至少发现，眼下别人老是缠住他不放，任凭他贸然对安妮作出任何表示，也将无济于事。他万万没有料到，他这样干对他恰恰是不利的，它使安妮当即想起了他那些最不可饶恕的行径。

安妮颇为高兴地发现，埃利奥特先生第二天早晨确实要离开巴思，一大早就动身，而且要走掉两天的大部分时间。他回来的那天晚上还要应邀来卡姆登街，可是从星期四到星期六晚上，他却是肯定来不了啦。对安妮来说，眼前老是有个克莱夫人已经够讨厌的了，再加上个更虚伪的伪君子，似乎破坏了一切安宁与舒适。想想他们对她父亲和伊丽莎白的一再欺骗，想想他们以后还可能蒙受种种耻辱，真使她感到又羞又恼！克莱夫人的自私打算还不像埃利奥特先生的那样复杂，那样令人厌恶。她嫁给沃尔特爵士虽说弊端很多，但是为了不使埃利奥特先生处心积虑地加以阻拦，安妮宁愿立即同意这门婚事。

星期五早晨，安妮打算一大早就去找拉塞尔夫人，向她透露些必要的情况。她本想一吃好早饭就走，不料克莱夫人也要出去，为的是替她姐姐办点事，因此她决定先等一等，省得和她做伴。等她看见克莱夫人走远了，才说起上午要去里弗斯街。

"好吧，"伊丽莎白说，"我没有什么事，代问个好吧。哦！你最好把她非要借给我的那本讨厌的书给她带回去，就假装说我看完了。我的确不能总是用英国出版的新诗、新书来折磨自己。拉塞尔夫人尽拿些新出版物来惹我厌烦。这话你不必告诉她，不过我觉得她那天晚上打扮得很可怕。我本来以为她的穿着很风雅，可那次在音乐会上我真替她害臊。她的神态那么拘谨，那么做作！她坐得那么笔挺！当然，代我致以最亲切的问候。"

"也代我问好，"沃尔特爵士接着说道，"最亲切的问候。你还可以告诉她，我想不久去拜访她。捎个客气话，我只不过想去留个名片。女人到了她这个年纪很少打扮自己，因此早晨走访对她们来说总是不恰当的。她只要化好妆，就不会害怕让人看见。不过我上次去看她时，注意到她马上放下了窗帘。"

就在她父亲说话的时候，忽听有人敲门。会是谁呢？安妮一记起埃利奥特先生事先说定随时都可能来访，便会往他身上想，可眼下她知道他到七英里以外赴约去了。大家像通常那样捉摸不定地等了一阵之后，听到了客人像往常那样越走越近的声音，接着查尔斯·默斯格罗夫夫妇便被引进屋来。

他们的到来使得众人大为惊讶，不过安妮见到他们确实很高兴，而其他人也并不后悔自己竟能装出一副表示欢迎的神气。后来，当这两位至亲表明他们来此并不打算住到沃尔特爵士府上，沃尔特爵士和伊丽莎白顿时热忱剧增，客客气气地招待了起来。查尔斯夫妇陪同默斯格罗夫太太来巴思逗留几天，住在白哈特旅馆。这点情况他们很快便了解到了。后来，直到沃尔特爵士和伊丽莎白把玛丽领到另一间客厅，乐滋滋地听着她的溢美之词，安妮才从查尔斯那里得知他们来巴思的真实经过。玛丽刚才有意卖关子，笑眯眯地暗示说他们有特殊任务，查尔斯对此也作了解释。他还对他们一行有哪些人作了说明，因为他们几个人对此显然有所误解。

安妮这才发现，他们一行除了查尔斯夫妇以外，还有默斯格罗夫太太、亨丽埃塔和哈维尔舰长。查尔斯把整个情况介绍得一清二楚，安妮听了觉得这事搞得极为奇特。事情最先是由哈维尔舰长挑起来的，他想来巴思办点事。他早在一个星期以前就嚷嚷开了，查尔斯因为狩猎期结束了，为了有点事干，提出来要同哈维尔舰长一道来，哈维尔夫人似乎非常喜欢这个主意，觉得对她丈夫很有好处。怎奈玛丽不肯一个人留在家里，显得好不高兴，一两天来，仿佛一切都悬而不决，或者不了了之。幸而查尔斯的父母亲对此也发生了兴趣。他母亲在巴思有几位老朋友，她想去看看。大家认为这对亨丽埃塔来说倒是个好机会，可以给自己和妹妹置办结婚礼服。总之，最后形成了默斯格罗夫太太一行，而且处处为哈维尔舰长带来了方便和舒适条件。为了便利大伙，查尔斯和玛丽也给吸收了进来。他们头一天深夜到达。哈维尔夫人、她的孩子以及本威克舰长，同默斯格罗夫先生和路易莎一起留在厄泼克劳斯。

安妮唯一感到惊奇的是，事情发展得如此迅速，居然谈起了亨丽埃塔的结婚礼服。她原来设想他们会有很大的经济困难，一时还结不了婚。谁想查尔斯告诉她，最近（玛丽上次给她写信以后），有一位朋友向查尔斯·海特提议，要他为一个青年代行牧师职务，那个青年在几年内不会接任。凭着目前的这笔收入，直到该协定期满以前，他几乎肯定可以获得长期的生活保障，因此男女两家顺从了青年人的心愿，他们的婚礼可能和路易莎的来得一样快，再过几个月就要举行。“这真是个美差，”查尔斯补充说，“离厄泼克劳斯只不过二十五英里，在一个十分美丽的乡村——多塞特郡一个很美的地方。就在王国一些上等狩猎保护区的中央，周围有三个大业主，他们一个更比一个小心戒备。查尔斯·海特至少可以得到两个大业主的特别垂爱。这倒不是说他会对此很珍惜，他本该珍惜的，”查尔斯接着说，“查尔斯太不好动了，这是他的最大弱点。”

“我真高兴极了，”安妮喊道，“能有这种事，真叫我格外高兴。这姐妹俩应该同样幸运，她们一向情同手足，一个人前程灿烂不能让另一个人黯然失色——她们应该同样有钱，同样享福。我希望你父母亲对这两门亲事都很中意。”

“哦！是的。假使两个女婿钱再多一些，我父亲倒可能很高兴。不过他没有别的好挑剔的。钱，你知道，他要拿出钱来——一下子嫁出两个女儿——这不可能是一件非常轻快的事情，会使他在许多事情上陷入窘境。然而我并不是说做女儿的没有权利要钱。她们理所当然应该得到嫁妆。我敢说，他对我一直是个十分慈爱、十分慷慨的父亲。玛丽不太喜欢亨丽埃塔的对象。你知道，她向来如此。但是她小看了查尔斯·海特，小看了温思罗普。我想让她知道他有多少财产，可是做不到。就目前情况来看，这是一门十分匹配的亲事。我一向都很喜欢查尔斯·海特，现在绝不会绝情。”

“像默斯格罗夫夫妇这样慈爱的父母，”安妮大声嚷道，“看着自己的女儿出嫁准会很高兴。我想他们做的每一件事都是为了让孩子们幸福。青年人有这样的父母，真是万幸！看样子，你父母亲全然没有非分之想，不会害得一家老小犯那么大的错误，吃那么多的苦头！但愿路易莎完全康复了吧？”

查尔斯吞吞吐吐地答道：“是的，我想她是好了——她好是好多了，不过人却变了。不跑不蹦，没有笑声，也不跳舞，和以前大不一样。哪怕谁关门关重了一点，她也要吓一跳，像水里的小鹏鹏似的蠕动身子。本威克挨着坐在她旁边，整天给她念诗，或是窃窃私语。”

安妮忍不住笑了。“我知道，这不会合你的意，”她说，“不过，我相信他是个极好的青年人。”

“他当然好，对此谁也不怀疑。我希望你不要以为我那样狭隘，以至于想让每个人都怀有我那样的爱好和乐趣。我十分器重本威克。谁要是能打开他的话匣子，他就会说个滔滔不绝。读书对他并无害处，因为他既读书又打仗。他是个勇敢的小伙子。这个星期一，我对他比以往有了更多的了解。我们在我父亲的大谷仓里逮老鼠，大闹了一个上午。他干得很出色，从此我就更喜欢他了。”

说到这里，他们的谈话中断了，因为查尔斯不得不跟着众人去观赏镜子和瓷器。不过安妮听到的事情够多的了，足以了解厄泼克劳斯目前的状况，并对那里的喜庆局面感到高兴。虽说她一边高兴一边叹息，但是她的叹息丝毫没有嫉妒的意思。如果可能的话，她当然愿意获得他们那样的幸福，但是她不想损害他们的幸福。

这次访问高高兴兴地过去了。玛丽喜气洋洋的，出来换换环境，遇到如此快乐的气氛，不禁感到十分称心。她一路上乘着她婆婆的驷马马车，到了巴思又能不依赖卡姆登街而完全自立，对此她也感到十分得意。因此，她完全有心思欣赏一切理应欣赏的东西，等娘家人向她详细介绍这房子的优越性时，她也能欣然地应承几句。她对父亲或姐姐没有什么要求，能坐在他们那漂亮的客厅里，她就觉得够神气的了。

伊丽莎白一时之间感到很苦恼。她觉得，她应该请默斯格罗夫太太一帮人来家里吃饭，但是家里换了派头，减少了用人，一请他们吃饭准会露馅，而让那些地位总比凯林奇的埃利奥特家低下的人们来看热闹，真叫她无法忍受。这是礼仪与虚荣心之间的斗争，好在虚荣心占了上风，于是伊丽莎白又高兴了。她心里是这样想的：“那是些陈腐观念——乡下人的好客——我们可不请人吃饭——巴思很少有人这样做。阿利西亚夫人从不请客，甚至连自己妹妹家的人都不请，尽管他们在这里住了一个月。我想那会给默斯格罗夫太太带来不便——使她感到极不自在。我敢肯定，她倒宁愿不来——她和我们在一起不自在。我想请他们大伙来玩一个晚上，这样会强得多——既新奇，又有趣。他们以前从没见过这样漂亮的两间客厅。他们明天晚上会乐意来的。这将是一次名副其实的晚会——规模虽小，但却十分讲究。”这个想法使伊丽莎白感到很满意。当她向在场的两人提出邀请，并且答应向不在场的人发去邀请时，玛丽感到同样心满意足。伊丽莎白特别要求她见见埃利奥特先生，结识一下达尔林普尔夫人和卡特雷特小姐，真是幸运，他们几个都说定要来。有他们赏脸，玛丽将感到不胜荣幸。当天上午，埃利奥特小姐要去拜访默斯格罗夫太太。安妮跟着查尔斯和玛丽一起走了出去，这就去看看默斯格罗夫太太和亨丽埃塔。

她要陪伴拉塞尔夫人的计划眼下只得让路了。他们三人到里弗斯街待了几分钟，安妮心想，原来打算要告诉拉塞尔夫人的情况，推迟一天再说也没关系，于是便匆匆忙忙地赶到白哈特旅馆，去看望去年秋天与她一起相处的朋友。由于多次接触的缘故，她对他们怀有深切的情意。

他们在屋里见到了默斯格罗夫太太和她的女儿，而且就她们两个人。安妮受到了两人极其亲切的欢迎。亨丽埃塔因为最近有了喜事，心里也爽快起来，见到以前喜欢过的人，总是充满了体贴与关心。而默斯格罗夫太太则因为安妮在危急时刻帮过忙，对她也一片真心，十分疼爱。安妮实在命苦，在家里尝不到这种乐趣，如今受到这样真心诚意、热情好客的接待，不禁越发感到高兴。她们恳求她尽量多去她们那儿，邀请她天天去，而且要她整天与她们待在一起，或者更确切地说，她被看作她们家庭的一员。而作为报答，安妮当然也像往常那样关心她们，帮助她们。查尔斯走后，她就倾听默斯格罗夫太太叙说起路易莎的经历，倾听亨丽埃塔介绍她自己的情况。安妮还谈了她对市场行情的看法，推荐她们到哪些商店买东西。在这期间，玛丽还不时需要她帮这帮那，从给她换缎带，到给她算账，从给她找钥匙、整理细小装饰品，到设法让她相信谁也没有亏待她。玛丽尽管平常总是乐呵呵的，眼下立在窗口，俯瞰着矿泉厅[①]门口，不禁又想象自己受人亏待了。

那是一个十分忙乱的早晨。旅馆里住进一大群人，必然会出现那种瞬息多变、乱乱哄哄的场面。前五分钟收到一封短简，后五分钟接到一件包裹。安妮来了还不到半个小时，似乎大半个餐厅都挤满了人，虽说那是个宽宽敞敞的大餐厅。一伙忠实可靠的老朋友坐在默斯格罗夫太太四周。查尔斯回来了，带来了哈维尔和温特沃思两位舰长。温特沃思舰长的出现只不过使安妮惊讶了片刻，她不可能不感觉到，他们的共同朋友的到来必定会使他俩很快重新相见。他们的最后一次见面至关重要，打开了他感情上的闸门，安妮像吃了定心丸似的，心里感到十分高兴。但是看看他的表情，她又有些担心，上次他以为安妮另有他人，匆匆离开了音乐厅，只怕他心里还被这种不幸的念头所左右。看样子，他并不想走上前来同她搭话。

安妮尽量保持镇定，一切听其自然。她力图多往合乎情理的观点上着想："当然，我们双方要是忠贞不渝的话，那么我们的心不久就会相通。我们不是小孩子，不会互相吹毛求疵，动不动就发火，不会让一时的疏失迷住眼睛，拿自己的幸福当儿戏。"可是隔了几分钟之后，她又觉得在目前的情况下，他们待在一起似乎只能引起极为有害的疏失与误解。

"安妮，"玛丽仍然立在窗口，大声叫道，"克莱夫人站在柱廊下

---

① 巴思历史悠久的餐馆，1789 年开建，1799 年建成，除了全天销售天然矿泉水之外，还在上午供应咖啡、中午供应午餐、下午供应茶点。有人将之音译为"帮浦室"。

面，千真万确，还有个男的陪着她。我看见他们刚从巴思街拐过来。他们好像谈得很热火。那是谁呢？快告诉我。天哪！我想起来了，是埃利奥特先生。”

“不，”安妮连忙喊道，“我敢担保，不可能是埃利奥特先生。他今天上午九点离开巴思，明天才能回来。”

她说话的当儿，觉得温特沃思舰长在瞅着她，为此她感到又恼又窘，后悔自己不该说那么多，尽管话很简单。

玛丽最愤恨别人以为她不了解自己的堂兄，便十分激动地谈起了本家的相貌特征，越发一口咬定就是埃利奥特先生，还再次招呼安妮过去亲自瞧瞧，不想安妮动也不动，极力装作漠不关心的样子。不过她觉得出来，有两三个女客相互笑了笑，会心地递着眼色，仿佛自以为深知其中的奥秘似的，害得安妮又忐忑不安起来。显然，关于她的风言风语已经传开了。接下来是一阵沉静，似乎要确保这风言风语进一步扩散出去。

“快来呀，安妮，”玛丽喊道，“你来亲自看看。不快点来可就赶不上啦。他们要分别了，正在握手。他转身了。我真不认得埃利奥特先生！你好像把莱姆的事情忘得精光。”

安妮为了让玛丽平息下来，或许也是为了掩饰自己的窘态，便悄悄走到窗口。她来得真及时，恰好看清那人果然是埃利奥特先生，这在刚才她还一直不肯相信呢。只见埃利奥特先生朝一边走不见了，克莱夫人朝另一边急速走掉了。这两个人有着截然不同的利害关系，居然摆出一副友好商谈的样子，安妮岂能不为之惊讶。不过，她抑制住自己的惊讶，坦然地说道：“是的，确实是埃利奥特先生。我想他改变了出发时间，如此而已——或者，也许是我搞错了，我可能听得不仔细。”说罢她回到自己的椅子上，恢复了镇定，心想自己表现得还不错，不禁觉得有些欣慰。

客人们告辞了，查尔斯客客气气地把他们送走后，又朝他们做了个鬼脸，责怪他们不该来，然后说道：

“唔，妈妈，我给你做了件好事，你会喜欢的。我跑到戏院，为明天晚上订了个包厢。我这个儿子不错吧？我知道你爱看戏。我们大家都有位置。包厢里能坐九个人。我已经约好了温特沃思舰长。我想安妮不会反对和我们一起去的。我们大家都喜欢看戏。我干得不错吧，妈妈？”

默斯格罗夫太太和颜悦色地刚表示说：假如亨丽埃塔和其他人都喜欢看戏的话，她也百分之百地喜欢，不想话头被玛丽急忙打断了，只听她大声嚷道：

“天哪，查尔斯！你怎么能想出这种事来？为明天晚上订个包厢！难道你忘了我们约好明天晚上去卡姆登街？忘了伊丽莎白还特别要求我们见见达尔林普尔夫人和她女儿，以及埃利奥特先生——都是我们家的主要亲戚——特意让我们结识一下吗？你怎么能这么健忘？”

“得啦！得啦！”查尔斯回答说，“一个晚会算什么？根本不值得放在心上。我想，假使你父亲真想见见我们的话，他也许该请我们吃顿饭。你爱怎么办就怎么办，反正我要去看戏。”

“哦！查尔斯，你已经答应去参加晚会了，要是再去看戏，我要说，那就太可恶了！”

“不，我没有答应。我只是假意笑了笑，鞠了个躬，说了声‘很高兴’。我没有答应。”

“可是你一定得去，查尔斯。你不去将是无法饶恕的。人家特意要为我们作介绍。达尔林普尔一家人和我们之间一向有着密切的联系。双方无论有什么事，都是马上加以通报。你知道，我们是至亲。还有埃利奥特先生，你应该特别同他结交！你应该十分关心埃利奥特先生。你想想看，他是我父亲的继承人——埃利奥特家族未来的

代表。”

“不要跟我谈论什么继承人、代表的，”查尔斯喊道，“我可不是那种人，放着当政的权贵不予理睬，却去巴结那新兴的权贵。我要是看在你父亲的面上都不想去，却又为了他的继承人而去，那岂不是很荒唐。对我来说，埃利奥特先生算老几?”

安妮一听这冒失的话，觉得说得痛快，只见温特沃思舰长正在全神贯注地望着，听着，听到最后一句话，他不由得将好奇的目光从查尔斯身上移到安妮身上。

查尔斯和玛丽仍然以这种方式继续争论着：做丈夫的半认真半开玩笑，坚持要去看戏；做妻子的始终很认真，坚决反对去看戏，并且没有忘记说明：她自己尽管非去卡姆登街不可，但是他们如果撇开她去看戏，那她就会感到自己受到了亏待。默斯格罗夫太太插嘴说：

“看戏还是往后推推吧。查尔斯，你最好回去把包厢换成星期二的。把大伙拆散可就遗憾啦。何况，安妮小姐看她父亲那儿有晚会，也不会跟我们去的。我可以断定，假使安妮小姐不和我们一起去，亨丽埃塔和我压根儿就不想去看戏。”

安妮真诚感激她的这番好意。她还十分感激这给她提供了一个机会，可以明言直语地说道：

“太太，假如仅仅依着我的意愿，那么家里的晚会若不是因为玛丽的缘故，绝不会成为一丝一毫的妨碍。我并不喜欢那类晚会，很愿意改成去看戏，而且和你们一道去。不过，也许最好不要这么干。”

她把话说出去了，可她却一边说一边在颤抖，因为她意识到有人在听，她甚至不敢观察她的话产生了什么效果。

大家当即一致同意：星期二再去看戏。只是查尔斯仍然保持着继续戏弄他妻子的权利，一味坚持说：明天就是别人不去，他也要去看戏。

温特沃思舰长离开座位，朝壁炉跟前走去，很可能是想在那里待一下再走开，不露声色地坐到安妮旁边。

“你在巴思时间不长，”他说，“还不能欣赏这儿的晚会。”

“哦！不。从通常的特点来说，晚会并不适合我的胃口。我不打牌。”

“我知道你以前不打。那时候你不喜欢打牌。可是时间可以使人发生很多变化。”

“我可没有变多少。”安妮嚷了一声，又停住了，唯恐不知要造成什么误解。停了一会儿，温特沃思舰长像是发自肺腑地说道：“真是恍若隔世啊！八年半过去啦！”

他是否会进一步说下去，那只有让安妮静下来的时候再去思索了，因为就在她听着他的话音的当儿，亨丽埃塔却扯起了别的话题，使她吃了一惊。原来，亨丽埃塔一心想趁着眼下的空闲工夫赶紧溜出去，便招呼她的伙伴不要耽误时间，免得有人再进来。

大家迫不得已，只能准备走。安妮说她很愿意走，而且极力装出愿意走的样子。不过她觉得，假若亨丽埃塔知道她在离开那张椅子、准备走出屋子的时候，心里有多么遗憾，多么勉强，她就会凭着她对自己表兄的情感，凭着表兄对她自己牢靠的情意，而对她安妮加以同情。

大伙正准备着，猛地听到一阵令人惊恐的声音，一个个都连忙停了下来。又有客人来了，门一打开，进来的是沃尔特爵士和埃利奥特小姐，众人一见，心里不觉凉了半截。安妮当即产生了一种压抑感，她的目光无论往哪里看，都见到这种压抑感的迹象。屋里的那种舒适、自由、快乐的气氛消失了，代之而来的是冷漠与镇静，面对着她那冷酷而高傲的父亲和姐姐，一个个或者硬是闭口不语，或者趣味索然地敷衍几句。出现这种情况，真叫人感到羞耻！

她那警觉的目光对有一个情况比较满意。她的父亲和姐姐又向温特沃思舰长打了个招呼，特别是伊丽莎白，表现得比以前更有礼貌。她甚至还同他说了一次话，不止一次地朝他望去。其实，伊丽莎白正在酝酿一项重大措施。这从结果可以看得出来。她先是恰如其分地寒暄了几句，费了几分钟，接着便提出了邀请，要求默斯格罗夫府上所有在巴思的人全都光临。“就在明天晚上，跟几位朋友聚一聚，不是正式晚会。”伊丽莎白把这话说得十分得体，她还带来了请帖，上面写着“埃利奥特小姐恭请”，她恭恭敬敬、笑容可掬地把请帖放在桌子上，恭请诸位赏光。她还笑吟吟地特意送给温特沃思舰长一份请帖。老实说，伊丽莎白在巴思待久了，像温特沃思舰长这种气派、这种仪表的人，她很懂得他的重要性。过去算不了什么。现在的问题是，温特沃思舰长可以体面地在她的客厅里走来走去。请帖直接交给了他，然后沃尔特爵士和伊丽莎白便起身告辞了。

这段打扰虽说令人不快，但时间却不长，他俩一走出门，屋里的绝大多数人又变得轻松愉快起来，唯独安妮例外。她一心想着刚才惊讶地目睹伊丽莎白下请帖的情景，想着温特沃思舰长接请帖的样子，意思让人捉摸不定，与其说是欣喜，不如说是惊奇，与其说是接受邀请，不如说是客气地表示收到请帖。安妮了解他，从他眼里见到鄙夷不屑的神情，着实不敢相信他会决意接受这样一项邀请，并把它看作是过去对他傲慢无礼的补偿。安妮的情绪不觉低沉下来。等她父亲和姐姐走后，温特沃思舰长把请帖捏在手里，好像是在寻思什么。

“请你只要想一想，伊丽莎白把每个人都请到了！”玛丽低声说道，不过大伙都听得见，“我毫不怀疑温特沃思舰长感到很高兴！你瞧，他拿着请帖都不肯撒手了。”

安妮发现温特沃思舰长正在注视自己，只见他满脸通红，嘴角浮现出一丝轻蔑的表情，瞬息间便消逝了。安妮走开了，既不想多看，也不想多听，省得引起她的苦恼。

众人分开了。男人们去玩自己的，太太小姐去忙自己的事情，安妮在场时，他们没有再合在一起。大家诚恳地要求安妮回头来吃晚饭，今天就陪着众人玩到底。可是安妮劳了这么长时间的神，现在觉得有点精神不济了，只有回家为妥，那样她可以爱怎么清静就怎么清静。

她答应明天陪他们玩一个上午，然后便结束了目前的劳顿，吃力地朝卡姆登街走去。晚上的时间主要听听伊丽莎白和克莱夫人讲讲她们如何为明日的晚会忙碌准备，听听她们一再列数邀请了哪些客人，一项项布置越说越详细，边说边改进，简直要使这次晚会办成巴思最最体面的一次。与此同时，安妮一直在暗暗询问自己：温特沃思舰长会不会来？他们都认为他肯定会来，可是她却感到焦虑不安，要想连续平静五分钟都做不到。她大体上认为他会来，因为她大体上认为他应当来，然而这件事又不能从义务和审慎的角度认为他一定能来，那样势必无视对立的感情因素。

安妮从这激动不安的沉思中醒悟过来，只对克莱夫人说：就在埃利奥特先生原定离开巴思三个钟头之后，有人看见克莱夫人和他待在一起。本来，安妮一直等着克莱夫人自己说出这件事，可是白搭，于是她就决定亲自提出来。她似乎发现，克莱夫人听了之后，脸上闪现出愧疚的神色，瞬息间便消逝了。但是安妮心想，她从克莱夫人的神情里可以看出，或是由于暗中共谋，或是慑于埃利奥特先生的专横跋扈，她只得乖乖地听他说教，不准她在沃尔特爵士身上打主意，而且也许一谈就是半个小时。不过，克莱夫人用伪装得颇为自然的语气大声说道：

“哦，天哪！一点不错。你只要想一想，埃利奥特小姐，完全出乎我的意料，我在巴思街遇见了埃利奥特先生。我从来没有这么惊奇过。他掉过头来，陪我走到矿泉厅。他遇到了什么事情，没有按时出发去桑贝里，可我确实忘了是什么事情——我当时匆匆忙忙的，不可能很专心。我只能担保他绝不肯推迟回来。他想知道，他明天最早什么时候可以登门做客。他满脑子的‘明天’。显然，自从我进到屋里，得知你们要多请些客人来，得知有这样那样的情况，我也是满脑子想着明天，要不然，我无论如何也忘不掉看见了他。”

第十一章

安妮同史密斯夫人的谈话才过去一天，可她又遇到了使她更感兴趣的事情，现在对于埃利奥特先生的行为，除了有个方面造成的后果还使她感到关切之外，别的方面她已经不大感兴趣了，因此到了第二天早晨，理所当然地要再次推迟到里弗斯街说明真情。她先前答应过，早饭后陪默斯格罗夫太太一行玩到吃晚饭。她信守自己的诺言，于是，埃利奥特先生的声誉可以像山鲁佐德王后的脑袋一样[①]，再保全一天。

可是她未能准时赴约。天不作美，下起雨来，她先为她的朋友担忧，也很为她自己担忧，然后才开始往外走。当她来到白哈特旅馆，走进她要找的房间时，发现自己既不及时，也不是头一个到达。她面前就有好几个人，默斯格罗夫太太在同克罗夫特夫人说话，哈维尔舰长在同温特沃思舰长交谈。她当即听说，玛丽和亨丽埃塔等得不耐烦，天一晴就出去了，不过很快就会回来。她们还一再叮嘱默斯格罗夫太太，一定要叫安妮等她们回来。安妮只好遵命，坐下来，表面上装作很镇静，心里却顿时觉得激动不安起来。本来，她只是料想在上

---

① 山鲁佐德王后，系《一千零一夜》中给山鲁亚尔国王讲故事的王后。

午结束之前，才能尝到一些激动不安的滋味，现在却好，没有拖延，没有耽搁，她当即便陷入了如此痛苦的幸福之中，或是如此幸福的痛苦之中。她走进屋子两分钟，只听温特沃思舰长说道：

“哈维尔，我们刚才说到写信的事，你要是给我纸笔，我们现在就写吧。”

纸笔就在跟前，放在另外一张桌子上。温特沃思舰长走过去，几乎是背朝着大家坐下，全神贯注地写了起来。

默斯格罗夫太太在向克罗夫特夫人介绍她大女儿的订婚经过，用的还是那种烦人的语气，一面假装窃窃私语，一面又让众人听得一清二楚。安妮觉得自己与这谈话没有关系，可是，由于哈维尔舰长似乎思虑重重，无心说话，因此安妮不可避免地要听到许多令人讨厌的细节，比如，默斯格罗夫先生和她妹夫海特如何一再接触，反复商量啊，她妹夫海特某日说了什么话，默斯格罗夫先生隔日又提出了什么建议啊，他妹妹海特夫人有些什么想法啦，年轻人有些什么意愿啦，默斯格罗夫太太起先说什么也不同意，后来听了别人的劝说，觉得倒挺合适啦，她就这样直言不讳地说了一大堆。这些细枝末节，即使说得十分文雅，十分得体，也只能使那些对此有切身利害关系的人感兴趣，何况善良的默斯格罗夫太太还不具备这种情趣和雅致。克罗夫特夫人听得津津有味，她不说话则已，一说起来总是很有见识。安妮希望，那些男客能个个自顾不暇，听不见默斯格罗夫太太说的话。

“就这样，夫人，把这些情况通盘考虑一下，”默斯格罗夫太太用她那高门大嗓的窃窃私语说道，“虽说我们可能不希望这样做，但是我们觉得再拖下去也不是个办法，因为查尔斯·海特都快急疯了，亨丽埃塔也同样心急火燎的，所以我们认为最好让他们马上成亲，尽量把婚事办得体面些，就像许多人在他们前面所做的那样。我说过，无论如何，这比长期订婚要好。”

“我也正想这样说，”克罗夫特夫人嚷道，“我宁肯让青年人凭着一小笔收入马上成亲，一起来同困难作斗争，也不愿让他们卷入长期的订婚。我总是认为，没有相互间——”

“哦！亲爱的克罗夫特夫人，”默斯格罗夫太太等不及让她把话说完，便大声嚷了起来，“我最厌烦让青年人长期订婚啦。我总是反对自己的孩子长期订婚。我过去常说，青年人订婚是件大好事，如果他们有把握能在六个月，甚至十二个月内结婚的话。可不要长期订婚！”

“是的，亲爱的太太，”克罗夫特夫人说道，“也不要没定准的订婚，可能拖得很长的订婚。开始的时候还不知道在某时某刻有没有能力结婚，我觉得这很不稳妥，很不明智，我认为所有做父母的应当极力加以阻止。”

安妮听到这里，不想来了兴趣。她觉得这话是针对她说的，浑身顿时紧张起来。与此同时，她的眼睛本能地朝远处的桌子那里望去，只见温特沃思舰长停住笔，仰起头，静静地听着。随即，他转过脸瞥了一眼——迅疾而会心地瞥安妮一眼。

两位夫人还在继续交谈，一再强调那些公认的真理，并且用自己观察到的事例加以印证，说明背道而驰要带来不良的后果。可惜安妮什么也没听清楚，她们的话只在她耳朵里嗡嗡作响，她的心里乱糟糟的。

哈维尔舰长的确是一句话也没听见，现在离开座位，走到窗口，安妮似乎是在注视他，虽说这完全是心不在焉造成的。她渐渐注意到，哈维尔舰长在请她到他那儿去。只见他笑嘻嘻地望着自己，脑袋略微一点，意思是说：“到我这儿来，我有话对你说。”他的态度真挚大方，和蔼可亲，好像早就是老朋友似的，因而显得更加盛情难却。安妮立起身来，朝他那儿走去。哈维尔舰长伫立的窗口位于屋子的一端，两位夫人坐在另一端，虽说距离温特沃思舰长的桌子近了些，但还不是很近。当安妮走至他跟前时，哈维尔舰长的面部又摆出一副认真思索的表情，看来这是他脸上的自然特征。

“你瞧，”他说，一面打开手里的一个小包，展示出一幅小型画像，“你知道这是谁吗？”

“当然知道，是本威克舰长。”

“是的。你猜得出来这是送给谁的。不过，”哈维尔带着深沉的语气说，“这原先可不是为她画的。埃利奥特小姐，你还记得我们一起在莱姆散步，心里为他忧伤的情景吗？我当时万万没有想到——不过那无关紧要。这像是在好望角画的。他早先答应送给我那可怜的妹妹一幅画像，在好望角遇到一位很有才华的德国年轻画家，就让他画了一幅，带回来送给我妹妹。我现在却负责让人把像装帧好，送给另一个人！这事偏偏委托给我！不过他还能委托谁呢？我希望我能谅解他。把画像转交给另一个人，我的确不感到遗憾。他要这么干的。”他朝温特沃思舰长望去，“他正在为此事写信呢。”最后，他嘴唇颤抖地补充说：“可怜的范妮！她可不会这么快就忘记他！”

“不会的，”安妮带着低微而感慨的声音答道，“这我不难相信。”

“她不是那种性格的人。她太喜爱他了。”

“但凡真心相爱的女人，谁都不是那种性格。”

哈维尔舰长莞尔一笑，似乎是说：“你为你们女人打这个包票？”安妮同样嫣然一笑，答道：“是的。我们对你们当然不像你们对我们忘得那么快。也许，这与其说是我们的优点，不如说是命该如此。我们实在没有办法。我们关在家里，生活平平淡淡，总是受到感情的折磨。你们男人不得不劳劳碌碌的。你们总有一项职业，总有这样那样的事务，马上就能回到世事当中，不停的忙碌与变更可以削弱人们的印象。”

“就算你说得对（可我不想假定你是对的），认为世事对男人有这么大的威力，见效这么快，可是这并不适用于本威克。他没有被迫劳劳碌碌的。当时天下太平了，他回到岸上，从此便一直同我们生活在一起，生活在我们家庭的小圈子里。”

“的确，”安妮说道，“的确如此。我没有想到这一点。不过，现在该怎么说呢，哈维尔舰长？如果变化不是来自外在因素，那一定是来自内因。一定是本性，男人的本性帮了本威克舰长的忙。”

“不，不，不是男人的本性。对自己喜爱或是曾经喜爱过的人朝三暮四，甚至忘情，我不承认这是男人的而不是女人的本性。我认为恰恰相反。我认为我们的身体和精神状态是完全一致的。因为我们的身体更强壮，我们的感情也更强烈，能经得起惊涛骇浪的考验。”

“你们的感情可能更强烈，”安妮答道，“但是本着这身心一致的精神，我可以这样说，我们的感情更加温柔。男人比女人强壮，但是寿命不比女人长，这就恰好说明了我们对他们的感情的看法。要不然的话，你们就会受不了啦。你们要同艰难、困苦和危险作斗争。你们总是在艰苦奋斗，遇到种种艰难险阻。你们离开了家庭、祖国和朋友。时光、健康和生命都不能说是你们自己的。假如再具备女人一样的情感，”她声音颤抖地说，“那就的确太苛刻了。”

“在这个问题上，我们的意见永远不会一致。”哈维尔舰长刚说了个话头，只听“啪”的一声轻响，把他们的注意力吸引到温特沃思舰长所在的地方，那里迄今为止一直是静悄悄的。其实，那只不过是他的笔掉到了地上，可是安妮惊奇地发现，他离她比原来想象的要近。她有点怀疑，他之所以把笔掉到地上，只是因为他在注意他们俩，想听清他们的话音，可安妮觉得，他根本听不清。

“你的信写好了没有？”哈维尔舰长问道。

“没全写好，还差几行。再有五分钟就完了。”

“我这儿倒不急。只要你准备好了，我也就准备好了。我处在理想锚地[1]，”他对安妮粲然一笑，“供给充足，百无一缺。根本不急于等信号。唔，埃利奥特小姐，”他压低声音说，“正如我刚才所说的，我想在这一点上，我们永远不会意见一致。大概没有哪个男人和哪个女人会取得一致。不过请听我说，所有的历史记载都与你的观点背道而驰——所有的故事、散文和韵文。假如我有本威克那样的记忆力，我马上就能引出五十个事例，来证实我的论点。我想，我生平每打开一本书，总要说到女人的朝三暮四。所有的歌词和谚语都谈到女人的反复无常。不过你也许会说，那都是男人写的。”

“也许我是要这么说。是的，是的，请你不要再引用书里的例子。男人比我们具有种种有利条件，可以讲述他们的故事。他们受过比我们高得多的教育，笔杆子握在他们手里。我不承认书本可以证明任何事情。”

“可我们如何来证明任何事情呢？”

“我们永远证明不了。在这样一个问题上，我们永远证明不了任何东西。这种意见分歧是无法证明的。我们大概从一开头就对自己同性别的人有点偏心。基于这种偏心，便用发生在我们周围的一起起事件，来为自己同性别的人辩护。这些事件有许多（也许正是那些给我们的印象最深刻），一旦提出来，就势必要吐露一些隐衷，或者在某些方面说些不该说的话。”

“啊！”哈维尔舰长以深有感触的语调大声叫道，“当一个人最后看一眼自己的老婆孩子，眼巴巴地望着把他们送走的小船，直到看不见为止，然后转过身来，说了声：‘天晓得我们还会不会再见面！’我真希望能使你理解，此时此刻他有多么痛苦啊！同时，我真希望让你知道，当他再次见到老婆孩子时，心里有多么激动啊！当他也许离别

① 海军诙谐语，说明哈维尔舰长对自己当时的处境十分满意。

了一年之后，终于回来了，奉命驶入另一港口，他便盘算什么时候能把老婆孩子接到身边，假装欺骗自己说：‘他们要到某某日才能到达。’可他一直在希望他们能早到十二个小时，而最后看见他们还早到了好多个小时，犹如上帝给他们插上了翅膀似的，他心里有多么激动啊！我要是能向你说明这一切，说明一个人为了他生命中的那些宝贝疙瘩，能够承受多大的磨难，做出多大的努力，而且以此为荣，那该有多好！你知道，我说的只是那些有心肠的人！”说着，激动地按了按自己的心。

“哦！”安妮急忙嚷道，“我希望自己能充分理解你的情感，理解类似你们这种人的情感。我绝不能低估我的同胞热烈而忠贞的感情。假如我胆敢认为只有女人才懂得坚贞不渝的爱情，那么我就活该受人鄙视。不，我相信你们在婚后生活中，能够做出种种崇高而美好的事情。我相信你们能够做出一切重大努力，能够为家人百般克制，只要你们心里有个目标——如果我可以这样说的话。我是说，只要你们的恋人还活着，而且为你们活着。我认为我们女人的长处（这不是个令人羡慕的长处，你们不必为之垂涎），就在于她们对于自己的恋人，即便人不在世，或是失去希望，也能天长日久地爱下去！”

一时之间，她再也说不出一句话了，只觉得心里百感交集，气都快透不出来了。

“你真是个贤惠的女人，”哈维尔舰长叫道，一面十分亲热地把手搭在她的胳臂上，“没法同你争论。况且我一想起本威克，就无话可说了。”

这时，他们的注意力被吸引到众人那里。克罗夫特夫人正在告辞。

“弗雷德里克，我想我俩要分手啦，”她说，“我要回家，你和朋友还有事干。今晚我们大家要在你们的晚会上有幸再次相会，”她转向安妮，“我们昨天接到你姐姐的请帖，我听说弗雷德里克也接到了请帖，不过我没见到。弗雷德里克，你是不是像我们一样，今晚有空去呢？”

温特沃思舰长正在急急忙忙地叠信，不是顾不得，就是不愿意充分回答。

“是的，”他说，“的确如此。你先走吧，哈维尔和我随后就来。这就是说，哈维尔，你要是准备好了，我再有半分钟就完了。我知道你想走，我再过半分钟就陪你走。”

克罗夫特夫人告辞了。温特沃思舰长火速封好信，的的确确忙完了，甚至露出一副仓促不安的神气，表明他一心急着要走。安妮有些莫名其妙。哈维尔舰长十分亲切地向她说了声：“再见，愿上帝保佑你！”可温特沃思舰长却一声不响，连看都不看一眼，就这样走出屋去！

安妮刚刚走近他先前伏在上面写信的那张桌子，忽听有人回屋的脚步声。房门打开了，回来的正是温特沃思舰长。他说请原谅，他忘了拿手套，当即穿过屋子，来到写字台跟前，背对着默斯格罗夫太太，从一把散乱的信纸底下抽出一封信，放在安妮面前，用深情、恳切的目光凝视了她一下，然后匆匆拾起手套，又走出了屋子，搞得默斯格罗夫太太几乎不知道他回来过，可见动作之神速！

霎时间，安妮心里引起的变化简直无法形容。明摆着，这就是他刚才匆匆忙忙在折叠的那封信，收信人为“安·埃利奥特小姐”，字迹几乎辨认不清。人们原以为他仅仅在给本威克舰长写信，不想他还在给她安妮写信！安妮的整个命运全系在这封信的内容上了。什么情况都有可能出现，而她什么情况都可以顶得住，就是等不及要看个究竟。默斯格罗夫太太正坐在自己的桌前，忙着处理自己的一些琐事，因此不会注意安妮在干什么，于是她一屁股坐进温特沃思舰长坐过的

椅子，伏在他方才伏案写信的地方，两眼贪婪地读起信来：

我再也不能默默地倾听了。我必须用我力所能及的方式向你表明：你的话刺痛了我的心灵。我是半怀着痛苦，半怀着希望。请你不要对我说：我表白得太晚了，那种珍贵的感情已经一去不复返了。八年半以前，我的心几乎被你扯碎了，现在我怀着一颗更加忠于你的心，再次向你求婚。我不敢说男人比女人忘情快，绝情也快。我除了你之外没有爱过任何人。我可能不够公平，可能意志薄弱，满腹怨恨，但是我从未见异思迁过。只是为了你，我才来到了巴思。我的一切考虑、一切打算，都是为了你一个人。你难道看不出来吗？你难道不理解我的心意吗？假如我能摸透你的心思（就像我认为你摸透了我的心思那样），我连这十天也等不及的。我简直写不下去了。我时时刻刻都在听到一些使我倾倒的话。你压低了声音，可是你那语气别人听不出，我可辨得清。你真是太贤惠，太高尚了！你的确对我们做出了公正的评价。你相信男人当中也存在着真正的爱情与忠贞。请相信我最炽烈、最坚定不移的爱情。

弗·温

我对自己的命运捉摸不定，只好走开。不过我要尽快回到这里，或者跟着你们大家一起走。一句话，一个眼色，便能决定我今晚是到你父亲府上，还是永远不去。

读到这样一封信，心情是不会马上平静下来的。假若单独思忖半个钟头，倒可能使她平静下来。可是仅仅过了十分钟，她的思绪便被打断了，再加上她的处境受到种种约束，心里不可能得到平静。相反，每时每刻都在增加她的激动不安。这是无法压抑的幸福。她满怀激动的头一个阶段还没过去，查尔斯、玛丽和亨丽埃塔全都走了进来。

她不得不竭力克制，想使自己恢复常态。可是过了一会儿，她再也坚持不下去了。别人说的话她一个字也听不进去，迫不得已，只好推说身体不好，请求原谅。这时，大家看得出来她气色不好——不禁大吃一惊，深为关切——可是她不动，他们说什么也不能走。这可糟糕透了！这些人只要一走，让她一个人待在屋里，她倒可能恢复平静。可他们一个个立在她周围，等候着，真叫她心烦意乱。她无可奈何，便说了声要回家。

“好的，亲爱的，”默斯格罗夫太太叫道，“赶紧回家，好好休息一下，晚上好能参加晚会。要是萨拉在这儿就好了，可以给你看看病，可惜我不会看。查尔斯，拉铃要台轿子。安妮小姐不能走着回去。”

但是，她无论如何也不能坐轿子。那比什么都糟糕！她若是独个儿静悄悄地走在街上，她觉得几乎肯定能遇到温特沃思舰长，可以同他说几句话，她说什么也不能失去这个机会。安妮诚恳地说她不要乘轿子，默斯格罗夫太太脑子里只想到一种病痛，便带着几分忧虑地自我安慰说：这次可不是摔跤引起的，安妮最近从没摔倒过，头上没有受过伤，她百分之百地肯定她没摔过跤，因而能高高兴兴地与她分手，相信晚上准能见她有所好转。

安妮唯恐有所疏忽，便吃力地说道：

“太太，我担心这事没有完全理解清楚。请你告诉另外几位先生，我们希望今晚见到你们所有的人。我担心出现什么误会，希望你特别转告哈维尔舰长和温特沃思舰长，就说我们希望见到他们二位。”

“哦！亲爱的，我向你担保，这大家都明白。哈维尔舰长是一心一意要去的。”

“你果真这样认为？可我有些担心。他们要是不去，那就太遗憾了！请你答应我，你再见到他们的时候，务必说一声。你今天上午想必还会见到他们俩的。请答应我。”

“既然你有这个要求，我一定照办。查尔斯，你不管在哪儿见到哈维尔舰长，记住把安妮小姐的话转告他。不过，亲爱的，你的确不需要担心。我敢担保，哈维尔舰长肯定要光临的。我敢说，温特沃思舰长也是如此。”

安妮只好就此作罢。可她总是预见会有什么闪失，给她那万分幸福的心头泼上一瓢冷水。然而，这个念头不会持续多久。即使温特沃思舰长本人不来卡姆登街，她完全可以托哈维尔舰长捎个明确的口信。

霎时间，又出现了一件令人烦恼的事情。查尔斯出于真正的关心和善良的天性，想要把她送回家，怎么阻拦也阻拦不住。这简直是无情！可她又不能一味不知好歹。查尔斯本来要去一家猎枪店，可他为了陪安妮回家，宁可不去那里。于是安妮同他一起出发了，表面上装出一副十分感激的样子。

两人来到联盟街，只听到后面有急促的脚步声，这声音有些耳熟，安妮听了一阵以后，才见到是温特沃思舰长。他追上了他们俩，但仿佛又有些犹豫不决，不知道该陪着他们一起走，还是超到前面去。他一声不响——只是看着安妮。安妮能够控制自己，可以任他那样看着，而且并不反感。这时，这两人，一个原本苍白的面孔现在变得绯红，另一个的动作也由踌躇不决变得果断起来。温特沃思舰长在她旁边走着。过了一会儿，查尔斯突然兴起了一个念头，便说：

“温特沃思舰长，你走哪条路？是去盖伊街，还是再往前走？”

“我也不知道。”温特沃思舰长诧异地答道。

“你是不是要爬到贝尔蒙特那么高的地方？是不是要走近卡姆登

街？如果是这样的话，我将毫不犹豫地要求你代我把安妮小姐送回家。她今天上午太疲乏了，走这么远的路没有人伴送可不行。我得到市场街那个家伙的家里。他有一支顶呱呱的枪马上就要发货，答应给我看看。他说他要等到最后再打包，以便让我瞧瞧。我要是现在不往回走，就没有机会了。从他描绘的来看，很像我的那支二号双管枪，就是你有一天拿着在温思罗普附近打猎的那一支。”

这不可能遭到反对。在公众看来，只能见到温特沃思舰长极有分寸、极有礼貌地欣然接受了。他收敛起笑容，心里暗中却欣喜若狂。过了半分钟，查尔斯又回到了联盟街街口，另外两个人继续一道往前走。不久，他们经过商量，决定朝比较僻静的砾石路走去。在那里，他们可以尽情地交谈，使眼下成为名副其实的幸福时刻，当以后无比幸福地回忆他们自己的生活时，也好对这一时刻永志不忘。于是，他们再次谈起了他们当年的感情和诺言，这些感情和诺言一度曾使一切都显得万无一失，但是后来却使他们分离疏远了这么多年。谈着谈着，他们又回到了过去，对他们的重新团聚也许比最初设想的还要喜不自胜；他们了解了彼此的品格、忠心和情意，双方变得更加亲切，更加忠贞，更加坚定，同时也更能表现出来，更有理由表现出来。最后，他们款步向缓坡上爬去，全然不注意周围的人群，既看不见逍遥的政客、忙碌的女管家和调情的少女，也看不见保姆和儿童，一味沉醉在对往事的回顾和反省里，特别是相互说明最近发生了什么情况，这些情况是令人痛楚的，而又具有无穷无尽的乐趣。上星期的一切细小的异常现象全都谈过了，一说起昨天和今天，简直没完没了。

安妮没有看错他。对埃利奥特先生的妒忌成了他的绊脚石，引起了他的疑虑和痛苦。他在巴思第一次见到安妮时，这种妒忌心便开始作祟，后来收敛了一个短时期，接着又回来作怪，破坏了那场音乐会。在最后二十四小时中，这种妒忌心左右着他说的每句话，做的每件事，或者左右他不说什么，不做什么。这种妒忌逐渐让位给更高的希望，安妮的神情、言谈和举动偶尔激起这种希望。当安妮同哈维尔舰长说话时，他听到了她的意见和语气，妒忌心最后终于被克服了，于是他抑制不住内心的激动，抓起一张纸，倾吐了自己的衷肠。

他信中写的内容，句句是真情实话，丝毫不打折扣。他坚持说，除了安妮以外，他没有爱过任何人。安妮从来没有被别人取代过。他甚至认为，他从没见过有谁能比得上她。的确，他不得不承认这样的事实：他的忠诚是无意识的，而且是无心的。他本来打算忘掉她，而且相信自己做得到。他以为自己满不在乎，其实他只不过是恼怒而已。他不能公平地看待她的那些优点，因为他吃过它们的苦头。现在，她的性情在他的心目中被视为十全十美的，刚柔适度，可爱至极。不过他不得不承认：他只是在莱姆才开始公正地看待她，也只是在莱姆才开始了解他自己。

在莱姆，他受到了不止一种教训。埃利奥特先生在那一瞬间的倾慕之情至少激励了他，而他在码头上和哈维尔舰长家里见到的情景，则使他认清了安妮的卓越不凡。

先前，他出于嗔怒与傲慢，试图去追求路易莎·默斯格罗夫，他说他始终觉得那是不可能的，他不喜欢、也不可能喜欢路易莎。直到那天，直到后来得暇仔细思考，才认识到安妮那崇高的心灵是路易莎无法比拟的，这颗心无比牢固地攫住了他自己的心。从这里，他认清了坚持原则与固执己见的区别，胆大妄为与冷静果断的区别。从这里，他发现他失去的这位女子处处使他肃然起敬。他开始懊悔自己的傲慢、愚蠢和满腹怨恨，由于有这些思想在作怪，等安妮来到他面前时，他又不肯努力去重新赢得她。

自打那时起，他便感到了极度的愧疚。他刚从路易莎出事后头几天的惊恐和悔恨中解脱出来，刚刚觉得自己又恢复了活力，却又开始认识到，自己虽有活力，但却失去了自由。

“我发现，”他说，“哈维尔认为我已经订婚了！哈维尔和他妻子毫不怀疑我们彼此相爱。我感到大为震惊。在某种程度上，我可以立即表示异议，可是转念一想，别人可能也有同样的看法——她的家人，也许还有她自己——这时我就不能自己做主了。如果路易莎有这个愿望的话，我在道义上是属于她的。我太不审慎了，在这个问题上一向没有认真思考。我没有想到，我同她们的过分亲近竟会产生如此众多的不良后果。我没有权利试图看看能否爱上两姐妹中的一个，这样做即使不会造成别的恶果，也会引起流言蜚语。我犯了一个严重的错误，只得自食其果。”

总而言之，他发觉得太晚了，他已经陷进去了。就在他确信他压根儿不喜欢路易莎的时候，他却必须认定自己同她拴在了一起，假如她对他的感情确如哈维尔夫妇想象的那样。为此，他决定离开莱姆，到别处等候她痊愈。他很乐意采取任何正当的手段，来削弱人们对他现有的看法和揣测。因此他去找他哥哥，打算过一段时间再回到凯林奇，以便见机行事。

“我和爱德华在一起待了六个星期，”他说，“发现他很幸福。我不可能有别的欢乐了。我不配有任何欢乐。爱德华特地询问了你的情况，甚至还问到你人变样了没有，他根本没有想到：在我的心目中，你永远不会变样。”

安妮嫣然一笑，没有言语。他这话固然说得不对，但又非常悦耳，实在不好指责。一个女人活到二十八岁，还听人说自己丝毫没有失去早年的青春魅力，这倒是一种安慰。不过对于安妮来说，这番溢美之词却具有无法形容的更加重大的意义，因为同他先前的言词比较起来，她觉得这是他恢复深情厚谊的结果，而不是起因。

他一直待在希罗普郡，悔恨自己不该盲目骄傲，不该失算，后来惊喜地听到路易莎和本威克订婚的消息，他立刻从路易莎的约束下解脱出来。

“这样一来，”他说，“我最可悲的状况结束了，因为我至少可以有机会获得幸福。我可以努力，可以想办法。可是，如果一筹莫展地等了那么长时间，而等来的只是一场不幸，这真叫人感到可怕。我听到消息不到五分钟，就这样说：‘我星期三就去巴思。’结果我来了。我认为很值得跑一趟，来的时候还带着几分希望，这难道不情有可原吗？你没有结婚，可能像我一样，还保留着过去的情意，碰巧我又受到了鼓励。我绝不怀疑别人会爱你，追求你，不过我确知你至少拒绝过一个条件比我优越的人，我情不由己地常说：‘这是为了我吧？’”

他们在米尔萨姆街的头一次见面有许多东西可以谈论，不过那次音乐会可谈的更多。那天晚上似乎充满了奇妙的时刻。一会儿，安妮在八角厅里走上前去同他说话；一会儿，埃利奥特先生进来把她拉走了；后来又有一两次，忽而重新浮现出希望，忽而愈发感到失望。两人劲头十足地谈个不停。

“看见你待在那些不喜欢我的人们当中，”他大声说道，“看见你堂兄凑在你跟前，又是说又是笑，觉得你们真是天造地设的一对！再一想，这肯定是那些想左右你的每个人的心愿！即使你自己心里不愿意，或是不感兴趣，想想看他有多么强大的后盾！我看上去傻乎乎的，难道这还不足以愚弄我？我在一旁看了怎能不痛苦？一看见你的朋友坐在你的身后，一回想起过去的事情，知道她有那么大的影响，对她的劝导威力留下了不可磨灭的印象——难道这一切不都对我大为不利吗？”

“你应该有所区别，”安妮回答，“你现在不应该怀疑我。情况大不相同了，我的年龄也不同了。如果说我以前不该听信别人的劝导，请记住他们那样劝导我是为了谨慎起见，不想让我担当风险。我当初服从的时候，我认为那是服从义务，可在这个问题上不能求助于义务。假如我嫁给一个对我无情无义的人，那就可能招致种种风险，违背一切义务。”

“也许我该这么考虑，”温特沃思答道，“可惜我做不到。我最近才认识了你的人品，可我无法从中获得裨益。我无法使这种认识发挥作用，这种认识早被以前的感情所淹没，所葬送，多少年来，我吃尽了那些感情的苦头。我一想起你，只知道你屈从了，抛弃了我，你谁的话都肯听，就是不肯听我的话。我看见你和在那痛苦的年头左右你的那个人待在一起，我没有理由相信，她现在的权威不及以前高了。这还要加上习惯势力的影响。”

“我还以为，”安妮说，“我对你的态度可能消除了你不少，甚至全部的疑虑。”

“不，不！你的态度只能使人觉得，你和另一个男人订了婚，也就心安理得了。我抱着这样的信念离开了你，可我打定主意还要再见见你。到了早上，我的精神又振作起来，我觉得我还应该待在这里。”

最后，安妮又回到家里，一家人谁也想象不到她会那么快乐。早晨的诧异、忧虑以及其他种种痛苦的感觉，统统被这次谈话驱散了，她乐不可支地回到屋里，以至于不得不煞煞风景，霎时间担心这会好景不长。在这大喜过望之际，要防止一切危险的最好办法，还是怀着庆幸的心情，认真地思考一番。于是她来到自己的房间，在欣喜庆幸之余，变得坚定无畏起来。

夜幕降临了，客厅里灯火通明，宾主们聚集一堂。所谓的晚会，只不过打打牌而已。来宾中不是从未见过面的，就是见得过于频繁的——仅仅是一次平常的聚会，搞得亲热一些吧，嫌人太多，搞得丰富多彩一些吧，嫌人太少。可是，安妮从没感到还有比这更短暂的夜晚。她心里一高兴，显得满面春风，十分可爱，结果比她想象或是期望的还要令众人赞羡不已，而她对周围的每个人，也充满了喜悦或是包涵之情。埃利奥特先生也来了，安妮尽量避开他，不过尚能给以同情。沃利斯夫妇，她很乐意结识他们。达尔林普尔夫人和卡特雷特小姐——她们很快就能成为她的不再是可憎的远亲了。她不去理会克莱夫人，对她父亲和姐姐的公开举止也没有什么好脸红的。她同默斯格罗夫一家人说起话来，自由自在，好不愉快。与哈维尔舰长谈得情恳意切，如同兄妹。她试图和拉塞尔夫人说说话，但几次都被一种微妙的心理所打断。她对克罗夫特将军和夫人更是热诚非凡，兴致勃勃，只是出于同样的微妙心理，千方百计地加以掩饰。她同温特沃思舰长交谈了好几次，但总是希望再多谈几次，而且总是晓得他就在近前！

就在一次短暂的接触中，两人装着在欣赏丰富多彩的温室植物，安妮说道：

“我一直在考虑过去，想公平地明辨一下是非，我是说对我自己。我应该相信，我当初听从朋友的劝告，尽管吃尽了苦头，但还是正确的，完全正确的。将来你会比现在更喜爱我的这位朋友。对于我来说，她是处于做母亲的地位。不过，请你不要误解我。我并非说，她的劝告没有错误。这也许就属于这样一种情况：劝告是好是赖只能由事情本身来决定。就我而言，在任何类似情况下，我当然绝不会提出这样的劝告。不过我的意思是说，我听从她的劝告是正确的，否则，我若是继续保持婚约的话，将比放弃婚约遭受更大的痛苦，因为我会受到良心的责备。只要人类允许良知存在的话，我现在没有什么好责备自己的。如果我没说错的话，强烈的责任感是女人的一份不坏的嫁妆。”

温特沃思舰长先瞧瞧她，再看看拉塞尔夫人，然后又望着她，好像在沉思地答道：

“我尚未原谅她，可是迟早会原谅她的。我希望很快就能宽容她。

不过我也在考虑过去，脑子里浮现出一个问题：我是否有一个比那位夫人更可恶的敌人？我自己。请告诉我：一八〇八年我回到英国，带着几千镑，又被分派到‘拉科尼亚号’上，假如我那时候给你写信，你会回信吗？总之一句话，你会恢复婚约吗？”

“我会吗！”这是她的全部回答，不过语气却十分明确。

“天啊！”他嚷道，“你会的！这倒不是因为我没有这个想法，或是没有这个欲望，实际上只有这件事才是对我的其他成功的报偿。可是我太傲慢了，不肯再次求婚。我不了解你。我闭上眼睛，不想了解你，不想公正地看待你。一想起这件事，我什么人都该原谅，就是不能原谅自己。这本来可以使我们免受六年的分离和痛苦。一想起这件事，还会给我带来新的痛楚。我一向总是自鸣得意地认为，我应该得到我所享受的一切幸福。我总是自恃劳苦功高，理所当然应该得到报答。我要像其他受到挫折的大人物一样，”他笑吟吟地补充道，“一定要使自己的思想顺从命运的安排，一定要认识到自己比应得的还要幸福。”

第十二章

谁会怀疑事情的结局呢？无论哪两个年轻人，一旦打定主意要结婚，他们准会坚定不移地去实现这个目标，尽管他们是那样清贫，那样轻率，那样不可能给相互间带来最终的幸福。得出这样的结论可能是不道德的，但我相信事实如此。如果这种人尚能获得成功，那么像温特沃思舰长和安妮·埃利奥特这样的人，既有成熟的思想，又懂得自己的权利，还有一笔丰裕的财产，岂能冲不破种种阻力？其实，他们或许可以冲破比他们遇到的大得多的阻力，因为除了受到一些冷落怠慢之外，他们没有什么好苦恼的。沃尔特爵士并未表示反对，伊丽莎白只不过看上去有些漠不关心。温特沃思舰长具有二万五千镑的财产，赫赫功绩又把他推上了很高的职位，他不再是个无名小卒。现在，人们认为他完全有资格向一位愚昧无知、挥霍无度的准男爵的女儿求婚，这位准男爵既没有准则，又缺乏理智，无法保持上帝赐予他的地位。他的女儿本该分享一万镑的财产，可是目前只能给她其中的一小部分。

的确，沃尔特爵士虽说并不喜欢安妮，其虚荣心也没有得到满足，因而眼下不会为之真心高兴，但他绝不认为这门亲事与安妮不相匹配。相反，当他再多瞧瞧温特沃思舰长，趁白天反复打量，仔细端详，不禁对他的相貌大为惊羡，觉得他仪表堂堂，不会有损于安妮的高贵地位。所有这一切，再加上他那动听的名字，最后促使沃尔特爵士欣然拿起笔来，在那卷光荣簿上加上了这桩喜事。

在那些有对立情绪的人们当中，唯一令人担忧的是拉塞尔夫人。安妮知道，拉塞尔夫人认清了埃利奥特先生的本质，终于抛弃了他，一定会感到有些痛苦。她要经过一番努力，才能真正了解和公平对待温特沃思舰长。不过，这正是拉塞尔夫人现在要做的事情。她必须认识到：她把他们两个人都看错了，受到两人外表的蒙骗，因为温特沃思舰长的风度不中她的意，便马上怀疑他是个性情鲁莽而危险的人；因为埃利奥特先生的举止稳妥得体，温文尔雅，正合她的心意，她便立即断定那是他教养有素、富有见识的必然结果。拉塞尔夫人只得承认自己完全错了，准备树立新的观念，新的希望。

有些人感觉敏锐，善于看人，总之，一种天生的洞察力，别人再有经验也是比不上的。在这方面，拉塞尔夫人就是没有她的年轻朋友富有见识。不过，她是个十分贤惠的女人，如果说她的第二目标是要明智一些，能够明断是非，那么她的第一目标便是看着安妮获得幸福。她爱安妮胜过爱她自己的才智。当最初的尴尬消释之后，她觉得对于那个给她的教女带来幸福的人，并不难以像慈母般地加以疼爱。

一家人里，玛丽大概对这件事最感到满意啦。有个姐姐要出嫁，这是件光彩事儿。她得意地认为：多亏她让安妮在秋天去陪伴她，为促成这门亲事立下了汗马功劳。因为她自己的姐姐比她丈夫的妹妹要好，她十分乐意温特沃思舰长比本威克舰长和查尔斯·海特都有钱些。当他们重新接触的时候，眼见着安妮恢复了优先权，成为一辆十分漂亮的四轮小马车的女主人，她心里不禁有些隐隐作痛。不过，展望未来，她有个莫大的慰藉。安妮将来没有厄泼克劳斯大宅，没有地产，做不了一家之主。只要能使温特沃思舰长当不成准男爵，她就不愿意和安妮调个位置。

若是那位大姐也能如此满意自己的境况，那就好了，因为她的境况不大可能发生变化。过了不久，她伤心地看着埃利奥特先生退却了。她本来捕风捉影地对他抱着希望，现在希望破灭了，而且此后再也没有遇见一个条件合适的人，来唤起她的这种希望。

且说埃利奥特先生听到他堂妹安妮订婚的消息，不禁大为震惊。这样一来，他那寻求家庭幸福的美妙计划破产了，他那企图利用做女婿之便守在旁边不让沃尔特爵士续娶的美梦也破灭了。不过，他虽说受到挫败，感到失望，但他仍然有办法谋求自己的利益与享受。他很快便离开了巴思。过了不久，克莱夫人也离开了巴思，随即人们便听说，她在伦敦做了他的姘头。明摆着，埃利奥特先生一直在耍弄两面手法，起码下定决心，不能让一个狡黠的女人毁了他的继承权。

克莱夫人的感情战胜了她的利欲，她本来可以继续追求沃尔特爵士，可是为了那个年轻人，她宁可放弃这场追求。她不仅富有感情，而且卓有才能。他们两人究竟谁的狡黠会取得最后的胜利，埃利奥特先生在阻止她成为沃尔特爵士夫人以后，他自己是否会被连哄带骗地最终娶她做威廉爵士夫人，这在现在还是个谜。

毋庸置疑，沃尔特爵士和伊丽莎白在失去自己的伙伴，发现受了欺骗之后，感到又惊又羞。当然，他们可以到显贵的表亲那里寻求安慰，但是他们总会感到，光是奉承和追随别人，而受不到别人的奉承和追随，那只有一半的乐趣。

早在拉塞尔夫人刚刚打算像她理所应当的那样喜爱温特沃思舰长的时候，安妮就感到大为满意。她没有什么其他因素妨碍她未来的幸福，唯独觉得自己没有一个聪明人所能器重的亲戚供丈夫来往。他们在财产上的悬殊倒无所谓，没有使她感到一时一刻的悔恨。她在他哥哥、姐姐家里被尊为上宾，受到热情的欢迎，可是她却没有个家庭可以妥善地接待他，恰当地评价他，无法给他提供个体面、融洽、和善的去处，这就使她在本来极为幸福的情况下感到心里十分痛苦。她总共只能给他增添两个朋友，拉塞尔夫人和史密斯夫人。不过，他还是很愿意同她们结交的。拉塞尔夫人尽管以前有过这样那样的过失，他现在却能真心实意地敬重她。他虽然还用不着说什么他认为她当初把他们拆开是对的，但是别的恭维话他几乎什么都肯说。至于史密斯夫人，由于种种理由，很快便受到他的始终不渝的尊崇。

史密斯夫人最近帮了安妮的大忙，安妮同温特沃思舰长结婚后，她非但没有失去一位朋友，反而获得了两位朋友。她等他们定居下来以后，头一个去拜访他们。而温特沃思舰长则帮助她有机会重新获得她丈夫在西印度群岛的那笔财产，替她写状子，做她的代理人，真是个无畏的男子汉和坚定的朋友。经过他的努力斡旋，帮助史密斯夫人克服了案情中的种种细小困难，充分报答了她给予他妻子的帮助，或者打算给予她的帮助。

史密斯夫人的乐趣没有因为提高了收入，增进了健康，得到了经常来往的朋友而有所损害，因为她并未改变她那快乐爽朗的性格。只要这些主要优点还继续存在，她甚至可以藐视更多的荣华富贵。她即使家赀巨万，身体安康，也还会高高兴兴的。她幸福的源泉在于兴致勃勃，正像她朋友安妮的幸福源泉在于热情洋溢。安妮温情脉脉，完全赢得了温特沃思舰长的一片钟情。他的职业是安妮的朋友们所唯一担忧的，唯恐将来打起仗来会给她的欢乐投上阴影，因而希望她少几分温柔。她为做一个水手的妻子而感到自豪；不过，隶属于这样的职业，她又必须付出一定的代价，战事一起，便要担惊受怕。其实，那些人如果办得到的话，他们在家庭方面的美德要比为国效忠来得更卓著。

导 读

◎ 奥斯丁·多布森[①]

即便时至今日，简·奥斯丁的忠实拥趸肯定依然能够感受到当年那个愚笨的巴思书商压抑不住、如鲠在喉的挫败感。他用十英镑的超低价买入《诺桑觉寺》手稿，却拒绝将其出版示人。对作品字句之美如此麻木不仁之人，肯定是脑洞未开，如本书第三句话——“她父亲是个牧师，既不受人冷落，也没陷入贫穷，为人十分体面，不过他起了个‘理查德’的俗名——长得从来不算英俊”。有人认为，这句话是在校稿时添加的，不过现已无从考证，因为小说是在作者去世后出版，“好奇、直面事物”的她早已长眠于温彻斯特大教堂。对此有两点推测：其一，巴思流动图书馆的布尔先生（如果是他的话）天生愚钝，领略不到这部经典之作的魅力；其二，他执迷不悟、死心塌地迷信《尤多尔弗之谜》一书的作者[②]，而这更为可信。任何其他理由都无法解释其长时间隐藏奥斯丁小姐手稿的举动——再说，小说主要以巴思为背景。他顶礼膜拜拉德克利夫夫人及其他传奇作品，如《黑树林的巫师》《莱茵河的孤儿》《夜半钟声》《乌尔芬巴赫城堡》以及伊莎贝拉·索普在第六章为讨好凯瑟琳·莫兰提及的所有大作，乔治·克拉布[③]（简·奥斯丁最喜欢的诗人）在他的《图书馆》中也恰到好处地描写了这类作品所营造的氛围：

---

① 奥斯丁·多布森（Austin Dobson，1840—1921）：英国诗人。

②《尤多尔弗之谜》是经典哥特式小说，作者即下文中提到的英国小说家、哥特式小说的开拓者拉德克里夫夫人（1764—1823）。

③ 乔治·克拉布（1754—1832）：英国诗人、外科医生兼教士。其作品以现实主义的叙事手法和描写中产阶级和劳动阶层的生活而著称。

从此，汝不敬之辈！我倍感前世惧恐，
万千幻象脑海飘荡：
听！闷响回彻空场，
凝人黑影如影随形。

但无论你认可哪个推测，事实只有一个。1818 年小说第一版“广告”（据说是当时已过世的作家亲笔写的）也提到，《诺桑觉寺》曾被卖给一个巴思书商。奥斯丁-李先生也说过，小说在“1803 年完成（即准备印刷不久后）”会很快出版，该书“肯定最早创作”于 1798 年（拉德克利夫夫人的《意大利人》首次与读者见面后），而当时《理智与情感》和《傲慢与偏见》仅完成手稿。奥斯丁小姐也说过：“要是有书商愿意买他觉得不值得发表的书稿，也是件稀奇事。”更稀奇的是这些以书为营生的人，在类似情形上并没有出现什么失误，所以不出版《诺桑觉寺》绝不是因为他们不善经营、缺乏批判力。奥斯丁的头两部小说出版后大受欢迎，这个自以为是的书商要是还发现不了自己也有一部她的书稿，就太不可思议了。一言以蔽之，当时不知何故，他又以最初购买价把书稿卖给亨利·奥斯丁[①]，那就再没有人同情他了。

有种说法是，我们现在读到的《诺桑觉寺》依然是作者最初的版本，也就是说，在完稿后的很长时间里都未经任何修改，这一点与《傲慢与偏见》和《理智与情感》不同。从巴思书商手上复得之后，作者实际上对小说原封未动，这一点在前面提到的“广告”中已有明示。小说完稿后，13 年的时光已飞逝，对其中“有点过时”的部

---

① 亨利·奥斯丁（1771—1850）：牧师、银行家，简·奥斯丁的四哥兼出版代理人。

分，广告明确表达了歉意(该广告出现在1816年由此推断而来)。但奥斯丁小姐还说过“自动笔以来，又有多年荏苒”。因此，在1798至1803年间，小说也有可能做过改动。我们知道，奥斯丁小姐时常女孩子气，以嘲弄流动图书馆收藏的那些傻里傻气的浪漫小说自娱，写《诺桑觉寺》也有可能本想好好揶揄一下拉德克利夫流派的传奇作品，就像塞万提斯讽刺《伊斯帕蓝迪恩的冒险》和《叙尔加尼亚的弗罗利斯玛德》以及伦诺克斯太太嘲讽《卡珊德拉》和《克莱奥帕特拉》一样。但讽刺的意味并不明显，诸多迹象表明，作者对小说人物的兴趣使她不知不觉地背离了初衷。而且，小说第五章结尾部分对小说这一艺术形式进行了强烈的辩护，表达了对《观察家》杂志的不屑，这倒是有点事后增补的味道。假如奥斯丁小姐创作伊始纯粹出于讽刺意图，但最终从专注讽刺转到小说创作，也并非不合情理。这样一来，作者的注意力也就不仅仅局限于人物塑造，她的第三部小说(按创作顺序)虽没有诸如柯林斯先生和下部小说中的诺里斯太太这样性格鲜明的角色，但(用格雷的话说，)艾伦太太也无趣得“甚好”。而且，但从讽刺的角度来说，除了约翰·索普先生，确实无法着手。约翰·索普仰慕拉德克利夫夫人，谩骂伯尼小姐，犹如吉尔雷和罗兰森时代那种特别令人生厌的大学生。至于凯瑟琳·莫兰，抛开她的家庭背景及小说定位的因素，可谓楚楚动人，她与生俱来的体面合宜盖过虚伪的热情。亨利·蒂尔尼戏谑伊莎贝拉·索普“为人坦率，耿直，天真，诚实，富有感情，但是单纯，不自负，不作假”，其实明显指的是凯瑟琳。我个人认为，我们喜欢波·纳什的老旧沧桑略胜过拉德克利夫夫人的机敏戏谑。对这一点，奥斯丁小姐也心知肚明，但她娴熟的艺术驾驭能力并未使之显山露水。她笔下的人物会像现实生活中一样，该走的路还是要走，该转的弯还是要转，该过的马路还是要过。作者在巴思生活了很久，但整本《诺桑觉寺》对巴思的描写还不如《汉弗莱·克林克尔探险记》一章出现的多。

由于《诺桑觉寺》和《劝导》都是在作者去世后1818年出版的，所以我们才将两部作品安排在同一卷册中出版。但《诺桑觉寺》早在1803年就已待印，而《劝导》则是《爱玛》完成后开始创作，直到1816年8月奥斯丁小姐离世前几个月才完成。而在此期间，作者的健康状况每况愈下。尤其是1815年，哥哥亨利的病情，加上家庭的诸多内顾之忧，极大地影响了她的精神状况，生性活泼的她，健康明显恶化。她逐渐痼疾缠身，从一开始不能长途散步，转而搭乘驴车，冉后来便久卧在由椅子改造成的简易沙发上，因为家里唯一的沙发年迈的母亲要坐，作者不忍夺其所爱[①]。虽然如此，奥斯丁小姐在写《劝导》时创作力丝毫不减。当然也有一些自恃聪明的评论家们（事后）觉得，这部小说不仅流露出作者面对死神迫近的伤感，更是她精力日衰的佐证。在重校稿件时，作者的确觉得有一章不尽如人意，顷刻间消沉袭上心头，但休息一晚之后，便奋笔疾书替换了两章（最后两章而非一章）。我们相信，读者会自行判断这两章是否逊色于小说的其他部分。删掉的一章，后来可能出现在奥斯丁-李的《回忆录》第二版167页至180页上，他辩称这一章包含“其他任何作家都无法企及的笔墨”，而修改后的章节水准之高是毋庸置疑的。奥斯丁小姐在完成《劝导》后，便再无其他完整的作品问世。1817年初，作者的气力断断续续有所恢复，便迫不及待地着手创作另一部小说。小说并未命名，仅完成12章，情节和意图也未能展开，但其中塑造的几个人物本应大有张力。小说中有个人物叫帕克先生，一门心思要把苏塞克斯[②]一个小渔村打造成时尚的海滨浴场；还有一位富有却俗不可

① 1816年，沙发还不普及，大多数椅子都硬背的。

② 英格兰东南部的一个郡。

耐的德纳姆夫人，在遗嘱中对财产的处置令她的亲属大失所望；另有两个老处女，健康堪忧却贪图享乐，尽情聒噪闲聊。无论小说的情节如何展开，作者的写作技艺依然精到。不幸的是，1817 年 3 月 17 日，这是作者手稿上留下的最后日期，她病情加重，无法再继续创作，7 月便与世长辞了。

在谈到《爱玛》时，作者曾说过，她要塑造一个除她自己之外没有什么人会喜欢的女主人公。而对于《劝导》的女主人公安妮·埃利奥特，作者在写给朋友的信中这样说道："你也许会喜欢她，但我觉得她确确实实好到难以置信。"大多数人都会认同这一点，更觉得这位英国女士可爱无限、赏心悦目、举止优雅还女人味十足，就连机智聪敏的伊丽莎白·班纳特[①]都相形见绌。凯瑟琳·莫兰和亨利·蒂尔尼的未来能否尽如所愿尚存疑问，爱玛和她的意中人奈特利能否幸福终生，我们心里也会有所保留，只是心照不宣。但毫无疑问，安妮·埃利奥特和温特沃思上校肯定能幸福终老。温特沃思上校是奥斯丁小姐以自己的家人[②]为原型塑造的一位海军军官，这类人物都和蔼可亲，充满男子气概，待人诚挚，在其笔下的众男性人物中，作者最为欣赏。克罗夫特将军也是一位海军将领，有门当户对、两情相悦的海军妻子。有评论家曾断言，奥斯丁小姐的作品没有描写过令人满意的婚姻生活，这也是一个绝好的回击。至于沃尔特·埃利奥特爵士（类似蒂尔尼将军一家）和她的女儿们、默斯格罗夫一家、克莱夫人以及安妮的朋友拉塞尔夫人，除了影响小说故事情节的发展之外，没什么可多说的。要么奥斯丁小姐刻意为之，要么因健康恶化，与之前的小说相比，《劝导》的故事情节相对平缓，语气更加凝重。但小说

---

①《傲慢与偏见》中的人物。

② 奥斯丁的五哥和弟弟都是海军将领。

的女主人公所散发出来的真正魅力，无疑让小说广受读者的喜爱，马蒂诺小姐和米特福德小姐等许多奥斯丁的崇拜者都对小说推崇备至。

在这么长的间隔内，发表一系列的前言或导读无疑有些弊端，其一就是有些匆忙说的话有时需要纠正。“话一出口，覆水难收”——无论多想收回都无可能。在《曼斯菲尔德庄园》“导读”中有个注释，笔者称《评论季刊》第一篇关于奥斯丁小姐的评论为沃尔特·司各特爵士所作。之所以这么说，是因为笔者印象中觉得如此。奥斯丁-李对此毫不知情，他感激沃尔特爵士，称赞他后来对其姑妈作品的溢美之词，但同时又批评文章质量低劣，不如惠特利之作。戈尔德温·史密斯教授虽然是奥斯丁小姐传记作者中成就最高者，但对此似乎也一无所知。他引用司各特《日记》中的溢美之词后，接着说道：“1815年《评论季刊》上有文章对她差评连连、疑惑重重。”与此同时，有关约翰·默里先生的信息仍然隐藏在洛克哈特《沃尔特·斯科特爵士生平回忆录》第四章的一个注释里。洛克哈特首先说明自己深受误导，误认为惠特利博士的文章是在其岳父之后发表的，然后补充道：“司各特评论奥斯丁小姐小说的文章的确投给了《评论季刊》。这一点读者可以详见第27期［1815年10月］。他喜欢《爱玛》和《诺桑觉寺》，以至于每到晚上，逢人便会读上几章。”假如奥斯丁-李连这个注释都没注意到，那他也就在不经意间证实了注释的最后一句话，因为他明明白白地说过，自己知道阿博茨福德沃尔特爵士手里的奥斯丁小姐的小说都已翻得破损不堪了。

（李连涛　译）

附录：简·奥斯丁年表

1764 年

4 月 26 日：乔治·奥斯丁牧师与卡桑德拉·李结婚。

1765 年

2 月 13 日：大哥詹姆斯·奥斯丁出生于迪恩。

1766 年

8 月 26 日：二哥乔治·奥斯丁出生于迪恩。

1767 年

10 月 7 日：三哥爱德华·奥斯丁出生于迪恩。

1768 年

7 月 /8 月：奥斯丁家搬至斯蒂文顿。

1771 年

6 月 8 日：四哥亨利-托马斯·奥斯丁出生于斯蒂文顿。

1773 年

1 月 9 日：姐姐卡桑德拉-伊丽莎白·奥斯丁出生于斯蒂文顿。

3 月 23 日：奥斯丁先生成为斯蒂文顿和迪恩两个教区的教区长，并在斯蒂文顿招收寄宿生，补贴家庭开支。

1774 年

4 月 23 日：五哥弗朗西斯-威廉·奥斯丁出生于斯蒂文顿。

1775 年

12 月 16 日：简·奥斯丁出生于斯蒂文顿。

1779 年

6 月 23 日：弟弟查尔斯-约翰·奥斯丁出生于斯蒂文顿。

1782—1788 年

奥斯丁家在斯蒂文顿举行了一些业余演出。

1783 年

春：与卡桑德拉随表姐简·库珀离家去牛津考里太太的女子寄宿学校念书。

夏：考里太太将学校迁至南安普敦，姐妹俩患传染病被接回家。

1785 年

春：与卡桑德拉被送到雷丁的修道院学校念书。

1786 年

12 月：与卡桑德拉辍学回家，接受父亲的教育。

1787—1793 年

开始其少年习作，完成并誊清《第一册》《第二册》及《第三册》。

1788 年

夏：奥斯丁夫妇带简和卡桑德拉去肯特和伦敦。

1794 年

秋（？）：写作书信体小说《苏珊夫人》。

1795 年

（？）：写作书信体小说《埃丽诺与玛丽安》（《理智与情感》的前身）。

该年 12 月至次年 1 月：与同龄青年汤姆·勒弗罗伊情意甚密。

1796 年

简·奥斯丁存世的信件开始于 1 月 9 日。

完成《埃丽诺与玛丽安》。

10 月：开始写《初次印象》（《傲慢与偏见》的前身）。

1797 年

8 月：完成《初次印象》。

11 月 1 日：父亲为《初次印象》向出版人卡德尔寻求出版机会，对方未见作品即予否决。

同月：将《埃丽诺与玛丽安》改写成《理智与情感》。

冬：拒绝了塞缪尔·布莱科尔牧师的求爱。

1798 年

开始写作《苏珊》(《诺桑觉寺》的前身)。

1799 年

约在 6 月完成《苏珊》。

1800 年

12 月：父亲决定退休。

1801 年

随父母和姐姐搬到巴思。

夏：随家人外出期间与一牧师坠入爱河，约定来年夏天再相聚，后接到青年突然死去的噩耗。

1802 年

12 月 2 日晚：21 岁的牧师哈里斯·比格-威瑟向简求婚，简当即答应了。

12 月 3 日早晨：简改变主意，收回了自己头天晚上的许诺。

冬：修订《苏珊》。

1803 年

春：将《苏珊》的版权卖给伦敦出版人克劳斯比，但对方并未出版此书。

1804 年

约在这一年写作《沃森一家》。

1805 年

1 月 21 日：父亲在巴思病逝。

夏：32 岁的牧师爱德华·布里奇斯向简求婚，遭到拒绝；秋天又转而向简的姐姐求婚。

誊清《苏珊夫人》，并放弃《沃森一家》。

1806 年

7 月 2 日：跟随母亲、姐姐离开巴思，10 月移居南安普敦。

1809 年

4 月 5 日：试图争取《苏珊》出版未果。

7 月 7 日：跟随母亲、姐姐搬到乔顿，结束了不安定的生活。

8 月：焕发了写作的兴致。

1810 年

冬：出版人埃杰顿接受《理智与情感》。

1811 年

2 月：开始构思《曼斯菲尔德庄园》。

3 月：在伦敦看《理智与情感》的校样。

10 月 30 日：《理智与情感》出版，封面注明："一部三卷小说 / 一位女士著 /1811 年。"

冬（？）：修改《初次印象》，改写成《傲慢与偏见》。

1812 年

秋：将《傲慢与偏见》的版权以 110 英镑卖给出版人埃杰顿。

1813 年

1 月 28 日：《傲慢与偏见》出版，封面注明："一部三卷小说 /《理智与情感》作者著 /1813 年。"

7 月（？）：完成《曼斯菲尔德庄园》；《理智与情感》和《傲慢与偏见》发行第二版。

大约这年 11、12 月间（或次年 1 月）：将《曼斯菲尔德庄园》版权再次卖给出版人埃杰顿。

1814 年

1 月 21 日：开始写《爱玛》。

5 月 9 日：《曼斯菲尔德庄园》出版，封面注明："一部三卷小说 /《理智与情感》与《傲慢与偏见》作者著 /1814 年。"

1815 年

3 月 29 日：完成《爱玛》。

8 月 8 日：开始写《劝导》。

11 月 13 日：参观卡尔顿宫，应邀将下一部作品赠给摄政王。

12 月底：《爱玛》由出版人约翰 · 默里出版，封面注明："一部三卷小说 /《傲慢与偏见》作者著 /1816 年"，并将一精装本赠给摄政王。

1816 年

春：开始感到身体不适。

亨利 · 奥斯丁买回《苏珊》旧稿，让作者重新修订。

7 月 18 日：完成《劝导》初稿。

8 月 6 日：定稿。

《曼斯菲尔德庄园》由约翰 · 默里再版；发行《曼斯菲尔德庄园》及《爱玛》的法文版。

1817 年

1 月 27 日：开始写《桑迪顿》。

3 月 18 日：停笔。

4 月 27 日：立遗嘱。

5 月 24 日：由卡桑德拉带着去温切斯特就医。

7 月 18 日清晨：病逝。

24 日：葬于温切斯特主教堂。

秋（？）：亨利与约翰 · 默里安排《诺桑觉寺》（即《苏珊》的修

订本）和《劝导》出版事宜。

12 月底:《诺桑觉寺》与《劝导》结集出版，封面注明:“《傲慢与偏见》《曼斯菲尔德庄园》作者奥斯丁小姐著 / 附有作者生平传略 / 合计四卷 /1818 年。”